NA SKRAJU
ZAŁAMANIA

W serii ukazały się

TANA FRENCH

Ściana sekretów. Wiem, kto go zabił
Zdążyć przed zmrokiem
Lustrzane odbicie
Bez śladu
Kolonia
Ostatni intruz

ALEX MARWOOD

Dziewczyny, które zabiły Chloe
Zabójca z sąsiedztwa
Najmroczniejszy sekret

B.A. PARIS

Za zamkniętymi drzwiami
Na skraju załamania

MARISHA PESSL

Nocny film

NA SKRAJU ZAŁAMANIA

B.A. PARIS

Z angielskiego przełożyła
MARIA OLEJNICZAK-SKARSGÅRD

ALBATROS

Tytuł oryginału:
THE BREAKDOWN

Redakcja: Anna Walenko

Zdjęcia na okładce: © Laura Kate Bradley/Arcangel Images, Malcolm Brice/Arcangel Images

Projekt graficzny okładki: Katarzyna Meszka-Magdziarz

Skład: Laguna

ISBN 978-83-8125-124-2

Książka dostępna także jako e-book i audiobook
(czyta Ewa Abart)

Dystrybutor
Firma Księgarska Olesiejuk sp. z o.o.
Poznańska 91, 05-850 Ożarów Mazowiecki
tel. (22) 721 30 00, faks (22) 721 30 01
www.olesiejuk.pl

Wydawca
Wydawnictwo Albatros Sp. z o.o.
Hlonda 2A/25, 02-972 Warszawa
www.wydawnictwoalbatros.com
Facebook.com/WydawnictwoAlbatros | Instagram.com/wydawnictwoalbatros

2018. Wydanie I
Druk: CPI Moravia Books, Czech Republic

Moim rodzicom

PIĄTEK, 17 LIPCA

Kiedy się rozstajemy po ostatnim spotkaniu przed wakacjami, nadchodzi burza. Piorun uderza tak głośno, że Connie aż podskakuje, wzbudzając śmiech Johna. Echo grzmotu pobrzmiewa w gorącym, ciężkim powietrzu.

– Lepiej się pośpiesz! – krzyczy John.

Macham ręką na pożegnanie i biegnę do samochodu. Gdy jestem przy drzwiach, dzwoni komórka. Z torebki wydobywa się stłumiona melodia, po której poznaję, że to Matthew.

– Właśnie ruszam – mówię mu, próbując w ciemności wymacać klamkę. – Wsiadam do samochodu.

– Już? – dolatuje mnie jego głos. – Nie jedziesz do Connie?

– Taki miałam zamiar, ale myśl, że na mnie czekasz, była bardziej kusząca – odpowiadam żartem. Słyszę, że mówi jakimś bezbarwnym tonem. – Wszystko w porządku? – pytam.

– Tak, tylko mam potworną migrenę. Zaczęło się z godzinę temu i jest coraz gorzej. Dlatego dzwonię. Nie będziesz zawiedziona, jeżeli pójdę spać przed twoim powrotem?

Oblepia mnie gęste powietrze zapowiadające burzę. Zbiera się na deszcz.

– Skądże. Wziąłeś coś?

– Tak, ale nie pomaga. Chyba położę się w pokoju gościnnym, żebyś mnie nie obudziła.

– Dobry pomysł.

– Chociaż wolałbym być na nogach, dopóki nie wrócisz cała i zdrowa.

Uśmiecham się, gdy to słyszę.

– Nic mi się nie stanie. To tylko czterdzieści minut jazdy. A mogę jechać Blackwater Lane, przez las.

– Ani się waż! – Niemal czuję, jak po tym okrzyku łapie go przeszywający ból. – Au, moja głowa – jęczy, a ja krzywię się ze współczuciem. Zniża głos do znośnego poziomu. – Cass, obiecaj, że tamtędy nie pojedziesz. Po pierwsze nie chcę, żebyś w środku nocy, sama, jechała przez las. Po drugie idzie burza.

– Dobrze, nie pojadę – zgadzam się szybko.

Siadam za kierownicą i rzucam torebkę na fotel obok.

– Obiecujesz?

– Obiecuję.

Przekręcam kluczyk i włączam bieg, przyciskając telefon uchem do ramienia.

– Jedź ostrożnie – przestrzega mnie Matthew.

– Oczywiście. Kocham cię.

– Ja ciebie bardziej.

Chowam telefon do torebki, mile przyjmując stanowczość Matthew. Gdy ruszam, duże krople deszczu uderzają w szybę. Zaczyna się – przelatuje mi przez głowę.

Na dwupasmówce leje już porządnie. Przede mną jedzie wielka ciężarówka, spod której tryskają strumienie wody w ilości, jakiej nie sprostają wycieraczki mojego samochodu. Gdy przesuwam się, żeby ją wyprzedzić, na niebie rozbłyskuje błyskawica i starym zwyczajem, jeszcze z dzieciństwa, zaczynam wolno liczyć w myślach. Przy czterech uderza piorun. Zastanawiam się, czy jednak nie należało pojechać razem ze wszystkimi do Connie – przeczekałabym burzę, John zabawiałby nas dowcipami i historyjkami. Mam wyrzuty sumienia, przypominając sobie, jak spojrzał na mnie, gdy powiedziałam, że nie będę im towarzyszyć. Trochę nieporadnie napomknęłam o Matthew, choć zgrabniej byłoby wytłumaczyć się zmęczeniem, jak Mary, nasza dyrektorka.

Z nieba leją się już strugi deszczu, a przez to zwalniają samochody na szybkim pasie. Ścieśniają się wokół mojego małego mini, co nagle tak mnie przytłacza, że zjeżdżam na pas wolnego ruchu. Pochylona do przodu, wytężam wzrok, żałując, że wycieraczki nie działają szybciej. Obok mnie przejeżdża z łoskotem ciężarówka, potem druga. Gdy bez ostrzeżenia skręca na mój pas, muszę gwałtownie hamować. Mam wrażenie, że jazda tą drogą jest coraz bardziej niebezpieczna. Błyskawice znów przecinają niebo i zaraz pojawia się drogowskaz na Nook's Corner, małą wioskę, gdzie mieszkam. Czarne litery na białym tle, lśniące w blasku reflektorów niczym jakiś sygnał, wyglądają tak zachęcająco, że raptownie, w ostatniej chwili, gdy jest już prawie za późno, skręcam w lewo, w skrót, którym Matthew zabronił mi jechać. Z tyłu dolatuje wściekły ryk klaksonu i goni mnie po ciemnej leśnej drodze – brzmi to jak omen.

Nawet w blasku wszystkich reflektorów ledwie cokolwiek widać, więc od razu żałuję, że zjechałam z dobrze oświetlonej dwupasmówki. Ta droga, piękna za dnia – wśród drzew rosną niebieskie dzwonki – nocną porą i przy tej pogodzie jest zdradliwa: wije się, wznosi i opada. Czuję ucisk w żołądku na myśl, co mnie czeka. Ale stąd mam jedynie piętnaście minut jazdy. Jeżeli zachowam spokój i rozsądek, wkrótce będę w domu. Mimo to dodaję lekko gazu.

Podmuch wiatru spomiędzy drzew niespodziewanie uderza w samochód i gdy staram się zapanować nad kierownicą, teren gwałtownie opada. Na kilka sekund koła odrywają się od ziemi, a mnie serce podchodzi do gardła, jakbym zjeżdżała na karuzeli. Samochód twardo ląduje, wyrzucając spod kół fontannę wody, która zalewa przednią szybę, i na chwilę tracę widoczność.

– O nie! – wykrzykuję, widząc, że ugrzęzłam w wielkiej kałuży.

Strach, że utknę sama w lesie, podnosi adrenalinę w żyłach i zmusza mnie do działania. Włączam ze zgrzytem bieg i wciskam gaz. Samochód ryczy w proteście, ale brnie przez kałużę i wytacza się na jej drugi brzeg. Serce wali mi w rytm szorujących wściekle po szybie wycieraczek, uderza tak mocno, że potrzebuję paru chwil na wyrównanie oddechu. Nie zamierzam jednak przystawać na poboczu i ryzykować, że mój mini znów odmówi posłuszeństwa. Jadę dalej, już ostrożniej.

Kilka minut później strzela piorun, tak głośno, że zaskoczona wypuszczam kierownicę z rąk. Samochód sunie niebezpiecznie na lewo, więc szarpię kierownicą i wyprowadzam go na środek drogi. Teraz już drżą mi ręce, boję się, że nie dojadę do domu w jednym kawałku. Staram się opanować, ale mam wrażenie, że szturmują mnie zarówno żywioły, jak i drzewa, które kołyszą się w jakimś makabrycznym tańcu – lada moment poderwą mój samochodzik i cisną w sam środek burzy. Bębnienie deszczu o dach, grzechotanie szyb na wietrze i stukanie wycieraczek nie pozwalają mi się skoncentrować.

Mam przed sobą zakręty, więc pochylam się do przodu i zaciskam dłonie na kierownicy. Droga jest pusta. Pokonuję jeden zakręt, potem drugi i modlę się, żeby rozbłysły przede mną światła jakiegoś pojazdu, który wyprowadzi mnie z lasu. Chętnie zadzwoniłabym do Matthew, żeby tylko usłyszeć jego głos, upewnić się, że nie jestem sama na świecie, a tak się teraz czuję. Ale nie chcę wyrywać go ze snu, zwłaszcza że dokucza mu migrena. Poza tym wściekłby się na wiadomość, gdzie jestem.

Ta droga chyba nigdy się nie skończy – przelatuje mi przez myśl i właśnie wtedy, wychodząc z zakrętu, widzę tylne światła samochodu w odległości może stu metrów. Roztrzęsiona oddycham z ulgą i lekko przyśpieszam. Tak bardzo chcę go dogonić, że dopiero gdy jestem tuż za nim, orientuję się, że stoi w miejscu, niezgrabnie zaparkowany w małej zatoczce. Zaskoczona wyprzedzam go gwałtownie, niemal ocierając się o prawy zderzak, i gdy zrównuję się z nim, spoglądam ze złością na kierowcę, gotowa zrugać go za niewłączenie świateł awaryjnych. Widzę twarz kobiety, zamazaną w strugach deszczu.

Przypuszczam, że mógł jej się zepsuć samochód, wobec tego staję kawałek przed nią, nie gasząc silnika. Trudno, będzie musiała wysiąść w taką ulewę. Obserwuję samochód w lusterku wstecznym – z przewrotną radością, że jeszcze jeden głupek postanowił jechać przez las podczas burzy – i wyobrażam sobie, jak ta kobieta usiłuje znaleźć parasolkę. Dopiero po całych dziesięciu sekundach uprzytamniam sobie, że ona wcale nie zamierza wysiąść, i mimo woli czuję rozdrażnienie: czy ona spodziewa się, że pobiegnę do niej w taki deszcz? Chyba że z jakiegoś powodu nie może wysiąść – ale wtedy przecież zamrugałaby światłami albo zatrąbiła, poprosiła o pomoc. Nic się nie dzieje, więc odpinam pas, nie odrywając oczu od lusterka wstecznego. Nie widzę wyraźnie, ale coś jest nie tak: kobieta po prostu siedzi w samochodzie z włączonymi światłami. Jedna po drugiej przypominają mi się historie, które Rachel opowiadała w naszych młodych latach: ludzie zatrzymują się i śpieszą na pomoc kierowcy, a tymczasem jego wspólnik kradnie im samochód; kierowca wysiada z samochodu na widok potrąconego na drodze jelenia, po czym pada ofiarą brutalnej napaści i okazuje się, że to była pułapka. Szybko zapinam pas. Gdy mijałam samochód, nie widziałam w nim nikogo więcej prócz kobiety, ale to nie znaczy, że nikogo więcej tam nie ma, że nikt nie czai się na tylnym siedzeniu i nie wyskoczy w odpowiedniej chwili.

Błyskawica znowu przecina niebo i znika w lesie. Wiatr się wzmaga, szarpie gałęzie, które uderzają w szybę po stronie pasażera, jakby ktoś chciał dostać się do środka. Dreszcz przebiega mi po plecach. Czuję, że wystawiam się na niebezpieczeństwo, więc zwalniam hamulec ręczny i przesuwam się odrobinę w przód, by wyglądało, że zamierzam odjechać, co być może skłoni tę kobietę do wykonania jakiegoś ruchu – jakiegokolwiek – do pokazania mi, że mam coś zrobić. Nadal nic się nie dzieje. Niechętnie znów zaciągam hamulec, bo to nie w porządku tak ją zostawić. Z drugiej strony nie chcę narażać się na ryzyko. Po namyśle stwierdzam, że kobieta nie sprawiała wrażenia zrozpaczonej, nie machała gorączkowo rękami, nie dawała znaków, że jest w potrzebie, więc może ktoś – na przykład jej mąż albo pomoc drogowa – już tu jedzie. Gdyby mnie zepsuł się samochód, zwróciłabym się najpierw do Matthew, nie do jakiegoś obcego człowieka.

Siedzę tak, bijąc się z myślami, a deszcz coraz natarczywiej bębni w dach – jedź, jedź, no jedź! Podejmuje decyzję za mnie. Zwalniam hamulec i ruszam możliwie najwolniej, żeby dać kobiecie ostatnią szansę. Ale z niej nie korzysta.

Kilka minut później jestem już na granicy lasu, blisko domu – pięknego i starego, w wiejskim stylu, z różami pnącymi od frontu i rozległym ogrodem z tyłu. Moja komórka daje znać, że znów złapała zasięg. Mniej więcej półtora kilometra dalej skręcam na nasz podjazd i staję jak najbliżej drzwi wejściowych, szczęśliwa, że bez szwanku dotarłam na miejsce. Wciąż myślę o tamtej kobiecie w samochodzie, zastanawiam się, czy nie zawiadomić policji albo pomocy drogowej. Po wyjeździe z lasu dostałam SMS-a, więc sprawdzam od kogo. Od Rachel.

Cześć, mam nadzieję, że dobrze się bawiłaś! Idę spać, bo prosto z lotniska musiałam jechać do pracy i wykończyła mnie różnica czasu. Chcę tylko zapytać, czy kupiłaś ten prezent dla Susie. Zadzwonię jutro rano. Całusy.

Doczytawszy do końca, bezwiednie marszczę brwi – dlaczego ona pyta o prezent dla Susie? Jeszcze nie kupiłam, zbyt zajęta sprawami związanymi z zakończeniem roku szkolnego. Zresztą mam czas: przyjęcie jest dopiero jutro wieczorem, zaplanowałam zakupy na przedpołudnie. Czytam ponownie i teraz uderza mnie wyrażenie „ten prezent", a nie w ogóle „prezent", tak jakby Rachel spodziewała się, że kupiłam coś od nas obu.

Wracam pamięcią do naszego ostatniego spotkania. Widziałyśmy się ze dwa tygodnie temu, w przeddzień jej wyjazdu do Nowego Jorku. Rachel pracuje jako konsultantka w brytyjskim oddziale Finchlakers, ogromnej amerykańskiej firmy doradczej, i często wyjeżdża służbowo do Stanów. Tamtego wieczoru poszłyśmy do kina, a potem na drinka. Możliwe, że wtedy poprosiła mnie o kupienie czegoś dla Susie. Ale czego? – głowię się. – Co uzgodniłyśmy? To mogło być cokolwiek – perfumy, biżuteria, książka, bo ja wiem? Nic mi się nie przypomina. Opadają mnie myśli o mojej mamie, niewygodne, więc szybko je odpycham. To nie to samo – mówię sobie twardo. U mnie to co innego. Jutro mi się przypomni.

Wkładam telefon do torebki. Matthew ma rację: muszę odpocząć. Wystarczy parę tygodni na plaży i wszystko będzie ze mną w porządku. Jemu też przyda się wolne. Zamiast jechać w podróż poślubną, postanowiliśmy wyremontować dom, więc ostatnie wakacje w pełnym tego słowa znaczeniu – takie, że człowiek nic nie robi przez cały dzień, tylko leży na plaży i pławi się w słońcu – miałam jeszcze przed śmiercią taty, osiemnaście lat temu. Potem nie stać mnie było na żadne większe wyjazdy, zwłaszcza gdy przestałam uczyć w szkole, żeby opiekować się mamą. Po jej śmierci, kiedy okazało się, że uboga wdowa, jak sądziłam, jest tak naprawdę zamożną osobą, byłam zdruzgotana. Nie mogłam pojąć, dlaczego wolała żyć tak skromnie, skoro mogła sobie pozwolić na luksusy. Do głębi wstrząśnięta, ledwie słyszałam, co mówi adwokat, i gdy w końcu dotarło do mnie, ile odziedziczyłam pieniędzy, tylko patrzyłam na niego z niedowierzaniem. Sądziłam, że ojciec nie zostawił nam ani pensa.

Uderzenie pioruna, już gdzieś dalej, sprowadza mnie do teraźniejszości. Patrzę przez szybę, żeby przekonać się, czy dobiegnę do ganku w miarę sucha. Przyciskam torbę do piersi i wypadam z samochodu, trzymając klucz w pogotowiu.

W przedpokoju zrzucam buty i na palcach idę na górę. Na widok zamkniętych drzwi do pokoju gościnnego kusi mnie, żeby je uchylić i zobaczyć, czy Matthew już śpi. Wolę jednak nie ryzykować, że go obudzę, więc szybko rozbieram się i ledwie przyłożę głowę do poduszki, zasypiam.

SOBOTA, 18 LIPCA

Następnego ranka, gdy się budzę, mój wzrok pada na Matthew, który siedzi na łóżku, z kubkiem herbaty w ręce.

– Która godzina? – mamroczę, mrużąc oczy w słońcu wlewającym się przez okno.

– Dziewiąta. Od siódmej jestem na nogach.

– Co z migreną?

– Przeszła.

Jego słomkowe włosy mają w słońcu złocisty połysk. Wyciągam rękę i przeczesuję je palcami, delektując się ich gęstością.

– To dla mnie? – Zerkam z nadzieją na kubek.

– Oczywiście.

Podciągam się do pozycji siedzącej i z powrotem opieram głowę na poduszkach. Z dołu dolatują dźwięki piosenki nadawanej w radiu, *Lovely Day*, mojej ulubionej na dobre samopoczucie, i dociera do mnie, że mam przed sobą sześć tygodni wakacji – chce się żyć.

– Dzięki. – Biorę kubek. – Udało ci się zasnąć?

– Tak, spałem jak kamień. Przepraszam, że nie zaczekałem. Jak ci się jechało?

– Dobrze. Mimo grzmotów i błyskawic. No i deszczu.

– Przynajmniej od rana mamy znów słońce. – Lekko mnie trąca. – Posuń się. – Powoli, żeby nie wylać herbaty, robię mu miejsce. Sadowi się obok mnie, podnosi rękę, a ja przytulam się do niego, kładąc głowę na jego ramieniu. – Niedaleko stąd znaleziono martwą kobietę – mówi tak cicho, że ledwie go słyszę. – Przed chwilą usłyszałem w wiadomościach.

– Straszne. – Stawiam kubek na stoliku nocnym i odwracam się do Matthew. – Powiedziałeś „niedaleko stąd". A dokładniej? W Browbury?

Gdy odgarnia mi pasemko włosów z czoła, czuję delikatny dotyk jego palców.

– Nie, bliżej, gdzieś przy drodze przez las między nami a Castle Wells.

– Przy której?

– No wiesz, Blackwater Lane.

Pochyla się, chcąc mnie pocałować, ale się odsuwam.

– Przestań.

Serce trzepocze mi w piersi jak uwięziony w klatce ptaszek. Patrzę na Matthew, czekając, żeby się uśmiechnął, powiedział, że wie o moim powrocie przez las zeszłej nocy i tylko się ze mną drażni. Ale on jedynie marszczy brwi.

– Tak, to okropne.

– Mówisz serio? – Wbijam w niego wzrok.

Jest naprawdę zaskoczony moim pytaniem.

– Oczywiście. Nie opowiadałbym takich bajek.

– Ale… – Robi mi się niedobrze. – Dlaczego umarła? Podali jakieś szczegóły?

Kręci głową.

– Tyle tylko, że siedziała w swoim samochodzie.

Odwracam się, nie chcąc, żeby zobaczył moją minę. Niemożliwe. To jakaś inna kobieta – mówię sobie.

Gdy znowu obejmuje mnie ramieniem, robię unik.

– Muszę wstawać i jechać na zakupy.

– Co chcesz kupić?

– Prezent dla Susie. Dziś wieczorem urządza przyjęcie, a ja nic dla niej nie mam. – Spuszczam nogi z łóżka.

– Nie ma pośpiechu. – Próbuje mnie zatrzymać, ale łapię komórkę i znikam.

Zamykam się w łazience i odkręcam prysznic, chcąc zagłuszyć wewnętrzny głos, który mówi mi, że znalezione zwłoki to kobieta, którą widziałam wczoraj w nocy na drodze. Jestem tak roztrzęsiona, że siadam na brzegu wanny i włączam internet. Na stronie z aktualnościami podają tę informację jako wiadomość z ostatniej chwili, ale bez szczegółów. Sam fakt, że znaleziono martwą kobietę w jej samochodzie niedaleko Browbury w hrabstwie Sussex. Czy to znaczy, że popełniła samobójstwo? Co za okropność.

Myśli kłębią mi się w głowie, gdy usiłuję zrozumieć, co się stało. Jeżeli to rzeczywiście ta sama kobieta, może wcale nie zepsuł się jej samochód, może celowo stanęła w zatoczce, w odosobnionym miejscu, żeby mieć spokój. To by wyjaśniało, dlaczego nie zamrugała światłami, nie poprosiła o pomoc – w ogóle nie próbowała mnie zatrzymać, kiedy przejeżdżałam obok, a z pewnością dałaby jakiś znak, gdyby coś nie działało. Z zażenowania aż czuję mdłości. Teraz, w ten słoneczny poranek, wierzyć mi się nie chce, że nie podeszłam do tej kobiety. Gdybym to zrobiła, sprawy może potoczyłyby się inaczej. Może powiedziałaby, że nic jej nie jest, udałaby, że zepsuł się samochód i ktoś już jedzie z pomocą. Wtedy zaproponowałabym, że zostanę do przyjazdu tej osoby. A gdyby stanowczo się sprzeciwiła, nabrałabym podejrzeń, wdała się z nią w rozmowę – i może by nadal żyła. Poza tym czyż nie powinnam była kogoś zawiadomić? Skupiona na SMS-ie od Rachel i prezencie dla Susie, który miałam kupić, zupełnie zapomniałam o kobiecie w samochodzie.

– Kochanie, długo tam będziesz? – dolatuje zza drzwi głos Matthew.

– Jeszcze chwilę! – przekrzykuję szum cieknącej na próżno wody.

– No to idę szykować śniadanie.

Zdejmuję piżamę i wchodzę pod prysznic. Woda jest gorąca, ale nie aż tak, by zmywała piekący wstyd. Mocno szoruję skórę, starając się odsunąć od siebie obraz kobiety, która otwiera fiolkę z tabletkami, wysypuje je na dłoń i połyka, popijając wodą. Jakie okropności musiała znosić, że targnęła się na własne życie? Czy w ostatnich chwilach życia zaczęła żałować swego czynu? Żeby przerwać natłok tych nieznośnych myśli, zakręcam wodę i wychodzę spod prysznica. Nagła cisza tak mnie irytuje, że włączam w komórce radio, z nadzieją, że usłyszę jakąś pogodną, pokrzepiającą piosenkę, wszystko jedno co, bylebym przestała myśleć o kobiecie w samochodzie.

„...we wczesnych godzinach porannych znaleziono zwłoki kobiety w samochodzie zaparkowanym przy Blackwater Lane. Śmierć nastąpiła w podejrzanych okolicznościach. Policja nie podała żadnych szczegółów, ale zaleca tamtejszym mieszkańcom zachowanie czujności".

Szok jest tak silny, że aż mnie zatyka. „Śmierć nastąpiła w podejrzanych okolicznościach" – to zdanie odbija się od ścian łazienki. Czy nie tak wypowiada się policja, gdy kogoś zamordowano? Ogarnia mnie strach. Byłam tam, dokładnie w tym miejscu. Czy morderca czaił się wtedy w krzakach, czekał na sposobność, by zabić? Kręci mi się w głowie na myśl, że mogło paść na mnie, że to mnie mógł zamordować. Chwytam po omacku ręcznik i staram się głęboko oddychać. Chyba mi rozum odebrało, że wczoraj tamtędy pojechałam.

Idę do sypialni i wkładam czarną bawełnianą sukienkę, wyciągniętą ze stosu ubrań na krześle. Dolatujący z dołu zapach grillowanych kiełbasek przyprawia mnie o mdłości, jeszcze zanim otworzę drzwi do kuchni.

– Pomyślałem, że dla uczczenia pierwszego dnia twoich wakacji zrobimy sobie wystawne śniadanie – mówi Matthew, tak rozradowany, że zmuszam się do uśmiechu, nie chcąc zepsuć mu nastroju.

– Świetnie.

Chcę mu opowiedzieć o zeszłej nocy. O tym, że mogłam zginąć. Chcę się podzielić swoim strachem, tak potężnym, że ledwie nad nim panuję. Ale gdy przyznam się, że wracałam przez las, choć kategorycznie mi zabronił, Matthew się wścieknie. Nieważne, że jestem tutaj, cała i zdrowa siedzę w kuchni, a nie leżę zamordowana w swoim samochodzie. Poczuje się tak jak ja, będzie przerażony tym, do czego mogło dojść, wstrząśnięty, że naraziłam się na niebezpieczeństwo.

– O której wybierasz się na zakupy? – pyta.

Ma na sobie szary T-shirt i cienkie bawełniane szorty. W innej sytuacji pomyślałabym, jaka ze mnie szczęściara, że trafił mi się taki facet. Ale teraz z trudem odwracam głowę w jego stronę. Mam wrażenie, że to, co przed nim ukrywam, jest wypalone na mojej skórze.

– Zaraz po śniadaniu.

Patrzę przez okno na ogród za domem, usiłując skupić się na jego uroku, ale moje myśli wciąż biegną wstecz, wraca wspomnienie, jak odjechałam z tamtej zatoczki. Wtedy jeszcze żyła, ta kobieta w samochodzie.

– Rachel jedzie z tobą? – Głos Matthew wyrywa mnie z zamyślenia.

– Nie. – Uprzytamniam sobie, że tak byłoby najlepiej, może bym jej powiedziała, co się stało i jaka jestem rozbita. – Właściwie to dobry pomysł. Zadzwonię do niej i spytam.

– Tylko szybko. Śniadanie jest prawie gotowe.

– Wracam za minutę.

Wychodzę do przedpokoju i z domowego telefonu – komórka ma zasięg tylko na piętrze – dzwonię do Rachel. Trochę to trwa, zanim odbierze, ale wreszcie słyszę jej zaspany głos.

– Obudziłam cię – mówię przepraszająco, przypomniawszy sobie, że dopiero co wróciła z Nowego Jorku.

– Mam wrażenie, że jest środek nocy – burczy. – Która godzina?

– Wpół do dziesiątej.

– Czyli rzeczywiście środek nocy. Dostałaś mojego SMS-a?

Tym pytaniem zbija mnie z tropu. Milknę, czując pulsowanie w skroniach, zapowiadające ból głowy.

– Tak, ale jeszcze nie mam prezentu dla Susie.

– Jak to?

– Byłam bardzo zajęta – mówię szybko. Przypomina mi się, że nie wiedzieć czemu Rachel sądzi, iż miałam kupić coś od nas obu. – Pomyślałam, że zaczekam do dziś, na wypadek gdybyśmy zmieniły zdanie i postanowiły dać jej coś innego. – Próbuję nakłonić ją do wyjawienia, jaki to miał być prezent.

– Niby dlaczego miałybyśmy zmienić zdanie? Wszyscy stwierdzili, że twój pomysł jest najlepszy. Poza tym, Cass, to przyjęcie odbędzie się dziś wieczorem!

Słowo „wszyscy" znowu wprawia mnie w zakłopotanie.

– Nigdy nie wiadomo – odpowiadam enigmatycznie. – Nie chciałabyś jechać ze mną?

– Chętnie, ale ta zmiana czasu…

– A jeśli zaproszę cię na lunch?

Zapada cisza.

– W Costello's?

– Zgoda. Spotkajmy się o jedenastej w kawiarni w Fenton's, zafunduję ci jeszcze kawę.

Słyszę ziewanie, a potem jakiś szelest.

– Zastanowię się, dobrze?

– Wykluczone – mówię stanowczym tonem. – Raz-dwa, wyskakuj z łóżka. Do zobaczenia.

Gdy odkładam słuchawkę, jest mi już trochę lżej i przestaję się przejmować prezentem dla Susie. W porównaniu z poranną wiadomością to drobne zmartwienie.

Idę do kuchni i siadam przy stole.

– Jak ci się podoba? – pyta Matthew, zamaszystym gestem stawiając przede mną talerz z kiełbaskami, bekonem i jajkami.

Chyba nie zdołam nic zjeść, ale uśmiecham się radośnie.

– Super! Dzięki.

Matthew siada obok mnie i zabiera się do jedzenia.

– Jak się miewa Rachel?

– Dobrze. Pójdzie ze mną na zakupy. – Spoglądam na swój talerz i zastanawiam się, jak uszanować jego zawartość. Biorę kilka kęsów, ale mój żołądek się buntuje, więc dziobię widelcem w talerzu i ostatecznie się poddaję. – Przepraszam. – Odkładam sztućce. – Po wczorajszej kolacji wciąż jestem najedzona.

Matthew wbija widelec w moją kiełbaskę.

– Szkoda, żeby się zmarnowało – mówi z szerokim uśmiechem.

– Proszę. Śmiało.

Spogląda na mnie swoimi niebieskimi oczami i przytrzymuje mój wzrok.

– Dobrze się czujesz? Mam wrażenie, że jesteś trochę zgaszona.

Mrugam powiekami, by zahamować napływające do oczu łzy.

– Nie mogę przestać myśleć o tej kobiecie. – Gdy wreszcie zaczynam o tym rozmawiać, czuję taką ulgę, że słowa same cisną mi się na usta. – W radiu mówili, że według policji okoliczności jej śmierci są podejrzane.

Matthew odgryza kawałek kiełbaski.

– Czyli została zamordowana.

– Tak to rozumiesz? – pytam, choć wiem, jaki jest sens tego stwierdzenia.

– Zawsze wypowiadają się w ten sposób, dopóki nie przeprowadzą badań kryminalistycznych. Boże, koszmarna sprawa. Nie rozumiem, dlaczego narażała się na takie niebezpieczeństwo, jadąc w nocy tą drogą. Wiem, że nie mogła przewidzieć, co ją czeka, ale mimo wszystko…

– Może zepsuł jej się samochód – podsuwam powód, a dłonie same zaciskają mi się pod stołem.

– Prawdopodobnie. Kto by się zatrzymywał w takim odludnym miejscu? Ta biedaczka musiała być przerażona. W lesie nie ma zasięgu, więc pewnie modliła się, żeby ktoś się pojawił i jej pomógł. I pomyśleć, co się stało, gdy nadjechał.

Aż zapiera mi dech ze zgrozy i czuję, jakby oblano mnie kubłem zimnej wody. W jednej chwili przytomnieję, uświadamiając sobie potworność tego, co zrobiłam. Wmawiałam sobie, że ona już zadzwoniła po pomoc – a przecież wiedziałam, że w lesie nie ma zasięgu. Dlaczego tak się zachowałam? Dlaczego wyleciało mi to z głowy? Może dlatego, żebym mogłam z czystym sumieniem pojechać dalej? Już nie mam czystego sumienia. Zostawiłam tę kobietę jej losowi. Oddałam ją w ręce mordercy.

Odsuwam do tyłu krzesło.

– Muszę już iść – rzucam szybko, zbierając puste kubki ze

stołu i modląc się, żeby znowu nie zapytał, czy dobrze się czuję. – Nie chcę, żeby Rachel na mnie czekała.

– O której macie się spotkać?

– O jedenastej. Ale sam wiesz, jak miasto jest zatłoczone w sobotę.

– Dobrze słyszałem, że umówiłyście się na lunch?

– Tak. – Daję mu szybkiego całusa w policzek, byle znaleźć się już za drzwiami. – Do zobaczenia.

Biorę torbę i kluczyki ze stolika w przedpokoju. Matthew odprowadza mnie do drzwi, z grzanką w ręce.

– Nie zechciałabyś odebrać z pralni mojej marynarki? Mógłbym ją włożyć na dzisiejszy wieczór.

– Jasne, masz kwitek?

– Chwileczkę. – Sięga do portfela i wyjmuje różową kartkę. – Już jest zapłacone.

Chowam kwitek do torby i otwieram drzwi. Słońce wlewa się do przedpokoju.

– Uważaj na siebie! – woła Matthew, gdy wsiadam do samochodu.

– Spróbuję. Kocham cię.

– Ja ciebie bardziej!

*

Na drodze do Browbury już jest duży ruch. Nerwowo uderzam dłonią w kierownicę. Ponieważ chciałam szybko wyskoczyć z domu, nie pomyślałam, jak się będę czuła, znów siedząc w samochodzie, na tym samym miejscu, z którego spojrzałam na tamtą kobietę. Żeby oderwać się od tej sprawy, próbuję przypomnieć sobie, jaki to prezent dla Susie zaproponowałam. Dziewczyna pracuje w jednej firmie z Rachel, w dziale administracyjnym. Mówiąc, że wszyscy zgodzili się na moją propozycję,

Rachel musiała mieć na myśli grono swoich przyjaciół z pracy. Ostatni raz widziałam się z nimi przed miesiącem i pamiętam, że Rachel poruszyła temat przyjęcia z okazji czterdziestych urodzin Susie, korzystając z okazji, że ona nie mogła przyjść na to spotkanie. Czy wtedy rzuciłam ten pomysł?

Cudem udaje mi się zaparkować na ulicy, niedaleko domu towarowego Fenton's. Jadę na piąte piętro do kawiarni i widzę, że Rachel już przyszła. Mimo tłoku zauważam ją od razu: w jaskrawożółtej sukience na ramiączkach, z ciemnymi bujnymi lokami, siedzi pochylona nad telefonem komórkowym. Dostrzegam na stoliku dwie filiżanki z kawą i czuję wdzięczność do Rachel za to, że zawsze tak się o mnie troszczy. Starsza o pięć lat, zastępuje mi siostrę, której nigdy nie miałam. Nasze matki się przyjaźniły. Ponieważ jej mama pracowała do późna, żeby utrzymać siebie i córkę – ojciec zostawił rodzinę niedługo po narodzinach dziecka – mała Rachel spędzała dużo czasu u nas w domu, tak dużo, że moi rodzice z czułością nazywali ją swoją drugą córką. Gdy w wieku szesnastu lat przerwała naukę i poszła do pracy, żeby odciążyć swoją mamę, starała się raz w tygodniu jeść z nami obiad. Bliska więź łączyła ją zwłaszcza z moim tatą i po jego śmierci – wpadł pod samochód przed naszym domem – opłakiwała go niemal tak bardzo jak ja. A potem, gdy zachorowała moja mama i nie można było zostawiać jej samej, Rachel przychodziła do niej raz w tygodniu, dzięki czemu mogłam iść na zakupy.

– Taka spragniona?

Pytam żartem, wskazując dwie kawy, ale brzmi to sztucznie. Mam wrażenie, że przyciągam spojrzenia, jakby wszyscy skądś wiedzieli, że widziałam kobietę zamordowaną zeszłej nocy i nie pośpieszyłam jej z pomocą.

Rachel podrywa się z krzesła i ściska mnie na powitanie.

– Tak długo się tu czeka, że postanowiłam zamówić. Wiedziałam, że zaraz się zjawisz.

– Przepraszam, był duży ruch. Cieszę się, że przyszłaś. Jestem ci wdzięczna.

Patrzy roziskrzonym wzrokiem.

– Wiesz, że za lunch w Costello's zrobię wszystko.

Siadam naprzeciw niej i z przyjemnością upijam łyk kawy.

– Miałaś wczoraj szalony wieczór?

Uśmiecham się i z wolna uchodzi ze mnie napięcie.

– Może nie szalony, ale było wesoło.

– Przystojniak John też przyszedł?

– Oczywiście. Stawili się wszyscy nauczyciele.

– Powinnam była tam wpaść – stwierdza z szerokim uśmiechem.

– Jest dla ciebie zdecydowanie za młody. – Parskam śmiechem. – Poza tym ma dziewczynę.

– I pomyśleć, że kiedyś mogłaś go mieć.

Wzdycha, a ja kręcę głową, niby ubolewając nad tym, że ona nigdy nie pogodziła się całkowicie z faktem, iż wolałam związać się z Matthew niż z Johnem.

Gdy umarła moja mama, Rachel była fantastyczna. Nie pozwoliła mi tkwić w domu i zabierała ze sobą na różne imprezy. Przyjaźniła się z ludźmi z pracy i z zajęć jogi, a ci, gdy się poznaliśmy, pytali mnie, gdzie pracuję. Przez parę miesięcy powtarzałam na okrągło, że zrezygnowałam z pracy nauczycielskiej, żeby opiekować się chorą matką, aż ktoś zauważył, że teraz mogłabym przecież wrócić do szkoły. I nagle poczułam, że na niczym nie zależy mi bardziej. Już nie zadowalało mnie siedzenie całymi dniami w domu i korzystanie z takiej wolności, jakiej nie zaznałam od lat. Chciałam żyć tak, jak żyje trzydziestotrzyletnia kobieta.

Miałam szczęście. W naszej okolicy brakowało nauczycieli, więc po odbyciu kursu dokształcającego dostałam posadę w szkole w Castle Wells i zaczęłam uczyć historii w dziewiątej klasie. Cieszyłam się z powrotu do pracy, a gdy John, tamtejszy obiekt westchnień zarówno nauczycielek, jak i uczennic, zaprosił mnie na randkę, pochlebiło mi to ponad wszelkie wyobrażenie. Gdybyśmy nie pracowali razem, pewnie bym się zgodziła. A tak, odmówiłam, co go tylko zachęciło do ponawiania propozycji. Kiedy w końcu poznałam Matthew, chętnie zaczęłam się z nim spotykać, zmęczona staraniami Johna.

– Jak było w Ameryce? – pytam, popijając kawę.

– Wyczerpująco. Za dużo spotkań i jedzenia. – Wyjmuje z torebki płaską paczuszkę i przesuwa po blacie.

– Ściereczka! Dla mnie!

Rozpakowuję upominek. Tym razem na ściereczce jest mapa Nowego Jorku. Poprzednio była Statua Wolności. Utarło się dla żartu, że gdy Rachel wyjeżdża, w podróż służbową czy na wakacje, zawsze przywozi dwie identyczne ściereczki, jedną dla mnie, drugą dla siebie.

– Dziękuję. Rozumiem, że masz taką samą.

– Oczywiście. – Raptem jej twarz poważnieje. – Słyszałaś o kobiecie, którą zeszłej nocy znaleziono martwą w samochodzie, na drodze między Browbury a Castle Wells?

Gwałtownie przełykam kawę, składam ściereczkę na pół, potem jeszcze raz na pół i chowam do torebki.

– Tak. Matthew mówił, że podawano w wiadomościach – bąkam z pochyloną głową.

Rachel czeka, aż usiądę prosto, po czym wzdrygając się, dodaje:

– Straszne, prawda? Policja przypuszcza, że miała zapaść i dlatego stanęła.

– Tak twierdzą?

– Yhm. – Krzywi się. – Okropne… wyobraź sobie, że zasłabniesz podczas burzy, gdzieś na odludziu. Nawet nie chcę o tym myśleć.

Ze wszystkich sił powstrzymuję się, by nie palnąć, że tam byłam, widziałam tę kobietę w samochodzie. Nie chcę tego wyjawiać, gdy wokoło jest tyle ludzi, gdy Rachel już przejęła się tą sprawą. Jeszcze zaczęłaby mnie osądzać, wstrząśnięta, że nie pośpieszyłam z pomocą.

– Ja też – przytakuję.

– Zdaje się, że czasem jeździsz tamtędy, ale chyba nie wczoraj, prawda?

– Nigdy nie korzystam z tej drogi, gdy jadę sama.

Palą mnie policzki. Jestem pewna, że wyczuwa kłamstwo. Ale mówi dalej, jakby niczego nie zauważyła:

– Całe szczęście. Mogło trafić na ciebie.

– Tylko że mnie nie przydarzyłaby się zapaść – mówię.

Rachel parska śmiechem, rozładowując napięcie.

– Nie wiadomo! Może ta kobieta nie doznała zapaści. Tak tylko się przypuszcza. Może ktoś zatrzymał ją tam, udając, że ma kłopoty. W takim wypadku każdy by stanął, nie uważasz?

– Czyżby? Na odludnej drodze? Podczas burzy? – Rozpaczliwie pragnę usłyszeć zaprzeczenie.

– No, chyba że byłby bez sumienia. Nikt, ot tak, nie pojechałby dalej. Przynajmniej coś by zrobił.

Te słowa są jak cios pięścią, łzy napływają mi do oczu. Poczucie winy jest prawie nie do zniesienia. Nie chcę pokazać Rachel, jak bardzo mnie to poruszyło, więc pochylam głowę i wbijam wzrok w wazonik z pomarańczowymi kwiatkami, stojący na środku stolika. Kontury płatków zaczynają mi się rozmazywać i z zażenowaniem sięgam do torebki po chusteczkę.

– Cass? Dobrze się czujesz?

– Tak, świetnie.

– Nie powiedziałabym.

W jej głosie słyszę troskę. Wydmuchuję nos, żeby zyskać na czasie. Odczuwam przemożną potrzebę wyjawienia komuś prawdy.

– Nie wiem, dlaczego tak się stało, ale ja nie... – Milknę.

– Co „nie"? – Patrzy na mnie pytająco.

Już mam jej powiedzieć, ale uprzytamniam sobie, jaka będzie zszokowana: nie tylko tym, że odjechałam, nie sprawdziwszy, czy z tą kobietą jest wszystko w porządku, lecz również moim kłamstwem, że nie wracałam wczoraj do domu drogą przez las.

– Nieważne.

– Chyba jednak ważne. No mów, Cass.

– Nie mogę.

– Dlaczego?

Mnę chusteczkę w dłoniach.

– Bo się wstydzę.

– Wstydzisz się?

– Tak.

– Czego? – Milczę, a ona wzdycha z irytacją. – No już, gadaj! To na pewno nie jest nic strasznego!

Gdy słyszę zniecierpliwienie w jej głosie, denerwuję się jeszcze bardziej. Muszę szybko wymyślić jakiś powód, coś przekonującego.

– Zapomniałam o Susie – wyrzucam z siebie, zdegustowana, że posługuję się wymówką, która jest taka banalna w porównaniu ze śmiercią tamtej kobiety. – Wyleciało mi z głowy, że miałam coś jej kupić.

– Jak to „wyleciało ci z głowy"? – Patrzy na mnie karcącym wzrokiem.

– Po prostu nie pamiętam. Nie pamiętam, co postanowiłyśmy jej kupić.

Na jej twarzy maluje się zdumienie.

– Przecież sama wpadłaś na ten pomysł. Ponieważ Stephen zabiera ją do Wenecji z okazji jej urodzin, powiedziałaś, że moglibyśmy kupić jej lekką walizkę na kółkach. Siedzieliśmy wtedy w barze, niedaleko mojego biura – dodaje dla ułatwienia.

Choć te informacje nic mi nie mówią, udaję, że kamień spadł mi z serca.

– No jasne, teraz sobie przypominam! Boże, jaka ja jestem głupia! Myślałam, że chodzi o perfumy albo coś takiego.

– Za tyle pieniędzy? Zrzucaliśmy się po dwadzieścia funtów, czyli masz do wydania sto sześćdziesiąt. Wzięłaś je ze sobą?

Sto sześćdziesiąt funtów?! Jak mogłam zapomnieć, że dostałam taką sumę? Chcę wszystko wyznać, ale już nie jestem pewna swego, więc udaję dalej.

– Zamierzałam płacić kartą.

Rachel uśmiecha się uspokajająco.

– No i po kłopociku. Pij tę kawę, bo wystygnie.

– Chyba już jest zimna… Może przyniosę nam świeżą?

– Ja pójdę. Ty zostań i wyluzuj się.

Rachel idzie do kolejki przy ladzie. Odprowadzam ją wzrokiem, starając się nie zwracać uwagi na to, że ściska mnie w żołądku. Jakoś udało mi się przemilczeć, że widziałam tę kobietę w samochodzie, ale żałuję, że wyszło na jaw moje zapominalstwo w kwestii walizki. Rachel nie jest głupia. Widziała, jak z tygodnia na tydzień pogarsza się stan mojej mamy, i nie chcę dawać jej powodu do zmartwień, do podejrzeń, że mnie też to czeka. Najgorsze, że w ogóle nie pamiętam, jakobym zaproponowała kupienie walizki. Nie pamiętam również, gdzie wsadziłam owe sto sześćdziesiąt funtów, chyba że leżą w szufladce mojego starego biurka. O pieniądze się nie martwię – jeśli ich nie znajdę, to trudno. Natomiast przeraża mnie to, że nie pamiętam nic, co ma związek z prezentem dla Susie.

Rachel przynosi nasze kawy.

– Mogę cię o coś zapytać? – odzywa się, siadając przy stoliku.

– Pewnie.

– To do ciebie po prostu niepodobne, żebyś tak się martwiła tylko dlatego, że zapomniałaś o prezencie. Czy gnębi cię coś jeszcze? Z Matthew wszystko w porządku?

Po raz setny myślę z przykrością o tym, że Rachel i Matthew nie darzą się sympatią. Starają się tego nie okazywać, ale łatwo wyczuć wzajemną nieufność. Trzeba uczciwie przyznać, że niechęć Matthew do Rachel bierze się tylko stąd, że ona krzywo patrzy na niego. W wypadku Rachel sprawa jest bardziej skomplikowana. Ponieważ nie ma powodu, żeby niechętnie odnosiła się do Matthew, zastanawiam się czasem, czy nie jest zwyczajnie zazdrosna, że znalazłam sobie faceta. Zaraz jednak strofuję się za te myśli, bo wiem, że Rachel cieszy się moim szczęściem.

– W jak najlepszym – zapewniam ją, starając się nie myśleć o wydarzeniach ostatniej nocy. – Naprawdę chodziło tylko o prezent. – Te słowa są jak sprzeniewierzenie się pamięci kobiety w samochodzie.

– No cóż, tamtego wieczoru byłaś trochę zaprawiona – mówi Rachel, uśmiechając się na to wspomnienie. – Nie martwiłaś się, jak wrócisz do domu, bo miał po ciebie przyjechać Matthew, więc nie żałowałaś sobie wina. Może dlatego nie pamiętasz.

– Pewnie tak.

– No to dopij kawę i chodźmy szukać prezentu.

Schodzimy na czwarte piętro i niebawem znajdujemy zestaw dwóch popielatych walizek. Gdy wychodzimy ze sklepu, czuję na sobie wzrok Rachel.

– Na pewno chcesz iść na lunch? Jeśli nie masz ochoty, to nic.

Wspólny lunch i konieczność prowadzenia rozmowy o wszystkim i o niczym, byle nie o tej kobiecie w samochodzie, nagle wydają się ponad moje siły.

– Tak naprawdę głowa mi pęka... pewnie zanadto wczoraj imprezowałam. A gdybym zaprosiła cię na lunch w przyszłym tygodniu? Mam już wakacje, więc mogę przyjechać do miasta każdego dnia.

– No jasne. Ale chyba zdołasz przyjść wieczorem do Susie?

– Oczywiście. Wzięłabyś te walizki? Tak na wszelki wypadek.

– Nie ma sprawy. Gdzie zaparkowałaś?

– Na końcu High Street.

Kiwa głową.

– Ja na parkingu wielopoziomowym. W takim razie tutaj się pożegnamy.

– Dasz radę? – pytam, wskazując walizki.

– Przecież mają być lekkie, pamiętasz? Jeśli nie podołam, to na pewno znajdę jakiegoś sympatycznego młodzieńca do pomocy!

Obejmuję Rachel na pożegnanie i idę w stronę samochodu. Gdy przekręcam kluczyk w stacyjce, wyświetla się zegar: jest minuta po trzynastej. Jakaś cząstka mnie – dość pokaźna – nie chce słuchać lokalnych wiadomości, mimo to włączam radio.

„Minionej nocy, przy Blackwater Lane, między Browbury a Castle Wells, znaleziono zwłoki brutalnie zamordowanej kobiety. Osoby, które przejeżdżały tamtędy między godziną dwudziestą trzecią dwadzieścia a pierwszą piętnaście, proszone są o skontaktowanie się z nami możliwie jak najszybciej".

Gdy wyciągam rękę, żeby wyłączyć radio, widzę, jaka jestem roztrzęsiona. „Brutalnie zamordowana kobieta". Słowa wiszą w powietrzu; jest mi niedobrze, duszno, muszę otworzyć okno, bo nie mogę oddychać. Dlaczego nie powiedzieli po prostu „zamordowana"? Czy samo „zamordowana" nie jest wystarczająco potworne? Obok mnie staje samochód, kierowca pyta gestem, czy zwalniam miejsce, a gdy kręcę głową, jedzie dalej. Chwilę później podjeżdża następny samochód, sytuacja się powtarza, potem jeszcze jeden. Nie chcę się stąd ruszać, najchętniej zostałabym tu tak długo, aż przestanie się mówić o tym zabójstwie, wszyscy wrócą do swoich spraw i zapomną o brutalnie zamordowanej kobiecie.

Wiem, że to głupie, ale czuję się tak, jakby ona zginęła z mojej winy. Do oczu napływają mi piekące łzy. Nie wyobrażam sobie, że kiedykolwiek pozbędę się tych wyrzutów sumienia, ale znoszenie takiej udręki do końca życia wydaje mi się zbyt wysoką ceną za chwilowy przejaw egoizmu. Prawda jest jednak taka, że gdyby chciało mi się wysiąść z samochodu, ta kobieta być może nadal by żyła.

Jadę wolno, byle odwlec konieczność opuszczenia bańki ochronnej, jaką jest mój samochód. Gdy dojadę do domu, informacje o morderstwie będą już w telewizji, w gazetach, na ustach wszystkich, i zaatakują mnie zewsząd, nieustannie będą mi przypominać, że nie udzieliłam pomocy tej kobiecie.

Podjeżdżając pod dom, czuję dolatującą z ogrodu woń dymu z ogniska, która natychmiast przenosi mnie w czasy dzieciństwa. Zamykam oczy i przez kilka błogich sekund mam wrażenie, że to nie upalny lipcowy dzień, ale rześki listopadowy wieczór – razem z mamą jemy kiełbaski nadziane na widelce, a tato odpala sztuczne ognie na końcu ogrodu. Unoszę powieki i okazuje się, że słońce zniknęło za chmurą, co odzwierciedla stan mojego ducha. W innych okolicznościach wybrałabym się na poszukiwanie Matthew, ale teraz wchodzę od razu do domu, zadowolona, że mam trochę więcej czasu dla siebie.

– Wydawało mi się, że słyszę podjeżdżający samochód – mówi Matthew, stając w drzwiach kuchni parę minut później. – Nie spodziewałem się ciebie tak wcześnie. Czy nie miałaś zjeść lunchu w mieście?

– Taki był plan, ale zrezygnowałyśmy.

Podchodzi i całuje mnie w czubek głowy.

– Świetnie. Zjesz ze mną.

– Pachniesz dymem z ogniska – stwierdzam, wciągając powietrze.

– Postanowiłem spalić gałęzie, które ściąłem w zeszłym tygodniu. Na szczęście leżały pod brezentem, więc nie zmokły na deszczu. Nie nadawały się do kominka, bo zakopciłyby cały dom. – Bierze mnie w ramiona. – Wiesz, że jesteś dla mnie tą jedyną, prawda? – szepcze, powtarzając swoje słowa z początku naszej znajomości.

Pracowałam w szkole już pół roku, kiedy całą grupą poszliśmy do winiarni, żeby świętować moje urodziny. Matthew od razu wpadł Connie w oko. Siedział sam przy stoliku, najwyraźniej na kogoś czekając, więc zaczęła żartować, że jeśli ta osoba się nie pojawi, ona chętnie ją zastąpi. I tak się stało. Gdy już nie ulegało wątpliwości, że dziewczyna nie przyjdzie, Connie – trochę zawiana – podeszła do niego i zapytała, czy nie chciałby dołączyć do naszej paczki.

„Dziewczyna rzeczywiście wystawiła mnie do wiatru – przyznał z ponurą miną, gdy się dosiadł – ale miałem nadzieję, że to nie rzuca się w oczy". Connie ulokowała go między sobą a Johnem i tym samym naprzeciwko mnie. Nie mogłam nie zauważyć jego włosów opadających na czoło i niebieskich oczu, ilekroć na mnie spojrzał, a robił to często. Nie przykładałam do tego wagi – i słusznie, bo kiedy wstawaliśmy od stołu, opróżniwszy jeszcze kilka butelek, numer telefonu Connie znajdował się już na liście kontaktów w jego komórce.

Kilka dni później, gdy byłyśmy w pokoju nauczycielskim, Connie powiedziała mi, że odezwał się Matthew… prosząc o mój numer telefonu. Zgodziłam się, żeby mu podała. Zadzwonił i oświadczył z przejęciem, w ujmujących słowach: „Jak tylko cię zobaczyłem, wiedziałem, że jesteś dla mnie tą jedyną".

Kiedy zaczęliśmy ze sobą chodzić, wyznał mi, że nie może mieć dzieci, i stwierdził, że zrozumie, jeśli z nim zerwę. Ale ja już się zakochałam i choć ta wiadomość była potężnym ciosem, w moim poczuciu świat się nie zawalił. Gdy Matthew mi się oświadczył, zdążyliśmy już rozważyć inne możliwości posiadania dziecka i postanowiliśmy na poważnie wrócić do tematu rok po ślubie. Czyli mniej więcej teraz. Zazwyczaj myśl o dziecku mnie nie opuszcza, dziś jednak jest tak odległa, że nie mogę jej uchwycić.

Matthew wciąż trzyma mnie w ramionach.

– Zakupy się udały? – pyta.

– Tak, wybrałyśmy dla Susie zestaw dwóch walizek.

– Wszystko w porządku? Mam wrażenie, że jesteś jakaś przygnębiona.

Nagle odczuwam przemożną potrzebę samotności.

– Rozbolała mnie głowa – mamroczę pod nosem i uwalniam się z uścisku. – Wezmę aspirynę.

Idę do łazienki na piętrze, gdzie jest apteczka, biorę dwie tabletki i popijam wodą z kranu. Podnosząc głowę, widzę swoje odbicie w lustrze. Patrzę z obawą, czy nie zdradza mnie wyraz twarzy, czy nie świadczy o tym, że coś jest nie tak. Jednak nie znajduję niczego, co by wskazywało, że jestem inną osobą niż rok temu, gdy brałam ślub z Matthew – widzę takie same kasztanowe włosy i takie same niebieskie oczy.

Odwracam się i idę do sypialni. Sterta moich ubrań, które wcześniej rzuciłam na krzesło, leży teraz na zasłanym łóżku, co jest ze strony Matthew delikatną sugestią, żebym je sprzątnęła. Każdego innego dnia przyjęłabym to z rozbawieniem, ale dzisiaj czuję irytację. Spoglądam na biurko po mojej prababce i natychmiast przypominam sobie o pieniądzach, tych stu sześćdziesięciu funtach, które, jak mówiła Rachel, dostałam na kupno prezentu dla Susie. Jeśli wzięłam te pieniądze, to muszą być w biurku, bo zawsze tam wkładam rzeczy, które chcę bezpiecznie przechować. Biorę głęboki wdech, otwieram kluczykiem lewą szufladkę i ją wysuwam. W środku leży stosik zmiętych banknotów. Przeliczam je: równo sto sześćdziesiąt funtów.

Gdy tak stoję w cichej, przytulnej sypialni, przygniata mnie świadomość niepodważalnych faktów, które wyleciały mi z pamięci. To, że zapomina się czyjeś nazwisko lub twarz, jest całkiem normalne, ale nie jest normalne, że człowiek zapomina, iż zaproponował kupno jakiegoś prezentu i wziął pieniądze, by ten prezent kupić.

– Łyknęłaś aspirynę? – Dochodzący od drzwi głos Matthew tak mnie zaskakuje, że aż się wzdrygam.

Szybkim ruchem zamykam szufladkę.

– Tak. Już mi lepiej.

– Świetnie. – Uśmiecha się. – Zrobię sobie kanapkę. Też chcesz? I napiję się piwa.

Na myśl o jedzeniu żołądek znów podchodzi mi do gardła.

– Nie, dziękuję. Zjem coś później. Wypiję tylko herbatę.

Idę z nim na dół i siadam przy stole w kuchni. Matthew stawia przede mną kubek z herbatą. Patrzę, jak wyjmuje chleb z szafki i kawałek cheddara z lodówki. Robi sobie z tego prostą kanapkę i zjada, nawet nie biorąc talerza.

– Od rana ciągle mówią w radiu o tym morderstwie – odzywa się, rozsiewając okruszki. – Policja zamknęła drogę, bada teren, szukając dowodów. I pomyśleć, że to się dzieje pięć minut jazdy stąd. Czysty obłęd.

Staram się nie krzywić, tylko patrzę od niechcenia na posadzkę z terakoty usianą białymi okruszkami. Wyglądają, jakby osiadły na mieliźnie, bez szansy na ratunek.

– Wiedzą już coś o tej kobiecie? – pytam.

– Policja na pewno wie, bo poinformowano najbliższą rodzinę, ale nie podano szczegółów do publicznej wiadomości. Aż strach pomyśleć, co teraz przeżywa jakiś człowiek. Wiesz, co mi nieustannie chodzi po głowie? Że równie dobrze mogło paść na ciebie, gdybyś była na tyle głupia, żeby jechać wczoraj tamtą drogą.

Wstaję od stołu, zabierając ze sobą kubek.

– Położę się na chwilę.

Matthew patrzy na mnie z troską.

– Na pewno nic ci nie dolega? Wyglądasz nieszczególnie. Może lepiej nie idźmy na to dzisiejsze przyjęcie?

Uśmiecham się do niego ze współczuciem, bo wiem, że nie jest imprezowiczem i wolałby zaprosić gości do domu na zwykłą kolację.

– Musimy iść. Susie świętuje czterdziestkę.

– Nawet jeśli nie przejdzie ci ból głowy?

Słyszę niechęć w jego głosie i wzdycham.

– Nawet – odpowiadam stanowczo. – Nie przejmuj się, nie musisz rozmawiać z Rachel.

– Rozmawianie z nią nie jest dla mnie problemem, choć wolałbym, żeby nie patrzyła na mnie ciągle z taką dezaprobatą. Czuję się, jakbym zrobił coś złego. À propos, odebrałaś z pralni moją marynarkę?

Serce mi zamiera.

– Ojej, przepraszam, zapomniałam.

– Trudno, nieważne. Włożę coś innego.

– Przepraszam.

Myślę o prezencie i innych rzeczach, o których ostatnio zapomniałam. Przed kilkoma tygodniami Matthew wykupił mnie razem z wózkiem załadowanym produktami spożywczymi z supermarketu, ponieważ zostawiłam na stole w kuchni portmonetkę. Jakiś czas później znalazł karton mleka wśród środków czyszczących, a preparat do czyszczenia w lodówce. No i musiał udobruchać mojego dentystę, który zadzwonił z pretensjami, gdy zapomniałam o umówionej wizycie. Na razie zbywał takie zdarzenia śmiechem, mówił, że jestem przepracowana, jak zwykle pod koniec roku szkolnego. Ale oprócz prezentu dla Susie były jeszcze inne wypadki, gdy coś uleciało mi z pamięci, a Matthew o nich nie wiedział. Któregoś dnia pojechałam do szkoły bez książek; innym razem zapomniałam i o wizycie u fryzjera, i o lunchu z Rachel; w zeszłym miesiącu przejechałam czterdzieści kilometrów do Castle Wells, nie mając pojęcia, że zostawiłam w domu torebkę. Sedno sprawy polega na tym, że nie odważyłam się wyjawić Matthew całej prawdy o mojej mamie. Wie, że umarła w wieku pięćdziesięciu pięciu lat i pod koniec życia miała kłopoty z pamięcią, ale nie wie, że przez ostatnie trzy lata myłam ją, ubierałam i karmiłam. Nie wie również, że zdiagnozowano u niej demencję, gdy miała czterdzieści cztery lata, zaledwie dziesięć lat więcej, niż ja mam teraz. Na początku nie wierzyłam, że Matthew ożeni się ze mną, wiedząc, że być może za jakieś dziesięć lat u mnie też zostanie stwierdzona demencja.

Dziś jestem pewna, że zrobiłby dla mnie wszystko, ale upłynęło już za dużo czasu. Jak miałabym mu powiedzieć, że zataiłam przed nim pewne fakty? On wyznał mi szczerze i otwarcie, że nie może mieć dzieci, a ja odpłaciłam mu nieszczerością. Pozwoliłam, żeby moje egoistyczne lęki przysłoniły prawdę. „I teraz za to płacę!" – myślę, kładąc się na łóżku.

Próbuję się odprężyć, ale sceny z zeszłej nocy wyświetlają się w mojej głowie jedna po drugiej, niczym kadry filmu. Widzę samochód na drodze przed sobą, widzę, jak go objeżdżam, spoglądam w bok, na kierowcę. Na koniec widzę niewyraźną twarz kobiety, która patrzy na mnie przez okno.

*

Późnym popołudniem przychodzi do mnie Matthew.

– Wybieram się na kilka godzin do siłowni. Chyba że chciałabyś pójść na spacer albo coś takiego.

– Nie, nie, idź. – Cieszę się, że spędzę trochę czasu w samotności. – Muszę uporządkować rzeczy, które przyniosłam ze szkoły. Jeśli nie teraz, to nigdy.

Kiwa głową.

– Jak wrócę, w nagrodę napijemy się razem wina.

– Umowa stoi. – Przyjmuję całusa. – Baw się dobrze.

Słyszę trzask zamykanych drzwi frontowych, ale zamiast iść do gabinetu i popracować, nadal siedzę przy stole w kuchni i zmagam się z myślami. Dzwoni telefon stacjonarny: odzywa się Rachel.

– Nie zgadniesz! Ta zamordowana kobieta, no wiesz, okazało się, że pracowała w mojej firmie – mówi jednym tchem.

– O Boże – ledwie udaje mi się wykrztusić.

– Straszne, prawda? Susie jest kompletnie rozwalona. Tak ją to przybiło, że odwołuje przyjęcie. Powiedziała, że nie może się bawić, gdy zabito kogoś z grona naszych znajomych.

Czuję ulgę, że nie będę musiała iść, ale gnębi mnie to, że ta kobieta staje się coraz bardziej rzeczywista.

– Właściwie jej nie znałam, bo pracowała w innym dziale… – Rachel na chwilę zawiesza głos. – Ale prawdę mówiąc, ciężko mi na sercu. Wczoraj, kiedy pojechałam z lotniska prosto do biura, posprzeczałam się na parkingu z jakąś kobietą i zdaje się, że to była właśnie ona. Nagadałam jej… no wiesz, skutek zmęczenia i zmiany czasu… a teraz żałuję, że nie odpuściłam.

– Skąd mogłaś wiedzieć – bąkam odruchowo.

– Susie powiedziała, że jej koleżanki i koledzy z pracy są zdruzgotani. Niektórzy znają jej męża, podobno jest w rozpaczy… to zrozumiałe. No i został sam z dwuletnimi bliźniętami.

– Bliźniętami? – To słowo dudni mi w głowie.

– Tak, dwie dziewczynki. Co za tragedia.

Sztywnieję.

– Jak ona się nazywała?

– Susie mówi, że Jane Walters.

Jakbym dostała obuchem w głowę.

– Co takiego!? Powiedziałaś: Jane Walters?

– Tak.

Myśli mi się plączą.

– Nie, nie, to niemożliwe.

– Powtarzam słowa Susie.

– Ale… ale ja z nią byłam na lunchu. – Jestem tak oszołomiona, że ledwie mówię. – Jadłyśmy razem lunch, czuła się świetnie. To na pewno pomyłka.

– Jadłaś z nią lunch? – W głosie Rachel brzmi zaskoczenie. – Kiedy? A właściwie skąd ją znasz?

– Poznałyśmy się na imprezie pożegnalnej dla twojego kolegi z pracy, Colina. Zabrałaś mnie wtedy ze sobą, bo stwierdziłaś, że w tym tłumie i tak nikt nie zauważy, że jestem spoza firmy. Zagadałyśmy do siebie przy barze i wymieniłyśmy numery telefonów. Odezwała się kilka dni później. Wspominałam ci o tym, jak zadzwoniłaś z Nowego Jorku, mówiłam, że następnego dnia idę z nią na lunch. Tak mi się przynajmniej wydaje.

– Chyba jednak nie mówiłaś – zaprzecza łagodnie, rozumiejąc, jaka jestem przygnębiona. – A nawet gdybyś mówiła, gdybyś wymieniła jej imię, nie wiedziałabym, o kogo chodzi. Tak mi przykro, Cass, wiem, jakie to dla ciebie okropne.

– Miałam ją odwiedzić w przyszłym tygodniu – uprzytamniam sobie – i poznać jej córeczki. – Łzy lecą mi z oczu.

– Okropność. Ciarki przechodzą człowieka na myśl, że morderca gdzieś tam krąży. Nie chcę cię straszyć, Cass, ale wasz dom stoi chyba tylko parę kilometrów od miejsca zabójstwa, no i jakby na uboczu, sam jeden na końcu drogi.

– O Jezu.

Robi mi się słabo. Przez te kłopoty i zamieszanie nie pomyślałam, że zabójca wciąż jest na wolności. Ani o tym, że komórka łapie zasięg tylko z górnego piętra domu, przy oknie.

– Zdaje się, że nie macie alarmu, tak?

– Nie mamy.

– W takim razie obiecaj mi, że będziesz zamykała drzwi na klucz, gdy jesteś sama w domu.

– Dobrze, obiecuję. – Zgadzam się, byle już się rozłączyć, przestać rozmawiać o tym morderstwie. – Przepraszam, Rachel, muszę lecieć – dodaję szybko. – Matthew mnie woła.

Rzucam słuchawkę i wybucham płaczem. Nie chcę uwierzyć w to, co powiedziała Rachel. Nie chcę uwierzyć, że Jane siedziała wtedy w samochodzie i została zamordowana, moja nowa znajoma, która, jak sądzę, zostałaby moją przyjaciółką. Poznałyśmy się przypadkiem na przyjęciu, na które ja też poszłam przypadkiem, tak jakby było nam sądzone się spotkać. Wciąż szlocham, ale widzę jasno i wyraźnie, jak gdyby to się działo teraz, Jane, która przeciska się do baru w Bedales.

*

– Przepraszam, stoisz w kolejce do baru? – zapytała mnie z uśmiechem.

– Nie, nie. Czekam na męża. Ma po mnie przyjechać. – Odsunęłam się, żeby zrobić jej miejsce. – Wciśnij się tu, jeśli chcesz.

– Dzięki. Na szczęście nie umieram z pragnienia – zażartowała, mając na myśli ludzi stłoczonych przy barze i czekających, aż zostaną obsłużeni. – Nie sądziłam, że Colin zaprosi takie tłumy. – Obrzuciła mnie pytającym spojrzeniem i wtedy zwróciłam uwagę na jej intensywnie niebieskie oczy. – Nie widziałam cię tu wcześniej. Pracujesz w Finchlakers od niedawna?

– Właściwie w ogóle nie pracuję w tej firmie – przyznałam ze skruchą. – Przyszłam z przyjaciółką. Wiem, że to jest prywatne przyjęcie, ale ona twierdziła, że będzie tu masa ludzi i jedna osoba więcej nie zrobi różnicy. Mój mąż ogląda dziś razem z kolegami mecz, a ona nie chciała, żebym tkwiła w domu sama.

– Zdaje się, że masz dobrą przyjaciółkę.

– O tak, Rachel jest wspaniała.

– Rachel Baretto?

– Znasz ją?

– Właściwie nie. – Uśmiechnęła się do mnie wesoło. – Mój mąż też ogląda mecz. I pilnuje naszych dwuletnich bliźniaczek.

– Macie bliźniaczki? Wspaniale! Jak je nazwaliście?

– Charlotte i Louise, ale mówimy na nie Lottie i Loulou. – Wyjęła z torebki komórkę i zaczęła przeglądać galerię. – Alex, mój mąż, ciągle powtarza, żebym tego nie robiła w towarzystwie nieznajomych, ale nie mogę się powstrzymać. – Podsunęła mi telefon. – To one.

– Piękne – powiedziałam ze szczerym zachwytem. – W białych sukieneczkach wyglądają jak aniołki. Która jest która?

– To jest Lottie, a to Loulou.

– Są identyczne? Tak mi się wydaje.

– Nie całkiem. Ale większość ludzi z trudem je odróżnia.

– Na pewno. – Zauważyłam, że podszedł barman i czeka na zamówienie. – Teraz twoja kolej.

– O, świetnie. Poproszę czerwone wino, południowoafrykańskie. – Odwróciła się do mnie. – Masz na coś ochotę?

– Matthew wkrótce tu będzie, ale… – Chwilę się zastanawiałam. – To on prowadzi, więc czemu nie? Dziękuję. Dla mnie białe wytrawne.

– A tak w ogóle mam na imię Jane.

– Cass. Nie ma powodu, żebyś tu dłużej stała. Znajomi pewnie czekają.

– Mogą poczekać jeszcze kilka minut. – Uniosła kieliszek. – Za przypadkowe spotkania! Tak się cieszę, że tu jestem i mogę się napić. Od urodzenia bliźniaczek rzadko wychodzę z domu, a jeśli już, to nie piję, bo wracam samochodem. Dziś odwiezie mnie przyjaciółka.

– Gdzie mieszkasz?

– W Heston, z drugiej strony Browbury. Wiesz, gdzie to jest?

– Byłam tam parę razy w pubie. Naprzeciwko jest śliczny mały park.

– Ze wspaniałym placem zabaw dla dzieci – dodała z uśmiechem. – Teraz spędzam tam sporo czasu. A ty? Mieszkasz w Castle Wells?

– Nie. W małej wiosce z tej strony Browbury. W Nook's Corner.

– Wracając z Castle Wells, czasem tamtędy przejeżdżam, na skrót przez las. Piękna okolica, masz szczęście.

– Rzeczywiście. Ale jak dla mnie mieszkamy za bardzo na uboczu. Dobrze, że mamy tylko kilka minut jazdy do drogi szybkiego ruchu. Uczę w liceum w Castle Wells.

– W takim razie na pewno znasz Johna Logana – powiedziała z uśmiechem.

– Johna? – Nie kryję rozbawienia i zaskoczenia. – Oczywiście. Jesteście zaprzyjaźnieni?

– Jeszcze kilka miesięcy temu grałam z nim w tenisa. Wciąż sypie dowcipami?

– Bez przerwy. – Zabrzęczał telefon, który trzymałam w ręce. Przyszedł SMS. – Od Matthew – wyjaśniłam, czytając wiadomość. – Na parkingu nie ma miejsca, więc musiał stanąć na drugiego przy ulicy.

– Wobec tego leć.

Szybko dopiłam wino.

– Wspaniale się z tobą gawędziło – powiedziałam zupełnie szczerze. – I dzięki za wino.

– Nie ma za co. – Po chwili dodała w pośpiechu: – Może któregoś dnia wybierzemy się na kawę albo i na lunch?

– Z wielką ochotą. – Byłam autentycznie wzruszona. – Wymieńmy się telefonami.

Zapisałyśmy numery w komórkach. Wyjaśniwszy kłopoty z zasięgiem, dałam jej również numer telefonu stacjonarnego, a ona obiecała zadzwonić.

Odezwała się niecały tydzień później, proponując wspólny lunch w następną sobotę, gdy jej mąż zostanie w domu z dziewczynkami. Pamiętam swoje zdziwienie, ale i radość, że zadzwoniła tak szybko. Pomyślałam, że może chce z kimś pogadać.

Spotkałyśmy się w restauracji w Browbury. Gawędziło się nam tak swobodnie, jakbyśmy przyjaźniły się od lat. Opowiedziała mi, jak poznała Alexa, a ja jej o Matthew i o tym, że chcemy wkrótce powiększyć rodzinę. Kiedy dostrzegłam go na chodniku przed restauracją, gdzie się ze mną umówił, nie mogłam uwierzyć, że już jest piętnasta.

– O, Matthew – powiedziałam, wskazując okno. – Trochę przed czasem. – Spojrzałam na zegarek i roześmiałam się zaskoczona. – Gdzie tam! Punktualnie co do minuty. Naprawdę siedziałyśmy tu dwie godziny?

– Wszystko na to wskazuje. – Sprawiała wrażenie zamyślonej.

Gdy uniosłam głowę i zobaczyłam, że nie odrywa wzroku od mojego męża, poczułam przypływ dumy. Nieraz mówiono mu, że przypomina młodego Roberta Redforda, a ludzie na ulicy często się za nim oglądali, zwłaszcza kobiety.

– Może go przyprowadzę? – zaproponowałam, wstając z krzesła. – Chciałabym, żebyś go poznała.

– Nie trzeba. Chyba jest zajęty. – Popatrzyłam na Matthew. Stał z komórką w ręce, pochłonięty pisaniem SMS-a. – Może innym razem. I tak muszę teraz zadzwonić do Alexa.

Pożegnałam się więc i wyszłam, a gdy Matthew i ja odchodziliśmy, trzymając się za ręce, spojrzałam za siebie i pomachałam siedzącej przy oknie Jane.

*

Wspomnienia się oddalają, ale do oczu napływa mi coraz więcej łez i uprzytamniam sobie, że aż tak nie płakałam nawet po śmierci mamy – może dlatego, że byłam na to przygotowana.

Natomiast wiadomość o śmierci Jane jest szokiem, wstrząsem tak głębokim, że dopiero po dłuższej chwili wszystko układa mi się w głowie i z całą mocą dociera do mnie, że to właśnie Jane widziałam w samochodzie wczorajszego wieczoru, że to ona odpowiedziała na moje spojrzenie, gdy ją mijałam, że to ją zostawiłam na pastwę mordercy. Ogarnia mnie przerażenie równe jedynie poczuciu winy, przygniatającemu i dławiącemu. Staram się opanować, powtarzam sobie, że gdyby nie ulewa, rozpoznałabym jej twarz, i gdybym wiedziała, że to ona, bez wahania wysiadłabym i pobiegła do niej w deszczu. A jeśli ona mnie rozpoznała, czekała na moją pomoc? Ta myśl jest wstrząsająca – ale gdyby tak było, przecież zamrugałaby światłami, wysiadła, podeszła, prawda? Nagle uderza mnie jeszcze jedna myśl, bardziej wstrząsająca: a jeśli morderca już tam był i Jane pozwoliła mi odjechać, chcąc mnie ratować?

*

– Cass, co się stało? – pyta Matthew, gdy po powrocie z siłowni zastaje mnie bladą jak ściana.

Łzy lecą mi ciurkiem, są nie do opanowania.

– Ta młoda kobieta zamordowana w lesie, pamiętasz? To Jane!

– Jane?

– Tak. Dziewczyna, z którą parę tygodni temu poszłam na lunch w Browbury. Poznałyśmy się na przyjęciu, na które zabrała mnie Rachel.

– Co takiego?! – Matthew patrzy na mnie zszokowany. – Jesteś pewna?

– Tak. Zadzwoniła Rachel z wiadomością, że to osoba z jej firmy. Kiedy zapytałam o nazwisko, powiedziała: Jane Walters. Susie odwołała przyjęcie, bo też ją znała.

– Przykro mi, Cass. – Matthew obejmuje mnie i mocno przytula. – Nie potrafię sobie wyobrazić, co czujesz.

– Nie wierzę, że to ona. Nie mieści mi się to w głowie. Może zaszła jakaś pomyłka? Może chodzi o inną Jane Walters?

Wyczuwam, że zastanawia się, co zrobić.

– Dali w internecie jej zdjęcie – mówi. – Widziałem w swojej komórce. Nie wiem, czy… – Zawiesza głos.

Kręcę głową. Nie chcę zobaczyć zdjęcia, nie chcę spojrzeć prawdzie w oczy, gdyby się okazało, że jest na nim Jane. Ale przynajmniej miałabym pewność. Roztrzęsiona, podejmuję decyzję.

– Pokaż.

Matthew wypuszcza mnie z objęć i razem idziemy na górę, żeby tam zadziałał internet w komórce. Gdy Matthew szuka najświeższych wiadomości, zamykam oczy i modlę się: „Panie Boże, proszę, oby to nie była Jane".

– O, jest – odzywa się półgłosem.

Ze strachu wali mi serce, ale otwieram oczy i spoglądam na zdjęcie zamordowanej kobiety. Blond włosy są krótsze niż tamtego dnia, gdy poszłyśmy na lunch, a oczy nie tak intensywnie niebieskie. Ale to niewątpliwie Jane.

– To ona – mamroczę. – To ona. Kto mógł zrobić coś takiego? Kto mógł zrobić coś tak okropnego?

– Szaleniec – odpowiada ponuro Matthew.

Odwracam się i kryję twarz na jego piersi, powstrzymując się od płaczu, żeby Matthew nie zaczął się zastanawiać, dlaczego jestem taka przejęta, skoro według niego ledwie znałam Jane.

– On nadal gdzieś tu jest. – Nagle ogarnia mnie strach. – Musimy zainstalować alarm.

– To może zadzwoń jutro do paru firm i powiedz, żeby przyszli zrobić wycenę? Ale do niczego się nie zobowiązuj, dopóki dokładnie wszystkiego nie sprawdzimy. Wiesz, jacy są ci ludzie… tak cię będą przekonywać, że podpiszesz umowę na wykonanie zupełnie niepotrzebnych prac.

– Dobrze.

Przez resztę popołudnia i wieczór jestem pogrążona w smutku. Cały czas myślę tylko o Jane, o tym, jak siedzi w samochodzie, czeka, żebym ją ocaliła.

– Tak mi przykro, Jane – szepczę. – Tak mi przykro.

PIĄTEK, 24 LIPCA

Dręczą mnie myśli o Jane. Minął tydzień od morderstwa i chyba nie było dnia, żebym nie myślała przede wszystkim o niej. Mimo upływu czasu moje poczucie winy nie tylko nie słabnie, ale wręcz narasta. Tym bardziej że w mediach wciąż dużo mówią o tym morderstwie i snują domysły, dlaczego zatrzymała się na tej odludnej drodze podczas burzy. Badania wykazały, że samochód był sprawny, ale stary, i miał niemal całkiem zużyte wycieraczki, więc przypuszcza się, że słabo widziała drogę i stanęła, żeby przeczekać ulewę.

Stopniowo klaruje się obraz sytuacji. Tuż przed dwudziestą trzecią Jane nagrała się na pocztę głosową w komórce swojego męża; powiedziała, że wychodzi z restauracji w Castle Wells, gdzie jej przyjaciółka urządziła babski wieczór, i że wkrótce będzie w domu. Zdaniem pracowników, Jane opuściła lokal razem z koleżankami, ale po pięciu minutach wróciła, żeby skorzystać z telefonu, ponieważ zostawiła w domu komórkę. Jej mąż zasnął na kanapie i nie słyszał, że dzwoni jego komórka, ani nie zorientował się, że żony wciąż nie ma. Tragiczną wiadomość przekazali mu dopiero policjanci. Zgłosiły się trzy osoby, które jechały Blackwater Lane w piątek w nocy, ale żadna nie zauważyła samochodu Jane, ani stojącego, ani jadącego. Na podstawie tych zeznań policja ustaliła, że zbrodnia została dokonana mniej więcej między godziną dwudziestą trzecią dwadzieścia – jazda z Castle Wells do zatoczki w lesie zajęłaby około kwadransa – a za pięć pierwsza, gdy przejeżdżający tamtędy człowiek znalazł ofiarę. Tyle dowiaduję się z mediów.

Jakiś wewnętrzny głos nakłania mnie, bym skontaktowała się z policją i poinformowała ich, że widziałam Jane żywą, mijając jej samochód około dwudziestej trzeciej trzydzieści, ale donośniej odzywa się drugi głos, który mówi, że będą mi wytykać, iż nie udzieliłam jej pomocy. Poza tym zawężenie czasu o kwadrans niewiele zmieni w śledztwie. Tak sobie tłumaczę.

Po południu zjawia się pracownik Superior Security Systems, żeby oszacować koszt zainstalowania alarmu. Facet z punktu mnie wkurza: przyjeżdża dwadzieścia minut przed czasem i pyta, czy mąż jest w domu.

– Nie ma go – odpowiadam, starając się nie zwracać uwagi na łupież pokrywający ramiona ciemnego garnituru. – Jeśli objaśni mi pan, jakiego rodzaju zabezpieczenie jest potrzebne w tym domu, z pewnością zdołam to zrozumieć. Tylko proszę mówić wolno.

Ironia nie trafia do faceta. Nie czekając na zaproszenie, wchodzi do przedpokoju.

– Dużo czasu spędza pani sama w domu?

Pytanie budzi mój niepokój.

– Raczej nie. Lada chwila spodziewam się powrotu męża.

– Obejrzałem sobie państwa dom z zewnątrz i uważam, że byłby doskonałym celem dla włamywaczy, zważywszy, że stoi na końcu drogi. Trzeba zamontować czujki przy oknach i drzwiach, w garażu i w ogrodzie. – Wodzi wzrokiem po przedpokoju. – Także na schodach… Przecież nie chce pani, żeby ktoś w środku nocy zakradł się do państwa sypialni. Rzucę okiem na piętro, dobrze?

Odwraca się i idzie schodami na górę, po dwa stopnie naraz, a ja za nim. Ogląda okno przy końcu podestu. Znika w naszej sypialni, więc kręcę się koło drzwi, niezadowolona, że on jest w środku sam. Nagle uprzytamniam sobie, że w ogóle nie sprawdziłam jego tożsamości, i z przerażeniem stwierdzam, że choć zamordowano Jane, byłam tak lekkomyślna, że wpuściłam obcego do domu. Dopiero teraz dociera do mnie, że wcale nie przedstawił się jako pracownik firmy alarmowej, a ja uznałam to za pewnik, choć przyjechał za wcześnie. Ten człowiek może być kimkolwiek.

Ta myśl uderza mnie tak silnie, że zaniepokojenie obecnością tego faceta w domu przeradza się w coś podobnego do paniki. Serce zamiera mi w piersi, po czym galopuje jak szalone i zaczynam się trząść. Nie odrywając wzroku od drzwi sypialni, wślizguję się do pokoju gościnnego i dzwonię z komórki do Matthew – na szczęście mam tu zasięg. Matthew nie odbiera, ale zaraz przychodzi SMS.

Przepraszam, mam spotkanie. Wszystko dobrze?

Odpowiadam, niezdarnie wystukując litery.

Nie podoba mi się gość od alarmu.

To się go pozbądź.

Wychodzę z pokoju i wpadam na faceta od alarmu. Odskakuję z krzykiem. Już mam mu powiedzieć, że się rozmyśliłam i rezygnuję z jego usług, ale on odzywa się pierwszy.

– Jeszcze obejrzę ten pokój i łazienkę, a potem pomieszczenia na dole. – Przeciska się obok mnie do środka.

Nie czekam na niego, tylko wybiegam na korytarz i staję przy drzwiach wejściowych, przekonując samą siebie, że zachowuję się głupio i panikuję bez powodu. Ale gdy on schodzi na parter, tkwię w miejscu i pozwalam, żeby sam obszedł resztę domu. Po dobrych dziesięciu minutach wraca do mnie.

– Może teraz gdzieś usiądziemy? – pyta.

– Nie ma takiej potrzeby. Chyba jednak nie będziemy instalować alarmu.

– Przykro mi o tym wspominać, ale niedaleko stąd została zamordowana młoda kobieta. Uważam, że państwo popełniają błąd. Proszę pamiętać, że morderca wciąż jest na wolności.

Gdy ten zupełnie obcy mężczyzna mówi o śmierci Jane, wytrąca mnie to z równowagi i gorączkowo chcę się go pozbyć.

– Ma pan firmową wizytówkę? Z danymi kontaktowymi?

– Oczywiście.

Wkłada rękę do kieszeni, a ja robię krok w tył, niemal pewna, że wyciągnie nóż. Ale on wręcza mi wizytówkę. Przyglądam się jej przez chwilę, czytam nazwisko: Edward Garvey. Czy on wygląda na Edwarda? Moja podejrzliwość się pogłębia.

– Dziękuję. Może byłoby dobrze, gdyby pan przyszedł, jak mąż będzie w domu.

– Mógłbym przyjść, tylko nie wiem, kiedy znajdę czas. Nie powinienem tego mówić, ale morderstwo napędza interes, rozumie pani? Więc jeśli poświęci mi pani jeszcze dziesięć minut, szybko wszystko wyjaśnię, a pani powtórzy mężowi.

Idzie w stronę kuchni i staje w drzwiach, gestem zapraszając mnie do środka. Mam ochotę przypomnieć mu, że to mój dom, ale nogi same niosą mnie we wskazanym kierunku. Czy tak to się odbywa…? Czy tak ludzie dają się wpuszczać w potencjalnie niebezpieczne sytuacje, idą jak owce na rzeź? Ogarnia mnie jeszcze większy niepokój, gdy zamiast usiąść po drugiej stronie stołu, mężczyzna siada obok mnie, utrudniając mi ruchy. Otwiera broszurę i przedstawia swoją propozycję. Jestem tak zdenerwowana, że nie mogę się skupić, tylko kiwam głową w odpowiednich momentach i udaję zaciekawienie, gdy on sumuje jakieś liczby, ale czuję, jak strużka potu spływa mi po plecach. Najchętniej zerwałabym się z krzesła i wyrzuciła tego faceta z domu, lecz powstrzymuje mnie moje dobre wychowanie. Czy to uprzejmość i ogłada nie pozwoliły Jane szybko zamknąć okna i odjechać, gdy uprzytomniła sobie, że jednak nie chce podwieźć swojego zabójcy?

– Tyle mam do powiedzenia. – Zdezorientowana, patrzę, jak wkłada papiery do teczki i podsuwa mi broszurę. – Wieczorem niech pani to pokaże mężowi. Ręczę, że będzie zadowolony.

Dopiero gdy zamykam za nim drzwi, uchodzi ze mnie napięcie. Świadomość, że znów postąpiłam głupio, nie sprawdzając tożsamości tego człowieka, zanim wpuściłam go za próg, zwłaszcza gdy w okolicy popełniono morderstwo, każe mi powątpiewać w moją roztropność. Nagle przenika mnie zimno. Biegnę na górę po sweter i gdy wchodzę do sypialni, mój wzrok przykuwa otwarte okno. Zastanawiam się, co to może znaczyć, czy w ogóle coś znaczy. Jesteś znerwicowana – wyrzucam sobie w duchu surowym tonem, wkładając sweter, który leżał na oparciu krzesła. Nawet jeśli okno otworzył facet od alarmu, co prawdopodobnie zrobił, bo chciał zobaczyć, gdzie można zamontować czujki, to nie znaczy, że zostawił je otwarte, by móc tu wrócić i cię zamordować.

Zamykam okno i gdy idę na dół, rozlega się dzwonek telefonu. Przypuszczam, że to Matthew, ale słyszę Rachel.

– Nie poszłabyś ze mną na drinka? – pyta.

– Pewnie! – wykrzykuję, zadowolona, że mam okazję wyrwać się z domu. Czuję, że Rachel nie tryska energią, tak jak zwykle. – Wszystko w porządku? – pytam.

– Tak. Po prostu mam ochotę na kieliszek wina. Pasuje ci osiemnasta? Mogę przyjechać do Browbury.

– Wspaniale. Spotkamy się w Sour Grapes?

– Świetnie. Do zobaczenia.

Wchodzę do kuchni i widzę na stole broszurę dotyczącą instalacji alarmowej. Odkładam ją na blat, niech Matthew zajrzy do niej po kolacji. Jest już siedemnasta trzydzieści – nie zdawałam sobie sprawy, że cała ta rozmowa o alarmie trwała tak długo – łapię kluczyki i natychmiast ruszam.

W mieście panuje tłok. Szybkim krokiem zmierzam do winiarni, gdy słyszę, że ktoś woła mnie po imieniu. Rozglądam się i dostrzegam swoją uroczą znajomą Hannah, która przeciska się przez tłum. Jest żoną Andy'ego, tenisowego partnera Matthew. Znamy się dość krótko i żałuję, że nie poznałyśmy się wcześniej – jest taka zabawna.

– Wieki się nie widziałyśmy! – wykrzykuje.

– O tak, stanowczo zbyt długo. Umówiłam się z Rachel. Gdyby nie to, wyciągnęłabym cię na drinka. Musicie przyjechać do nas na grilla, dopóki jest lato.

– Bardzo chętnie. – Uśmiecha się. – Andy narzeka, że ostatnio nie widuje Matthew w klubie. – Milknie na chwilę. – Pewno słyszałaś o tej młodej kobiecie, która została zamordowana w zeszłym tygodniu. Okropna sprawa.

Gdy myślę o Jane, osnuwa mnie ciemna mgła.

– Koszmarna.

Hannah lekko się wzdryga.

– Wciąż nie schwytano sprawcy. Myślisz, że go znała? Podobno w większości wypadków zabójca zna ofiarę.

– Ach tak?

Powinnam jej powiedzieć, że znałam Jane, że parę tygodni temu poszłyśmy razem na lunch – wiem, że powinnam to zrobić, ale nie mogę, bo nie chcę, żeby wypytywała mnie o nią, jaka ona była. I to, że nie mogę powiedzieć o tym Hannah, jest chyba jeszcze jedną zdradą.

– Może to nieumyślna zbrodnia – ciągnie Hannah. – Andy sądzi jednak, że sprawca pochodzi stąd, dobrze zna okolicę. Jego zdaniem zaszył się gdzieś niedaleko i znów uderzy. Aż strach pomyśleć, prawda?

Przechodzi mnie dreszcz, gdy słyszę, że morderca być może ukrywa się w pobliżu. Słowa Hannah dudnią mi w głowie. Mam nudności i nie mogę się skoncentrować na tym, co mówi. Przez kilka minut słucham jej jednym uchem, wzdychając i pomrukując w odpowiednich momentach.

– Przepraszam, Hannah – odzywam się w końcu i zerkam na zegarek. – Nie zdawałam sobie sprawy, że zrobiło się tak późno! Muszę lecieć.

– Rozumiem. Powiedz Matthew, że Andy chętnie się z nim spotka.

– Powiem – obiecuję.

*

W Sour Grapes jest tłoczno. Rachel już siedzi przy stoliku, z butelką wina.

– Przyszłaś za wcześnie – mówię, obejmując ją na powitanie.

– To ty się spóźniłaś. Ale nieważne.

Nalewa mi do kieliszka.

– Przepraszam, wpadłam na moją znajomą Hannah i zaczęłyśmy gadać. Nie powinnam wypijać całego kieliszka, jestem samochodem. Ty najwyraźniej nie.

– Spotykam się później z kilkoma osobami z pracy. Przegryziemy coś i wykończymy butelkę.

Upijam łyk, delektując się rześkim smakiem.

– Jak się miewasz? – pytam.

– Przyznam, że nie najlepiej. Od paru dni mamy w biurze policję. Przesłuchują wszystkich z powodu Jane. Dzisiaj padło na mnie.

– Nic dziwnego, że masz ochotę na drinka – mówię ze współczuciem. – O co pytali?

– Czy ją znałam. Zaprzeczyłam, zgodnie z prawdą. – Bawi się nóżką kieliszka. – Chodzi o to, że nie wspomniałam o tej sprzeczce na parkingu. Teraz się zastanawiam, czy nie powinnam była tego zrobić.

– Dlaczego im nie powiedziałaś?

– Sama nie wiem. Chociaż chyba wiem. Wydawało mi się, że to mogłoby wyglądać na motyw.

– Motyw? – Na moje zdziwienie reaguje wzruszeniem ramion. – Motyw morderstwa? Co ty wygadujesz, Rachel, ludzie nie popełniają zbrodni z powodu utarczki o miejsce parkingowe!

– Są tacy, co stracili życie z błahszych powodów, jestem pewna – oświadcza oschłym tonem. – Martwię się, czy ktoś, na przykład jej znajomi z biura, którym z pewnością opowiedziała o tej kłótni, nie poinformuje policji.

– Wątpię – mówię z przekonaniem. – Ale jeśli to cię dręczy, dlaczego nie zadzwonisz na policję i im nie powiesz?

– Bo zaczną się zastanawiać, dlaczego nie powiedziałam od razu. Jakbym miała coś do ukrycia.

Kręcę głową.

– Przesadzasz. – Silę się na uśmiech. – Mam wrażenie, że to morderstwo tak działa na wszystkich. Dziś po południu był u mnie człowiek, który miał oszacować koszt zainstalowania alarmu. Czułam się bardzo niepewnie, będąc z nim sam na sam.

– Wyobrażam sobie. Oby jak najszybciej znaleziono sprawcę. Mąż Jane musi czuć się okropnie, wiedząc, że morderca wciąż jest na wolności. Podobno wziął urlop, żeby opiekować się dziećmi. – Dolewa sobie wina. – A co u ciebie? Jak się miewasz?

– No wiesz... – Wzdycham. Wolę nie myśleć o dzieciach pozbawionych matki. – Trochę mi ciężko, nie mogę zapomnieć o Jane. – Śmieję się nerwowo. – Niemal żałuję, że byłam z nią na tym lunchu.

– To zrozumiałe – mówi ciepło Rachel. – Uzgodniłaś termin zainstalowania alarmu?

Napinam się.

– Chętnie bym to zrobiła, ale Matthew chyba nie jest wielkim entuzjastą tego pomysłu. Zawsze mówił, że człowiek staje się wtedy więźniem we własnym domu.

– Lepiej być więźniem niż trupem – rzuca ponuro Rachel.

– Nie mów tak.

– Ale to prawda.

– Zmieńmy temat. Wybierasz się gdzieś służbowo?

– Najpierw wakacje. Jeszcze dwa tygodnie i będę w Sienie. Nie mogę się doczekać!

– W głowie mi się nie mieści, że wybrałaś Sienę, a nie Île de Ré. – Droczę się z nią, ponieważ zawsze twierdziła, że tylko tam będzie jeździć na urlop.

– Pamiętaj, że jadę do Sieny wyłącznie dlatego, że zaprosiła mnie do swojej willi moja przyjaciółka Angela. Nawet jeśli zrobiła to tylko po to, by skojarzyć mnie ze swoim szwagrem, Alfiem – dodaje, przewracając oczami, i upija łyk wina. – Skoro mówimy o Île de Ré, zamierzam urządzić tam swoje czterdzieste urodziny, same kobiety. Przyjedziesz, prawda?

– Z największą ochotą!

Perspektywa takiego wyjazdu poprawia mi nastrój. To będzie idealne miejsce, żeby dać jej prezent, który już na nią czeka. Na chwilę zapominam o Jane, a Rachel opowiada o tym, co zamierza zobaczyć w Sienie. Przez następną godzinę udaje nam się nie wracać do tematu morderstwa i alarmu, ale gdy zajeżdżam pod dom, jestem psychicznie wyczerpana.

– Udało się spotkanie z Rachel? – pyta Matthew, unosząc się z krzesła przy stole w kuchni i dając mi całusa.

– Tak. – Zdejmuję buty. – A przedtem natknęłam się na Hannah, więc było przyjemnie.

– Wieki całe nie widzieliśmy jej i Andy'ego – mówi w zamyśleniu. – Co u nich?

– Wszystko dobrze. Zaprosiłam ich na grilla.

– Dobry pomysł. Jak ci poszło z gościem od alarmu? Pozbyłaś się go?

Wyjmuję z szafki dwa kubki i wstawiam wodę.

– W końcu tak. Zostawił ci broszurę do przejrzenia. A ty miałeś udany dzień?

Odsuwa do tyłu krzesło, wstaje i przeciąga się, rozluźniając mięśnie ramion.

– Dużo pracy. Ten wyjazd w przyszłym tygodniu w ogóle nie jest mi na rękę. – Podchodzi i muska mnie nosem po karku. – Będę tęsknił.

Zaskoczona, odsuwam się od niego.

– Zaraz, zaraz! Jaki wyjazd?

– No wiesz, na platformę wiertniczą.

– Nie wiem. Nie mówiłeś o żadnym wyjeździe.

Patrzy na mnie ze zdziwieniem.

– Oczywiście, że mówiłem.

– Kiedy?

– Bo ja wiem? Parę tygodni temu, gdy tylko się dowiedziałem…

Z uporem kręcę głową.

– Nie mówiłeś. Na pewno bym zapamiętała.

– Przecież sama stwierdziłaś wtedy, że wykorzystasz moją nieobecność i popracujesz nad konspektami lekcji na wrzesień, a potem zrobimy sobie wolne.

Do głowy wkradają mi się wątpliwości.

– Nic podobnego.

– Tak było.

– Nieprawda – odpowiadam cierpkim tonem. – Przestań mi to wmawiać.

Czuję na sobie jego spojrzenie. Skupiam się na parzeniu herbaty, żeby nie widział, jaka jestem przygnębiona. Nie tylko z powodu jego wyjazdu.

SOBOTA, 25 LIPCA

Mój zegar biologiczny jeszcze nie przestawił się na tryb wakacyjny. Choć to weekend i pora dość wczesna, jestem już w ogrodzie – pielę i sprzątam grządki. Przerywam pracę dopiero wtedy, gdy Matthew przywozi ze sklepu świeży chleb i ser na lunch. Urządzamy sobie piknik na trawniku, a potem koszę trawę, zamiatam taras, wycieram stół i krzesła i obcinam przekwitłe kwiaty w wiszących koszykach. Nie jestem maniakalną ogrodniczką, ale dziś mam naglącą potrzebę doprowadzenia ogrodu do idealnego stanu.

Późnym popołudniem przychodzi do mnie Matthew.

– Mogę iść na godzinkę do siłowni? – pyta. – Jeśli pójdę teraz zamiast rano, to jutro będę mógł poleżeć dłużej.

– I zjeść w łóżku śniadanie – dorzucam z uśmiechem.

– Otóż to. – Całuje mnie na pożegnanie. – Wrócę koło siódmej.

Po wyjściu Matthew idę do kuchni, zostawiając otwarte drzwi, żeby się wietrzyło, i zaczynam robić curry. Kroję cebulę i kawałki kurczaka, słuchając piosenek puszczanych w radiu i nucąc do wtóru. W lodówce znajduję butelkę wina, którą napoczęliśmy parę dni temu. Rzucam się na nią i sącząc resztki, wracam do gotowania. O szóstej kończę pracę w kuchni i postanawiam wziąć długą kąpiel w pianie. Odprężona, prawie pozbywam się niepokoju, który nie odstępował mnie przez ten tydzień. Dopiero teraz udaje mi się zepchnąć myśli o Jane na dno umysłu. Nie znaczy to, że w ogóle nie chcę o niej myśleć – po prostu mam dość ciągłego poczucia winy. Nie mogę cofnąć czasu i nie mogę zadręczać się, że nie rozpoznałam Jane w tym samochodzie.

Gdy zaczynają się wiadomości, szybko wyłączam radio. W domu zalega niesamowita cisza. Może dlatego, że przypomniałam sobie o Jane, nagle dociera do mnie, że jestem sama. Idę do salonu zamknąć okno, które było otwarte przez cały dzień, następnie zamykam okno w gabinecie, przekręcam klucz w drzwiach frontowych i kuchennych. Przystaję i nasłuchuję. Dolatuje mnie tylko gruchanie grzywacza gdzieś za oknem.

Puszczam wodę w łazience na piętrze. Przed wejściem do wanny nachodzi mnie myśl, czy nie zamknąć drzwi na zasuwkę. Nie mogę znieść, że tak mnie rozstroiła wizyta faceta od alarmu, więc zbieram się na odwagę i zostawiam je uchylone, jak zwykle, ale rozbieram się zwrócona twarzą do szczeliny. Zanurzam się w wodzie, piana sięga mi po szyję, tworząc wokół mnie miękką poduszkę. Wyciągam się, zamykam oczy i rozkoszuję się popołudniową ciszą. Rzadko przeszkadzają nam hałasy z sąsiedztwa – zeszłego lata nastolatki mieszkające w domu położonym najbliżej nas przyszły uprzedzić o przyjęciu i z góry przeprosić, ale ich zabawa w ogóle nie zakłóciła naszego spokoju. Dlatego wybraliśmy ten dom, a nie dużo większą i okazalszą – więc i droższą – posiadłość, której kupno też rozważaliśmy, choć wydaje mi się, że jej cena również była dla Matthew istotna. Postanowiliśmy, że dom będzie naszą wspólną własnością – Matthew stanowczo nie zgadzał się, żebym włożyła więcej pieniędzy niż on, choć mogłam sobie na to pozwolić, mimo nabycia domu na Île de Ré pół roku wcześniej. O tamtym domu nie wie nikt, nawet Matthew. Tym bardziej Rachel. Na razie.

Woda wypycha mi ręce spod piany. Moje myśli krążą wokół urodzin Rachel, biegną do dnia, gdy wreszcie dam jej klucze do domu jej marzeń. Trudno mi było zachować to w tajemnicy. Doskonale się składa, że postanowiła spędzić urodziny na Île de Ré. Zabrała mnie tam kilka miesięcy po śmierci mojej mamy. Na dwa dni przed wyjazdem natknęłyśmy się na mały domek rybacki z wywieszką À VENDRE w oknie na piętrze.

„Piękny! – szepnęła Rachel. – Muszę wejść do środka". Bez skontaktowania się z agentem nieruchomości od razu pomaszerowała ścieżką do drzwi i zapukała.

Gdy właściciel pokazywał nam wnętrze, widziałam, że Rachel zakochała się w tym domu, choć nie było jej stać na kupno. Dla niej pozostawał wyłącznie marzeniem, ale ja mogłam to marzenie spełnić i w tajemnicy załatwiłam formalności. Zamykam oczy, wyobrażając sobie minę Rachel, gdy się dowie, że domek jest jej własnością. Jestem pewna, że mama i tato właśnie tego by chcieli. Gdyby tato zdążył sporządzić testament, niewątpliwie zapisałby coś Rachel. A gdyby mama była poczytalna, też by tak zrobiła.

Jakiś trzask wyrywa mnie z zamyślenia. Gwałtownie otwieram oczy, cała się spinam. Intuicyjnie wyczuwam, że coś jest nie w porządku. Leżę nieruchomo i nasłuchuję w napięciu, czy przez otwarte drzwi znów nie wpadnie tamten dźwięk, wskazujący, że ktoś jest w domu. Przypominają mi się słowa Hannah o mordercy przyczajonym gdzieś niedaleko. Wstrzymuję oddech, czuję ból w płucach. Czekam; ale nic się nie dzieje.

Powoli, żeby jak najmniej wzburzyć wodę, wyjmuję rękę spod piany i sięgam po komórkę, którą zostawiłam w dość ryzykownym miejscu, na brzegu wanny, przy kranach. Leży za daleko, więc się przesuwam, a wtedy woda zaczyna pluskać niczym morskie fale. Przerażona, że ściągnęłam na siebie uwagę, i potwornie świadoma swojej nagości, jednym susem wyskakuję z wanny, wylewając połowę wody, rzucam się do drzwi i zatrzaskuję je z hukiem, który niesie się po domu. Kiedy drżącymi rękami zamykam zasuwkę, słyszę skrzypnięcie – nie wiem, skąd dolatuje, ale boję się jeszcze bardziej.

Z oczami utkwionymi w drzwiach, cofam się kilka kroków, dotykając brzegu wanny, żeby wymacać komórkę. Już ją mam, ale wyślizguje mi się z dłoni i upada na posadzkę. Zastygam w bezruchu, z ręką wyciągniętą w bok. Nadal nic się nie dzieje. Przyklękam, powoli, i podnoszę komórkę. Na ekranie wyświetla się godzina: osiemnasta pięćdziesiąt. Gwałtownie wypuszczam z płuc powietrze, które bezwiednie wstrzymywałam, i z ulgą uprzytamniam sobie, że wkrótce wróci Matthew.

Wystukuję jego numer, modląc się, żebym miała zasięg, co nie jest pewne, bo łazienka mieści się w tylnej części domu. Gdy słyszę sygnał dzwonienia, aż mi słabo z wdzięczności do losu.

– Już jadę – odzywa się wesoło Matthew, przekonany, że chcę wiedzieć, kiedy wróci. – Mam coś kupić po drodze?

– Wydaje mi się, że ktoś jest w domu – mówię cicho, drżącym głosem.

– Co takiego? – rzuca ostro, z zatroskaniem. – Gdzie jesteś?

– W łazience. Zamknęłam drzwi na zasuwkę.

– Dobrze. Zostań tam. Zadzwonię na policję.

– Czekaj! – Ogarniają mnie wątpliwości. – Nie jestem pewna. A jeśli nikogo tu nie ma? Słyszałam coś dwa razy, a potem już nic.

– Co słyszałaś? Odgłosy włamania? Rozmowy?

– Nie, nie… jakiś trzask, a potem jakby skrzypnięcie.

– Nie ruszaj się z miejsca. Będę za dwie minuty.

– Dobrze. Pośpiesz się!

Skoro Matthew już tu jedzie, trochę się uspokajam. Siadam na brzegu wanny i gdy czuję zimną powierzchnię, dociera do mnie, że wciąż jestem naga. Zdejmuję z wieszaka na drzwiach szlafrok. Zastanawiam się, czy jednak nie powinnam była się zgodzić, żeby Matthew wezwał policję. Jeżeli ktoś tu jest, Matthew grozi niebezpieczeństwo.

Dzwoni komórka.

– Przyjechałem – mówi Matthew. – Jak tam?

– W porządku.

– Zaparkowałem przy drodze. Pójdę się rozejrzeć.

– Tylko uważaj. Nie rozłączaj się.

– Dobrze.

Zdenerwowana, słyszę w telefonie jego kroki na żwirowanej alejce i potem wzdłuż ściany domu.

– Widzisz coś? – pytam.

– Wszystko wygląda normalnie. Popatrzę jeszcze w ogrodzie. – Mija może minuta. – Okay. Wchodzę do domu.

– Bądź ostrożny! – przestrzegam go raz jeszcze, zanim padnie zasięg.

– Nie martw się. Wezmę szpadel.

Połączenie się zrywa. Przez drzwi słyszę, jak Matthew chodzi po pokojach na dole. Gdy na schodach rozlegają się jego kroki, powoli otwieram zasuwkę.

– Sprawdzę jeszcze sypialnie! – krzyczy. Po chwili jest z powrotem – Możesz wyjść.

Gdy otwieram drzwi i widzę go ze szpadlem w ręce, robi mi się głupio.

– Przepraszam – mówię z zażenowaniem. – Naprawdę myślałam, że ktoś jest w domu.

Matthew odstawia szpadel i bierze mnie w ramiona.

– Nie szkodzi, ostrożności nigdy za wiele.

– Może byś zrobił mi ten swój specjalny gin z tonikiem, dobrze? Przydałoby mi się coś mocniejszego. Raz-dwa się ubiorę.

– Będę czekał w ogrodzie. – Wypuszcza mnie z objęć, po czym idzie w stronę schodów.

Wkładam dżinsy i T-shirt. Ruszam na dół i zastaję Matthew w kuchni, krojącego limonkę.

– Szybka jesteś – rzuca lekkim tonem, ale nie reaguję, wpatrzona w okno.

– Ty otworzyłeś okno? – pytam.

– Co takiego? – Odwraca się do mnie. – Jak wszedłem, było otwarte.

– Ale ja je zamknęłam. Zanim poszłam się kąpać, pozamykałam wszystkie okna.

– Jesteś pewna?

– Tak. – Grzebię w pamięci. Przypomina mi się, że zamykałam okna w salonie i w gabinecie, ale czy w kuchni, tego już nie wiem. – Tak sądzę.

– Może zamknęłaś niedokładnie i otworzyło się. Może dlatego słyszałaś hałas.

– Chyba masz rację – mówię z ulgą. – Chodź, napijemy się.

*

Później, po kolacji, idziemy z napoczętą butelką do salonu, żeby przy winie obejrzeć film. Trudno nam wybrać, ponieważ widzieliśmy niemal wszystkie.

– A może *Juno*? – proponuje Matthew, przeglądając spis. – Wiesz, o czym to jest?

– O nastolatce, która zachodzi w ciążę i szuka dla swojego dziecka idealnej rodziny zastępczej. To chyba nie dla ciebie.

– Bo ja wiem? – Wyjmuje mi z ręki pilota i odkłada na bok. – Od dłuższego czasu nie rozmawialiśmy o dziecku. – Przytula mnie do siebie. – Nadal chcesz je mieć, prawda?

Opieram głowę na jego ramieniu i przepełnia mnie błogie poczucie bezpieczeństwa.

– Oczywiście.

– To może nadajmy bieg sprawie. Zdaje się, że to dość długa procedura.

– Mieliśmy zastanowić się nad tym rok po ślubie – przypominam mu.

Choć ogarnia mnie radość, czuję, że gram na zwłokę, no bo jak decydować się na dziecko, jeżeli mogę zapaść na demencję, jak moja mama, zanim ono będzie przynajmniej nastolatkiem. Prawdopodobnie martwię się zupełnie niepotrzebnie, ale ignorowanie moich kłopotów z pamięcią byłoby głupotą.

– Na szczęście zbliża się nasza rocznica – mówi łagodnym tonem Matthew. – A może byśmy obejrzeli jakiś film akcji?

– Dobrze. Zobaczmy, co tu mamy.

Po filmie zaczynają się wiadomości. Zabójstwo Jane nadal jest jednym z głównych tematów. Oglądam tylko dlatego, że koniecznie chcę się dowiedzieć, czy policja jest już trochę bliżej schwytania mordercy, ale okazuje się, że postępy w śledztwie są niewielkie. Przytaczają wypowiedź funkcjonariusza policji:

„Jeśli ktoś z państwa albo z państwa znajomych przebywał w pobliżu Blackwater Lane w miniony piątek wieczorem lub w sobotę we wczesnych godzinach porannych i widział samochód Jane Walters, ciemnoczerwone renault clio, czy to zaparkowany, czy jadący, prosimy zadzwonić pod numer…”.

Mam wrażenie, że prezenter patrzy wprost na mnie. Na koniec dodaje, że można zadzwonić anonimowo, i to rozwiązuje mój dylemat.

Program dobiega końca. Matthew zamierza się położyć, wyciąga rękę, żeby pomóc mi wstać z kanapy.

– Idź, ja chcę coś jeszcze zobaczyć na innym kanale.

Sięgam po pilota.

– Okay – odpowiada pogodnym tonem. – Nie siedź za długo.

Czekam, aż wejdzie na górę, i przewijam wiadomości do miejsca, gdzie policjant podaje numer telefonu, który zapisuję na kartce. Nie chcę, żeby mnie namierzyli, więc zadzwonię z budki, co oznacza, że zrobię to dopiero w poniedziałek, gdy Matthew pójdzie do pracy. Mam nadzieję, że w ten sposób choć częściowo pozbędę się poczucia winy.

NIEDZIELA, 26 LIPCA

Dzwoni domowy telefon. Matthew właśnie robi w kuchni śniadanie, które chcemy zjeść w łóżku.

– Odbierzesz?! – wykrzykuję z sypialni, wślizgując się głębiej pod koc. – Jeżeli to do mnie, powiedz, że oddzwonię!

Po chwili słyszę, że rozmawia z Andym, więc domyślam się, że ten telefon jest skutkiem mojego przypadkowego spotkania z Hannah. Mam lekkie wyrzuty sumienia, że ucięłam naszą pogawędkę i poleciałam na drinka z Rachel.

– Niech zgadnę... Andy chciał cię wyciągnąć dziś przed południem na tenisa – mówię, gdy Matthew wchodzi do sypialni.

– Nie. Pytał, o której mają do nas przyjść. – Na jego twarzy widzę zdziwienie. – Nie wiedziałem, że zaprosiłaś ich na dzisiaj.

– Co takiego?

– Nie mówiłaś, że to dziś mają przyjść na grilla.

– Dziś? – Siadam na łóżku i wsadzam sobie pod plecy jedną z poduszek leżących po jego stronie. – Powiedziałam, żeby nas odwiedzili, ale nie ustaliłyśmy kiedy.

– Hm, Andy twierdzi, że dzisiaj.

– Żarty sobie z ciebie robi. – Uśmiecham się.

– Był śmiertelnie poważny. – Matthew milknie na chwilę. – Na pewno nie zaprosiłaś ich na dzisiaj?

– Na pewno!

– No bo wczoraj sprzątałaś w ogrodzie.

– Jaki związek ma jedno z drugim?

– Taki, że Andy pytał, czy zrobiłaś porządki. Najwyraźniej powiedziałaś Hannah, że ich wizyta zdopinguje cię do posprzątania w ogrodzie.

– W takim razie dlaczego pytają o godzinę? Jeżeli ustaliłam z Hannah dzień ich odwiedzin, to również i porę. To jej coś się pomyliło, nie mnie.

Matthew lekko kręci głową. Ruch jest nieznaczny, ledwie go zauważam.

– Jakoś zdołałem nie pokazać po sobie, że o niczym nie wiem, i umówiłem się na dwunastą trzydzieści.

Patrzę na niego osłupiała.

– Więc jednak przyjdą? Z dziećmi?

– Niestety.

– Ale ja ich nie zapraszałam! Mógłbyś zadzwonić do Andy'ego i powiedzieć, że zaszło nieporozumienie?

– Chyba mógłbym... – Znów milknie na chwilę. – Jeśli jesteś pewna, że nie zapraszałaś ich na dzisiaj.

Wpatruję się w niego, starając się ukryć, że nagle ogarniają mnie wątpliwości. Choć nie przypominam sobie, żebym zapraszała Hannah i Andy'ego na dzisiaj, utkwiły mi w pamięci słowa Hannah na pożegnanie, coś o tym, że Andy chętnie się spotka z Matthew. Serce mi zamiera.

– Nie przejmuj się – pociesza mnie Matthew, przyglądając mi się z uwagą. – To nic takiego. Raz-dwa skoczę po steki na grilla. I kiełbaski dla dzieci.

– Do tego będziemy musieli zrobić parę sałatek. – Zbiera mi się na płacz, bo tak naprawdę nie mam ochoty przyjmować gości, gdy zaprzątają mnie myśli o Jane. – A co na deser?

– Jak będę kupował mięso w sklepie przy gospodarstwie rolnym, przy okazji wezmę lody. Andy powiedział, że Hannah przyniesie tort urodzinowy. Okazało się, że jutro są jego urodziny. Więc wszystkiego będzie pod dostatkiem.

– Która teraz godzina?

– Parę minut po dziesiątej. Weź prysznic, a ja tymczasem zrobię śniadanie. Tyle że nie zjemy w łóżku.

– Nie szkodzi. – Staram się nie okazywać przygnębienia.

– Potem pojadę do sklepu, a ty zrobisz sałatki.

– Dziękuję – bąkam z wdzięcznością. – I przepraszam.

Matthew bierze mnie w objęcia.

– Przestań, nie masz za co przepraszać. Wiem, jaka jesteś teraz zmęczona.

Chętnie przyjmuję jego wytłumaczenie, ale zastanawiam się, kiedy on poruszy ten temat, bo sprawy najwyraźniej zaszły za daleko: nie dość, że zapomniałam o jego wyjeździe w poniedziałek, to jeszcze ta wpadka z grillem. Idę do łazienki, starając się nie słyszeć głosu, który powtarza na okrągło: tracisz zmysły, tracisz zmysły, tracisz zmysły. O wiele łatwiej byłoby uznać, że Hannah, chcąc przyjść do nas na grilla, postanowiła sprytnie wycyganić zaproszenie. Ale to zupełnie nie w jej stylu, sama myśl jest niedorzeczna. Poza tym, co mnie opętało, żeby idealnie wysprzątać ogród? Byłam przekonana, że po prostu chcę zająć czymś głowę, wynaleźć sobie zajęcie, ale może gdzieś głęboko tkwiła pamięć o tym, że zaprosiłam gości.

Wracam myślami do spotkania z Hannah i chyba już wiem, co się stało. Pochłonęła mnie rozmowa o Jane i pod koniec naszej pogawędki już tylko jednym uchem słuchałam, co mówi Hannah. Być może wtedy, podczas tych kilku minut poza świadomością, zaprosiłam ją i Andy'ego na dzisiaj.

Mojej mamie przydarzało się coś takiego nieustannie. Rozmawiała ze mną, przytakiwała mi, kiwając głową, nawet rzucała jakiś pomysł, ale po kilku minutach nie pamiętała niczego. „Chyba bujałam w obłokach" – mówiła. Pielęgniarka, która się nią opiekowała, używała określenia „przemijająca niepamięć". Czy ja też bujałam wtedy w obłokach? Po raz pierwszy w życiu obłoki kojarzą mi się z czymś złowieszczym.

*

Hannah i Andy przyjeżdżają kilka minut po wpół do pierwszej i dość szybko rozmowa schodzi na temat morderstwa Jane.

– Słyszeliście, że policja prosi o kontakt wszystkich, którzy mogą pomóc w wyjaśnieniu śmierci tej młodej kobiety? – mówi Hannah, podając Matthew talerz. – Czy to nie dziwne, że do tej pory nikt się nie zgłosił?

– Może i dziwne, ale przypuszczam, że niewiele osób jeździ tamtędy po nocy – zauważa Matthew. – Zwłaszcza w czasie burzy.

– Ja zawsze jadę tamtędy, wracając z Castle Wells – oświadcza lekkim tonem Andy. – Bez względu na porę dnia czy pogodę.

– A zatem, proszę pana, co pan robił w ostatni piątek w nocy? – pyta Matthew, a gdy wszyscy parskają śmiechem, mam ochotę wrzasnąć, żeby przestali.

Matthew widzi, jakie uczucia malują się na mojej twarzy.

– Przepraszam – mówi cicho i zwraca się do Hannah i Andy'ego: – Czy Cass mówiła wam, że ta kobieta była jej znajomą?

Oboje wbijają we mnie oczy.

– Niezbyt bliską – wtrącam szybko, przeklinając Matthew, że o tym wspomniał. – Raz spotkałyśmy się na lunchu, to wszystko. – Wolę nie wyobrażać sobie, jak Jane kręci z wyrzutem głową, słysząc, że z takim lekceważeniem mówię o naszej znajomości.

– Wybacz, Cass, to musi być dla ciebie straszne – odzywa się Hannah.

– Owszem.

Nikt nie wie, co powiedzieć, i na chwilę zapada cisza.

– Wkrótce schwytają sprawcę. Ktoś coś wie, jestem przekonany – mówi Andy.

Jakoś udaje mi się przetrwać resztę popołudnia, jednak ledwie goście odjeżdżają, już żałuję, że ich nie ma. Nieustanna gadanina może i była męcząca, ale lepsza niż przebywanie w ciszy, gdy nadmiar czasu sprzyja rozmyślaniu o tym wszystkim, co kotłuje mi się w głowie.

Zbieram naczynia ze stołu i niosę do kuchni. W drzwiach przystaję, wpatrując się w okno, które może zamknęłam, a może zostawiłam otwarte – nie potrafiłam sobie wczoraj przypomnieć – zanim poszłam się wykąpać. Teraz, wracając pamięcią do tamtej sytuacji, już wiem, że kiedy przygotowywałam curry, to otwarte były drzwi kuchenne, a nie okno.

PONIEDZIAŁEK, 27 LIPCA

Po wyjeździe Matthew na platformę doskwiera mi poczucie opuszczenia, za to wreszcie mogę przeprowadzić rozmowę telefoniczną, której tak się boję. Znajduję kartkę z zapisanym numerem i rozglądam się za torebką, gdy dzwoni telefon.

– Słucham.

Nikt nie odpowiada. Przypuszczam, że dzwoniący stracił zasięg, więc odczekuję jeszcze dziesięć sekund, po czym się rozłączam. Jeśli to Matthew, wiem, że w razie czego zadzwoni ponownie.

Biegnę na górę po portmonetkę, wkładam buty i wychodzę z domu. Miałam zamiar jechać do Browbury albo Castle Wells i tam zadzwonić z budki, ale to chyba przesada, skoro mogę to zrobić pięć minut drogi stąd, przy wiacie przystanku autobusowego.

Gdy zbliżam się do budki, mam wrażenie, że ktoś mnie obserwuje. Patrzę w prawo i w lewo, a potem ukradkiem zerkam za siebie. W pobliżu nie ma nikogo, tylko kot wygrzewa się na kamiennym murku. Przejeżdża samochód; zamyślona kobieta nawet nie spojrzy w moją stronę.

Stając przed budką i czytam instrukcję – od lat nie korzystałam z automatu telefonicznego – po czym wygrzebuję monety z portmonetki. Ręce mi drżą, gdy wrzucam funta do aparatu. Wyjmuję kartkę i wystukuję numer, z walącym sercem, niepewna, czy postępuję właściwie. Zanim zdążę się rozmyślić, mam połączenie.

– Chodzi o Jane Walters – wyrzucam z siebie jednym tchem. – Minęłam jej samochód, gdy jechałam Blackwater Lane o dwudziestej trzeciej trzydzieści. Wtedy jeszcze żyła.

– Dziękujemy za zgłoszenie. – Słyszę spokojny kobiecy głos. – Czy mogłabym… – W tej samej chwili odkładam słuchawkę.

Odchodzę szybkim krokiem, prosto do domu, wciąż z tym nieprzyjemnym uczuciem, że ktoś mnie obserwuje. Już na miejscu staram się odzyskać spokój. Najpewniej nikt mnie nie obserwował, a przyszło mi to do głowy tylko dlatego, że zadzwoniłam cichaczem i miałam wyrzuty sumienia. Ponieważ postąpiłam tak, jak powinnam była postąpić od razu, generalnie poprawia mi się nastrój.

Po sobotniej harówce nie mam nic do roboty w ogrodzie, za to w domu mnóstwo. Przy dotrzymującym mi towarzystwa radiu taszczę na górę odkurzacz i uzbrojona w pastę i środki czyszczące zaczynam od sypialni. Sprzątam dokładnie, po kolei, skupiona na tym, co robię, odsuwając od siebie myśli o Jane. Z powodzeniem… dopóki nie nadają południowych wiadomości.

„Policja prosi o ponowny kontakt osobę, która zgłosiła się dziś rano z informacją dotyczącą morderstwa Jane Walters. Kobietę znaleziono w jej samochodzie osiemnastego lipca, we wczesnych godzinach porannych…".

Resztę tłumi łomot mojego serca. Pulsująca krew dudni mi w uszach. Roztrzęsiona, siadam na łóżku i głęboko nabieram powietrza. Dlaczego policja chce ze mną jeszcze raz rozmawiać? Powiedziałam im to, co wiem. Próbuję zdusić w sobie panikę, ale tylko narasta. Choć nikt nie wie, że to ja dzwoniłam, upublicznienie tego faktu przez policję powoduje, że już nie czuję się anonimowa. Co więcej, mam okropne wrażenie, że jestem na widoku. Policja oświadczyła, że dzwoniąca osoba podała informację dotyczącą śmierci Jane. Brzmi to tak, jakbym powiedziała im coś istotnego, coś największej wagi. Jeśli zabójca Jane słuchał wiadomości, na pewno uzna, że jestem dla niego zagrożeniem. A może sądzi, że tamtej nocy widziałam go, zaczajonego przy samochodzie Jane?

Ogromnie wzburzona, przemierzam pokój tam i z powrotem, zastanawiając się, co zrobić. Gdy przechodzę koło okna, mimowolnie zerkam na zewnątrz i zastygam w bezruchu. Jakiś nieznajomy mężczyzna oddala się od naszego domu. Nie ma powodu do niepokoju, tyle że on musiał wyjść z lasu. To też nie jest powód do niepokoju, choć rzadko kto przechodzi koło naszego domu. Przejeżdża, owszem, ale nie przechodzi. Człowiek, który ma ochotę na spacer po lesie, nie pójdzie Blackwater Lane, o ile nie chce wpaść pod samochód. Ścieżka wiodąca w kierunku lasu zaczyna się na polu naprzeciwko naszego domu i jest dobrze oznaczona. Odprowadzam mężczyznę wzrokiem, aż tracę go z oczu – nie śpieszy się, nie odwraca, ale to nie powstrzymuje szaleńczego bicia mojego serca.

*

– Czy Rachel zostanie dziś z tobą na noc? – pyta Matthew, gdy jakiś czas później dzwoni do mnie z platformy wiertniczej.

Przed wyjściem z domu zaproponował, żebym zaprosiła Rachel do siebie. Nic mu nie mówiłam o przechodzącym koło domu mężczyźnie. Jeszcze by zadzwonił na policję i co ja bym im powiedziała?

„Widziałam mężczyznę, który oddalał się od naszego domu".

„Jak wyglądał?”

„Średniego wzrostu, średniej budowy ciała. Widziałam go tylko od tyłu”.

„Gdzie pani wtedy była?”

„W sypialni”.

„Co ten człowiek robił?”

„Nic”.

„A zatem nie widziała pani, żeby robił coś podejrzanego, tak?”

„Nie, nie widziałam. Ale wydaje mi się, że spoglądał na dom”.

„Wydaje się pani?”

„Tak”.

„Więc w istocie nie widziała pani, że patrzył na dom?”

„Nie widziałam”.

– Nie. Wolałam nie zawracać jej głowy – wyjaśniam Matthew.

– Szkoda.

– Dlaczego?

– Po prostu nie podoba mi się, że będziesz tam sama.

Zaniepokojenie w jego głosie wzmaga mój niepokój.

– Mogłeś powiedzieć mi wcześniej.

– Nic ci się nie stanie. Przed pójściem do łóżka sprawdź tylko, czy wszystkie drzwi są zamknięte na klucz.

– Już je zamknęłam. Powinniśmy mieć alarm.

– Po powrocie obejrzę tę broszurę – obiecuje.

Kończę rozmowę i dzwonię do Rachel.

– Co robisz dziś wieczorem?

– Śpię – odpowiada Rachel. – Już jestem w łóżku.

– O dziewiątej?

– Gdybyś miała taki weekend jak ja, od dawna byłabyś w łóżku. Jeśli dzwonisz, żeby wyciągnąć mnie do miasta, nic z tego.

– Chciałam cię prosić, żebyś przyszła do mnie na wino.

W telefonie słyszę ziewanie.

– A co? Jesteś sama?

– Tak. Matthew ma kontrolę na jednej z platform. Nie będzie go cały tydzień.

– To może wpadnę w środę, żeby dotrzymać ci towarzystwa.

Jestem zawiedziona.

– A jutro?

– Przykro mi. Będę zajęta.

– No to umawiamy się na środę. – Nie potrafię ukryć rozczarowania.

– Wszystko w porządku? – pyta Rachel, wyczuwając to w moim głosie.

– Tak, w jak najlepszym. Śpij dobrze.

– Przyjdę w środę – obiecuje.

Wchodzę do salonu. Gdybym jej powiedziała, że boję się siedzieć sama w domu, przyjechałaby natychmiast. Włączam telewizor i oglądam jakiś serial, odcinek, którego jeszcze nie widziałam. Ogarnia mnie zmęczenie, więc kładę się do łóżka z nadzieją, że obudzę się dopiero rano.

Ale nie mogę się odprężyć. W domu panują egipskie ciemności, cisza jak makiem zasiał. Zapalam lampkę, ale nie morzy mnie sen. Zakładam słuchawki, żeby posłuchać muzyki. Szybko je zdejmuję, uświadamiając sobie, że nie usłyszę, jeśli ktoś będzie się skradał po schodach. Dręczy mnie wspomnienie otwartych okien, tego w sypialni, po wyjściu faceta od alarmów, i tego w kuchni, w sobotę, oraz mężczyzny, którego zauważyłam koło domu dziś rano. Gdy wschodzi słońce i ogarnia mnie senność, poddaję się i mówię sobie, że prawdopodobieństwo, iż zostanę zamordowana, jest mniejsze w dzień niż w nocy.

ŚRODA, 29 LIPCA

Budzi mnie brzęczenie telefonu w przedpokoju. Otwieram oczy i patrzę w sufit z nadzieją, że dzwoniący się rozmyśli. Wczoraj telefon rozdzwonił się natarczywie o wpół do dziewiątej rano, a gdy podniosłam słuchawkę, nikt się nie odezwał. Patrzę na zegarek: dochodzi dziewiąta, więc to zapewne Matthew telefonuje przed pracą. Wyskakuję z łóżka, lecę na dół i łapię za słuchawkę, zanim włączy się automatyczna sekretarka.

– Halo – mówię zadyszana.

Czekam, aż ktoś się odezwie, bo połączenie z platformy wiertniczej często szwankuje.

– Matthew? – próbuję jeszcze raz.

Wciąż nikt się nie odzywa, więc rozłączam się i wybieram jego numer.

– Dzwoniłeś przed chwilą? – pytam, gdy podnosi słuchawkę.

– Dzień dobry, kochanie – wita mnie znaczącym, ale i rozbawionym tonem. – Jak się miewasz?

– Przepraszam, zacznę jeszcze raz – mówię szybko. – Dzień dobry, kochanie, jak się miewasz?

– Już lepiej. U mnie świetnie, choć trochę zimno.

– Dzwoniłeś przed chwilą?

– Nie.

Marszczę czoło.

– O.

– A co takiego?

– Zadzwonił telefon, ale nikt się nie odezwał, więc myślałam, że nawala połączenie z platformy.

– Zamierzałem do ciebie przekręcić w porze lunchu. Niestety, muszę kończyć, skarbie. Porozmawiamy później.

Odkładam słuchawkę, zirytowana, że ktoś wyciągnął mnie z łóżka. Powinno się zakazać akwizytorom dzwonienia o tak wczesnej porze. Mam przed sobą cały dzień i stwierdzam, że nie odpowiada mi spędzanie kolejnego wieczoru w samotności. W nocy, gdy szłam do łazienki, spojrzałam w okno i przez chwilę wydawało mi się, że ktoś jest na zewnątrz. Nikogo oczywiście nie było, ale potem nie mogłam zasnąć do rana.

– No to wyjedź na trochę – radzi mi Matthew, gdy rozmawiamy ponownie i mówię mu, że przez ostatnie dwie noce prawie nie zmrużyłam oka.

– Właściwie mogłabym. Może do hotelu, w którym byłam parę lat temu, po śmierci mamy. Jest tam basen i spa. Wątpię tylko, czy będą mieli wolne pokoje.

– Zadzwoń i dowiedz się. Jeśli się uda, mogłabyś jechać dzisiaj, a ja bym dołączył do ciebie w piątek.

Natychmiast poprawia mi się nastrój.

– Świetny pomysł! Jesteś najlepszym mężem na świecie – mówię z wdzięcznością.

Wybieram numer do hotelu i czekając na zgłoszenie się recepcji, zdejmuję ze ściany kalendarz, żeby upewnić się, na które dni mam zarezerwować pokój. Stwierdzam, że to będą cztery noce, licząc do niedzieli, i w tym momencie przyciąga moją uwagę poniedziałek, gdzie w okienku jest napisane: „Matthew na platformę”. Zamykam oczy, łudząc się, że gdy je znów otworzę, te słowa znikną. Ale nadal tam są, podobnie jak: „Matthew wraca” i uśmiechnięta buźka w okienku z datą „trzydziesty pierwszy, piątek”. Serce staje mi w gardle i czuję ściskanie w żołądku, jak zwykle, kiedy pojawia się znajomy niepokój. Gdy wreszcie łączę się z hotelem i recepcjonistka informuje mnie, że mają pełne obłożenie i może mi zaproponować jedynie apartament, dokonuję rezerwacji, nawet nie pytając o cenę.

Odwieszam kalendarz na miejsce, odsłaniając kartę sierpniową, żeby był aktualny, jak wrócimy z hotelu, i żeby Matthew nie zauważył potwierdzenia tego, co mówił: że uprzedził mnie o swoim wyjeździe.

*

Dopiero gdy jestem w hotelu i czekam, żeby się zameldować, poprawia mi się nastrój. Apartament jest fantastyczny, z ogromnym łóżkiem, jakiego jeszcze nigdy nie widziałam. Po wypakowaniu rzeczy piszę do Matthew SMS-a, gdzie jestem, a potem przebieram się w kostium kąpielowy i idę na dół, na basen. Kiedy wpycham swoje rzeczy do szafki, dostaję wiadomość, ale od Rachel.

Cześć, uda mi się wyjść z biura wcześniej, więc będę u ciebie koło szóstej. Ugotujesz coś, czy zjemy w mieście?

Mam wrażenie, że dostałam obuchem w głowę. Jak mogłam zapomnieć, że dzisiaj Rachel zostaje u mnie na noc, skoro umówiłyśmy się zaledwie w poniedziałek? Przypomina mi się mama i coś mnie ściska w gardle. Nie mogę uwierzyć, że wyleciało mi to z pamięci. Myślałam o śmierci Jane, dręczyły mnie wyrzuty sumienia, zgadza się, ale żeby zapomnieć o przyjeździe Rachel? Wyciągam telefon i dzwonię do niej, rozpaczliwie pragnąc wyznać komuś swoje narastające lęki.

Rachel nie odbiera, choć dopiero co wysłała mi SMS-a. Przebieralnia jest pusta; siadam na wilgotnej drewnianej ławce. Gdy już postanowiłam powiedzieć Rachel o swoich kłopotach z pamięcią krótkotrwałą, chcę to zrobić od razu, żebym się nie rozmyśliła. Dzwonię jeszcze raz. Odbiera.

– Może chciałabyś nocować w luksusowym hotelu, a nie u mnie? – pytam.

Po chwili milczenia odpowiada:

– Zależy gdzie.

– W Westbrook Park.

– Tym, gdzie jest rewelacyjne spa? – mówi szeptem, więc pewnie jest na spotkaniu albo coś takiego.

– Otóż to. Właśnie tu jestem. Naszła mnie ochota na mały wyjazd.

– Niektórzy mają dobrze. – Wzdycha.

– No to jak? Zobaczymy się?

– Trochę daleko, żeby jechać tylko na jedną noc. Nie zapominaj, że jutro pracuję. A w piątek?

– Dobrze. Matthew przyjedzie tu prosto z platformy, więc będziemy we trójkę.

– Niezręczne. – Śmieje się cicho.

– Przepraszam, że nawaliłam.

– Nie przejmuj się. Do zobaczenia w przyszłym tygodniu.

– Poczekaj, Rachel, jeszcze jedno…

Już się rozłączyła.

PIĄTEK, 31 LIPCA

Nadchodzi popołudnie i marzę o tym, żeby Matthew już przyjechał. Pogoda nie jest rewelacyjna, więc kręcę się po naszym pokoju, czekając, aż zadzwoni i powie, o której tu będzie. Trochę oglądam telewizję, z ulgą, że w wiadomościach nie mówią o morderstwie Jane, ale również z poirytowaniem, że nikt już o niej nie pamięta, choć minęły zaledwie dwa tygodnie od jej tragicznej śmierci.

Kiedy dzwoni telefon, odbieram natychmiast.

– Jestem w domu – oznajmia Matthew.

– Świetnie – mówię z radością. – Przyjedziesz akurat na kolację.

– Posłuchaj, zastałem tu faceta od alarmów, sterczał pod drzwiami. – Po chwili dodaje: – Nie wiedziałem, że jednak się zdecydowałaś.

– Na co?

– Na przyjęcie tej oferty.

– Nie rozumiem.

– Zdaniem tego gościa ustaliliście, że dziś rano ktoś zainstaluje alarm. Ale gdy przyszedł monter, nikogo nie było w domu. Podobno dzwonią co pół godziny.

– Na nic się nie zgadzałam – protestuję zdenerwowana. – Powiedziałam tylko, że się z nim skontaktujemy.

– Ale podpisałaś umowę – zauważa ze zdziwieniem.

– Nic podobnego! Uważaj, Matthew, ten facet cię nabiera, stwarza pozory, że się na coś zgodziłam. To zwyczajny przekręt i tyle.

– Też tak sądziłem. Ale gdy powiedziałem, że, jak mi wiadomo, nie podjęliśmy żadnej decyzji, on wyjął egzemplarz umowy z twoim podpisem.

– Musiał go podrobić. – Zapada cisza i wtedy dociera do mnie sens słów Matthew. – Myślisz, że zdecydowałam się zamówić ten alarm, tak?

– Nie, skądże! Tylko podpis wyglądał zupełnie jak twój. – Wyczuwam niepewność w jego głosie. – Kiedy pozbyłem się gościa, przejrzałem broszurę, którą zostawiłaś w kuchni, i w środku znalazłem kopię umowy dla klienta. Chcesz, żebym przywiózł ją do hotelu? Obejrzysz ją i jeśli okaże się, że jest niezgodna z prawem, zaczniemy działać.

– Pozwiemy go do sądu i nie pozbiera się. To masz na myśli, prawda? – Próbuję rozładować atmosferę i odsunąć od siebie jakiekolwiek wątpliwości. – O której tu będziesz?

– Jeszcze wezmę prysznic i przebiorę się... Pewnie koło wpół do siódmej.

– Będę czekać w barze.

Rozłączam się i w pierwszej chwili ogarnia mnie złość, że Matthew dopuszczał myśl, iż mogłam zamówić ten alarm, nic mu nie mówiąc. Ale zaraz odzywa się cichy, drwiący głos: Jesteś absolutnie pewna, Cass? Tak – odpowiadam sobie stanowczo. Jestem pewna. Poza tym ten facet od alarmu sprawiał wrażenie, jakby chciał zawrzeć umowę za wszelką cenę, nawet uciekając się do kłamstwa i oszustwa. Jestem tak pewna swego, że zamawiam w barze szampana.

Butelka czeka w kubełku z lodem, kiedy zjawia się Matthew.

– Miałeś ciężki tydzień? – pytam, widząc jego okropnie zmęczoną twarz.

– Można tak powiedzieć. – Całuje mnie na powitanie i spogląda na butelkę. – Przyjemny widok.

Kelner otwiera butelkę i napełnia nam kieliszki.

– Nasze zdrowie. – Matthew unosi kieliszek i uśmiecha się do mnie.

– Nasze zdrowie. I za nasz apartament.

– Wynajęłaś apartament?

– Nie mieli nic innego.

– Jaka szkoda. – Uśmiecha się od ucha do ucha.

– Łóżko jest ogromne – ciągnę wątek.

– Ale chyba cię w nim znajdę.

– Bez wątpienia. – Stawiam kieliszek na stoliku. – Masz tę umowę, którą jakoby podpisałam? – Chcę jak najszybciej zamknąć ten temat, żeby już nic nie zakłócało nam weekendu.

Matthew opieszale wyjmuje formularz z kieszeni. Od razu widzę, że tak naprawdę nie ma ochoty mi go pokazać.

– Musisz przyznać, że to wygląda jak twój podpis – mówi przepraszającym tonem, podając mi blankiet przez stolik.

Patrzę na kartkę, nie mogąc oderwać wzroku nie tyle od podpisu na dole, ile od całej umowy. Formularz jest wypełniony z całą pewnością moim pismem i obciąża mnie bardziej niż sam podpis, przynajmniej z mojego punktu widzenia. Podpis mógł podrobić każdy, ale nie słowa, starannie wpisane w puste miejsca, linijka za linijką, każda duża litera dokładnie takiego kształtu, jaki sama bym jej nadała. Obejmuję wzrokiem całą stronę, szukając jakiegokolwiek dowodu, że to nie ja wypełniałam ten formularz, lecz im dłużej się przyglądam, tym bardziej jestem przekonana, że jednak ja: niemal czuję pióro w swojej dłoni i drugą dłoń lekko przytrzymującą papier. Otwieram usta, gotowa skłamać, powiedzieć Matthew, że to absolutnie nie jest moje pismo, ale ku swemu przerażeniu wybucham płaczem.

Matthew natychmiast siada obok i przytula mnie mocno.

– Jestem przekonany, że podstępem nakłonił cię do podpisania tej umowy.

Nie wiem, czy rzeczywiście w to wierzy, czy też zostawia mi furtkę, jak to zrobił niedawno, mówiąc, że pewnie zapomniał poinformować mnie o swoim wyjeździe na platformę. Tak czy owak, jestem mu wdzięczna.

– Zadzwonię do tej firmy jutro z samego rana i powiem, że nie akceptujemy umowy – oświadcza stanowczo.

– To nic nie da: będzie słowo ich pracownika przeciwko mojemu – bąkam niepewnie. – Dajmy sobie z tym spokój. On wszystkiemu zaprzeczy i sprawa tylko się przeciągnie, a przecież alarm jest nam potrzebny.

– A jednak uważam, że powinniśmy się postarać o anulowanie tej umowy. Co on powiedział? Że to tylko wycena czy coś w tym rodzaju?

– Nie jestem pewna, jak on to nazwał, ale tak, myślałam, że akceptuję wycenę, nic więcej. – Szybko korzystam z tej wymówki. – Wygłupiłam się.

– To nie twoja wina. Takie postępowanie nie powinno ujść im płazem. – Zastanawia się przez chwilę. – Prawdę powiedziawszy, nie wiem, co zrobić.

– Może zgódźmy się, żeby zainstalowali ten alarm, zwłaszcza że część winy leży po mojej stronie.

– Mimo wszystko chętnie bym się rozmówił z tym człowiekiem – oświadcza ponurym tonem Matthew. – Choć prawdopodobnie nie spotkam się z nim, bo jutro przyślą montera, a ten gość jest handlowcem.

– Tak mi przykro.

– Ogólnie rzecz biorąc, nie stało się nic wielkiego. – Matthew dopija szampana i tęsknie spogląda na butelkę. – Szkoda, że nie mogę sobie pozwolić na więcej.

– Dlaczego? Przecież nigdzie nie jedziesz.

– Cóż, muszę jechać. Ponieważ sądziłem, że umowa jest w porządku, zgodziłem się, żeby przyszli i zainstalowali alarm jutro rano. Tak więc, skoro nie zamierzamy się wycofać, muszę ich wpuścić.

– Nie możesz zostać na noc i wyjechać z samego rana?

– Co takiego? O szóstej trzydzieści?

– Nie musisz wyjeżdżać tak wcześnie.

– Muszę, bo oni będą o ósmej.

Mam nieodparte wrażenie, że Matthew, nie nocując w hotelu, na swój sposób wymierza mi karę, ponieważ nie chce zareagować gniewem na to, że od razu zamówiłam montaż alarmu.

– Ale wrócisz jutro wieczorem, jak już skończą robotę?

– Oczywiście – potwierdza i ujmuje moją dłoń.

Niedługo potem wyjeżdża, a ja wracam do pokoju i oglądam film, dopóki nie zaczynają opadać mi powieki. Mimo to nie mogę zasnąć. Jestem głęboko wstrząśnięta tym, że wypełniłam cały formularz umowy i w ogóle tego nie pamiętam. Powtarzam sobie, że nie jest ze mną tak źle, jak było z mamą, gdy po raz pierwszy dostrzegłam powagę sytuacji. Działo się to wiosną 2002 roku – mama poszła na zakupy niedaleko domu, a potem przez trzy godziny błąkała się po okolicy, bo zgubiła drogę powrotną. Przed tą sprawą z alarmem umykały mi z pamięci tylko drobiazgi. Natomiast kupno prezentu dla Susie, wyjazd Matthew na platformę, grillowanie z Hannah i Andym, zaproszenie Rachel na noc – to były całkiem duże rzeczy. Ale żeby nieświadomie zamówić montaż alarmu – to już jest coś gigantycznego. Ponad wszystko chcę wierzyć, że handlowiec podstępem nakłonił mnie do podpisania umowy. A jednak, gdy wracam myślą do naszej rozmowy przy stole w kuchni, właściwie nic z niej nie pamiętam – poza tym, że na koniec podsunął mi broszurę, ręcząc, że mój mąż będzie zadowolony.

NIEDZIELA, 2 SIERPNIA

Po wymeldowaniu się z hotelu nie jesteśmy zbyt rozmowni. Zaproponowałam, żebyśmy poszli gdzieś na lunch, ale Matthew wolał wracać do domu. Wiem, że ten weekend nie spełnił naszych oczekiwań i oboje jesteśmy zawiedzeni. Choć powód, dla którego Matthew nie został w piątek w hotelu, był wiarygodny, nie przestawałam się martwić, że on ma po dziurki w nosie utarczek na skutek mojej dziurawej pamięci. Wobec tego wczoraj, gdy Matthew był w domu podczas instalowania alarmu, wygooglowałam „przejściowa niepamięć" i zostałam przekierowana na stronę „przejściowa niepamięć ogólna". Choć znałam tę nazwę w związku z chorobą mamy, z każdą przeczytaną linijką czułam narastający ucisk w gardle i szybko zamknęłam stronę, żeby nie wpaść w panikę. Nie wiem, czy cierpię na tę dolegliwość, i co ważniejsze, nie chcę wiedzieć. Na razie niewiedza jest błogosławieństwem.

Zeszłego wieczoru Matthew pojawił się w hotelu dopiero o siódmej, akurat, by przed kolacją wypić drinka w barze. Zauważyłam, że obserwuje mnie baczniej niż zwykle, i tylko czekałam, kiedy powie, że się o mnie martwi. Ale on nic takiego nie powiedział, co było jeszcze gorsze. Przyszło mi na myśl, że zrobi to taktownie, w zaciszu naszego pokoju. Kiedy poszliśmy na górę, zamiast oznajmić, że chce ze mną porozmawiać, włączył telewizor. Niestety – bo nadawano specjalny raport o morderstwie Jane, w związku z pogrzebem, który odbył się wcześniej tego dnia. Zobaczyłam, jak za pokrytą kwiatami trumną wchodzą do małego kościoła w Heston zrozpaczeni rodzice Jane. Łzy stanęły mi w oczach.

Potem pokazano zdjęcie Jane, inne niż dotychczas.

– Śliczna kobieta – powiedział Matthew. – Jakie to okropne.

– Czy byłoby mniej okropne, gdyby nie była śliczna? – burknęłam, nagle rozzłoszczona.

Popatrzył na mnie ze zdumieniem.

– Wcale nie o to mi chodziło, dobrze wiesz. Każde morderstwo jest okropne, zwłaszcza to, ponieważ ta kobieta miała dwójkę małych dzieci, które pewnego dnia dowiedzą się, że ich mama została brutalnie zabita. – Odwrócił się do telewizora. Pokazywano teraz, jak policja zatrzymuje i przeszukuje samochody na Blackwater Lane, znów otwartej dla ruchu. – Narzędzia zbrodni raczej nie znajdą w bagażniku – zauważył. – Byłoby lepiej, gdyby szukali mordercy. Ktoś musi wiedzieć, kto to taki. Tamtej nocy z pewnością był cały ubrudzony krwią.

– Mógłbyś już o tym nie mówić? – wymamrotałam.

– Sama zaczęłaś.

– Nie ja włączyłam telewizor.

Poczułam na sobie jego wzrok.

– Jesteś zdenerwowana, ponieważ morderca wciąż jest na wolności? Mamy w domu alarm, więc nic ci nie grozi. Poza tym on jest już prawdopodobnie daleko stąd.

– Wiem.

– No to przestań się zamartwiać.

Pojawiła się sposobność, na którą czekałam – idealny moment, żeby zwierzyć się Matthew, wyznać, że martwię się tym, co się dzieje ze mną, z moją głową, powiedzieć o mamie i jej demencji. Zwlekałam i ta chwila minęła.

Liczyłam na to, że się uspokoję, gdy wezmę kąpiel, ale nurtowała mnie myśl o mężu Jane. Chciałam zrobić coś, co ulży jego cierpieniu, powiedzieć mu, jaką przyjemność sprawiło mi spotkanie z Jane i jak wiele miała uroku. Tak mnie to dręczyło, że postanowiłam zapytać Rachel, czy nie zna jego adresu, i do niego napisać. Leżałam w wannie, układałam w głowie list i zdawałam sobie sprawę, że robię to w równej mierze dla siebie, jak i dla niego. Gdy wychodziłam z wanny, woda była już zimna. Matthew leżał po drugiej stronie łóżka, a dzieląca nas przestrzeń jeszcze nigdy nie wydawała mi się tak duża.

Kiedy teraz stoimy razem przy recepcji, zerkam na niego z żalem, że nie mówi otwarcie o mojej zaburzonej pamięci, tylko udaje, że wszystko jest w porządku, choć najwyraźniej nie jest.

– Na pewno nie chcesz jechać gdzieś na lunch? – pytam.

Z uśmiechem kręci głową.

– Wolę wracać.

Odjeżdżamy każde swoim samochodem. Gdy już jesteśmy w domu, przyglądam się, jak Matthew wyłącza alarm, i proszę:

– Pokaż mi, jak to się robi.

Pozwala mi wybrać kod, więc żeby łatwo zapamiętać, proponuję daty jego i moich urodzin, wspak. Po kilkukrotnym włączeniu i wyłączeniu uczy mnie, jak wydzielić część pomieszczeń, gdy jestem sama w domu. I nagle uprzytamniam sobie, że właśnie na takiej funkcji mi zależało, kiedy rozmawiałam z handlowcem, co oznacza, że omawialiśmy sprawę bardziej szczegółowo, niż sądziłam.

– Już rozumiem.

– Świetnie. Zobaczymy, co jest w telewizji?

Wchodzimy do salonu. Akurat lecą wiadomości, więc zmykam do kuchni.

– Zadźgać człowieka to jedno, ale poderżnąć mu gardło dużym nożem kuchennym to po prostu chore. – Matthew staje w drzwiach, wstrząśnięty. – Podobno tak zginęła: poderżnął jej gardło.

Coś we mnie pęka.

– Zamknij się! – krzyczę, z hukiem odstawiając czajnik na blat. – Wreszcie się zamknij!

Patrzy na mnie ze zdumieniem.

– Na miłość boską, Cass, uspokój się!

– Jak mam się uspokoić, jeśli ciągle gadasz o tym cholernym morderstwie? Nie chcę więcej o nim słyszeć!

– Myślałem, że cię interesuje, i tyle.

– Nie interesuje mnie, jasne? Ani trochę! – Ze łzami w oczach idę w stronę drzwi.

– Cass, zaczekaj! – Łapie mnie za ramię i przyciąga do siebie. – Nie odchodź. Przepraszam, zachowałem się gruboskórnie. Ciągle zapominam, że ją znałaś.

Uchodzi ze mnie cała wściekłość i opadam na pierś Matthew.

– To moja wina – przyznaję zmęczonym głosem. – Nie powinnam na ciebie krzyczeć.

Całuje mnie w czubek głowy.

– Chodź, obejrzymy film.

– Byle nie o morderstwie.

– Znajdę jakąś komedię.

No i oglądamy film, a raczej Matthew ogląda, a ja śmieję się razem z nim, żeby nie zauważył, jaka jestem przygnębiona. Aż trudno uwierzyć, że podjęta w ułamku sekundy decyzja, by tamtego fatalnego piątkowego wieczoru pojechać na skróty przez las, wywarła tak niszczycielski wpływ na moje życie. Można powiedzieć, że Jane znalazła się w niewłaściwym miejscu, w niewłaściwym czasie – i ja również. O tak, ja również.

WTOREK, 4 SIERPNIA

Akurat gdy wkładam naczynia do zmywarki, dzwoni telefon. Przypuszczam, że to Rachel, by zapytać, jak minęło mi te kilka dni w hotelu. Podnoszę słuchawkę, ale po drugiej stronie nie ma nikogo – a raczej nikt się nie odzywa, choć na pewno ktoś tam jest. Natychmiast przypomina mi się głuchy telefon z wczoraj i te z poprzedniego tygodnia, zanim wyjechałam do hotelu. Cisza. Wstrzymuję oddech, nasłuchując choćby szmeru świadczącego o czyjejś obecności, ale nic nie słychać, ani trzasku, ani sapania, zupełnie nic – tak jakby on, tak jak ja, też wstrzymał oddech. On! Przenika mnie dreszcz niepokoju i błyskawicznie odkładam słuchawkę. Sprawdzam na automatycznej sekretarce, czy ktoś dzwonił podczas mojej nieobecności, i okazuje się, że był jeden telefon w czwartek, z potwierdzeniem, że następnego dnia przyjdzie monter i zainstaluje alarm, oraz trzy telefony w piątek: dwa z prośbą o pilny kontakt w sprawie alarmu i jeden od Connie.

Zamierzałam wziąć się do pracy i napisać konspekty wrześniowych lekcji, ale nie mogę się skupić. Gdy znowu rozlega się dzwonek telefonu, natychmiast serce wali mi jak szalone. Wszystko w porządku – mówię sobie – to Matthew albo Rachel, albo ktoś ze znajomych chce pogadać. Spoglądam na numer, ale jest zastrzeżony.

Nie wiem, dlaczego podnoszę słuchawkę. Może dlatego, że już zrozumiałam, jakie są wobec mnie oczekiwania. Chcę coś powiedzieć, zapytać go, kim jest, ale w lodowatej ciszy zamierają mi słowa na ustach i mogę tylko słuchać. Tym razem też nikt się nie odzywa, więc rzucam słuchawkę, rozdygotana. Nagle zaczynam czuć się we własnym domu jak w więzieniu. Biegnę na górę do sypialni po komórkę i torebkę, wskakuję do samochodu i jadę do Castle Wells. Po drodze do kawiarni kupuję kartkę, żeby napisać kilka słów do męża Jane. Przy kasie nie da się przeoczyć ułożonych na stos gazet, których nagłówki krzyczą o najnowszych ustaleniach w śledztwie. Nie mam zbytniej ochoty tego czytać, ale kupuję gazetę, licząc na to, że policja jest coraz bliżej schwytania mordercy. Wchodzę do mieszczącej się po sąsiedzku kawiarni, siadam przy stoliku w rogu sali i czytam.

Do tej pory policja uważała, że Jane była przypadkową ofiarą. Zgłosił się jednak świadek, który twierdzi, że w piątek, tydzień przed morderstwem, około dwudziestej trzeciej trzydzieści, minął jej samochód, jak sądzi: stał zaparkowany mniej więcej w tym samym miejscu. Te zeznania zmieniają kierunek śledztwa, wskazują bowiem, że Jane mogła znać zabójcę i że owej tragicznej nocy, tak jak tydzień wcześniej, umówiła się z nim na spotkanie w zatoczce. Dziennikarze rozgrzebują jej życie prywatne, sugerują, że miała kochanka, że jej małżeństwo się chwiało – gdy to czytam, współczuję jej mężowi, choć padają hipotezy, że jest odpowiedzialny za śmierć żony. Jego alibi, jakoby przebywał w domu z dwiema małymi córkami, łatwo podważyć: mógł przecież zostawić je same i w tym czasie dokonać zbrodni.

Do artykułu dołączono zdjęcie noża kuchennego – zdaniem policji podobnego użył zabójca – ząbkowanego, z czarną rączką. Gdy to widzę, mdli mnie ze strachu.

Serce zaczyna mi łomotać jak oszalałe, mam zawroty głowy. Zamykam oczy. Gdy po chwili unoszę powieki, strach wciąż mnie dławi i jeszcze się potęguje. Może morderca czaił się w lesie, tuż przed popełnieniem tej potwornej zbrodni, gdy ja właśnie zatrzymywałam się w zatoczce. Jeżeli mnie zauważył, to pewnie myśli, że ja również zauważyłam jego. Może zapamiętał numer rejestracyjny mojego samochodu, na wypadek gdybym stała się dla niego zagrożeniem. A teraz stwierdził, że tak właśnie jest. Wie, że ktoś zadzwonił na policję – podano to do wiadomości publicznej – i domyśla się, że to ja. Nie wie tylko, że nic im nie powiedziałam, bo nie miałam nic do powiedzenia. Ważne jednak, że wie o moim istnieniu. Czy ustalił, kim jestem, i wykonuje te głuche telefony, żeby mnie nastraszyć?

Rozglądam się rozpaczliwie, szukając czegoś, co pomoże mi odzyskać równowagę. Mój wzrok pada na menu kawiarni i zaczynam liczyć litery pierwszej pozycji na karcie: jeden, dwa, trzy, cztery, pięć, sześć. To działa: miarowa wyliczanka uspokaja bicie serca. Wkrótce oddycham już normalnie. Ale nadal czuję się niepewnie, tak potwornie samotna.

Dzwonię do Rachel; jej biuro mieści się, na szczęście, niedaleko centrum miasta.

– Jestem w Castle Wells. Nie zrobiłabyś sobie dłuższej przerwy na lunch?

– Niech no spojrzę w kalendarz... – Mówi z werwą, a to oznacza, że wyczuła, jak bardzo mi zależy. – Hm... o trzeciej mam spotkanie, muszę być z powrotem. Jeżeli trochę pokombinuję, to możemy się spotkać o pierwszej. Pasuje?

– Jak najbardziej.

– Pójdziemy do Spotted Cow? – pyta.

– Świetnie.

– W mieście jest duży ruch? Gdzie zaparkowałaś?

– Na tym małym parkingu przy Grainger Street, ale ty chyba będziesz musiała jechać na wielopoziomowy.

– No dobrze, widzimy się o pierwszej.

*

– Co się dzieje, Cass? – pyta z troską Rachel.

Upijam trochę wina, niepewna, co mam powiedzieć.

– Przestałam czuć się bezpiecznie we własnym domu.

– Dlaczego?

– Po tym morderstwie. W gazetach pisano, że Jane prawdopodobnie znała zabójcę, czyli on musi mieszkać gdzieś w okolicy.

Rachel sięga przez stół i ściska mnie za rękę.

– Mocno przeżywasz jej śmierć.

Przygnębiona, kiwam głową.

– Chociaż tylko raz spotkałyśmy się na lunchu, jestem przekonana, że zostałybyśmy przyjaciółkami. – Po chwili dodaję: – Nie mogę znieść tego gadania, że miała kochanka. To kompletna bzdura. Nie przestawała mówić o swoim mężu, jaki jest wspaniały, jakie ona ma szczęście, że jest jego żoną. Zamierzam wysłać do niego kartkę… Zdobędziesz jego adres?

– Naturalnie. Zapytam w pracy. – Ruchem głowy wskazuje gazetę, którą mam ze sobą. – Widziałaś zdjęcie tego noża? Okropność.

– Przestań. Nie mogę o tym myśleć. – Głos mi drży.

– Poprawi ci się nastrój, jak będziecie mieli w domu alarm. – Zdejmuje czerwony sweter i wiesza go na oparciu krzesła.

– Już mamy. Został zainstalowany w piątek.

Sięgając po kieliszek, podzwania srebrnymi kółkami, które teraz, kiedy zdjęła sweter, swobodnie przesuwają jej się na ręce.

– Możesz go włączyć, gdy jesteś w domu?

– Tak. Mogę włączyć czujki w oknach i w każdym pomieszczeniu.

– I mimo to nie czujesz się bezpiecznie?

– Nie.

– Dlaczego?

– Bo dostaję dziwne telefony – wyrzucam z siebie.

Rachel marszczy brwi.

– Pod jakim względem dziwne?

– Głuche. Z zastrzeżonego numeru.

– I co, cisza w słuchawce?

– Tak. Ktoś tam jest, tylko się nie odzywa. Drętwieję z przerażenia.

Zastanawia się przez chwilę.

– Te telefony… ile ich było?

– Czy ja wiem… pięć, sześć? Dwa dziś rano.

Patrzy na mnie jakby z niedowierzaniem.

– I tym się przejmujesz? Kilkoma telefonami z zastrzeżonego numeru? Cass, ja mam takich mnóstwo! Zwykle ktoś chce mi coś sprzedać albo pyta o opinię na temat dokonanego zakupu. – Po namyśle mówi: – Rozumiem, że ten człowiek dzwonił na telefon domowy, tak?

Kiwam głową, obracając w palcach kieliszek.

– Mam nieodparte wrażenie, że one są do mnie.

– Do ciebie? – Robi pytającą minę.

– Tak.

– Daj spokój, Cass, to tylko parę telefonów. Nie rozumiem, skąd w tobie tyle niepokoju.

Wzruszam ramionami, próbując to zbagatelizować.

– Chyba z powodu tej zbrodni… tak blisko domu.

– A co myśli o tym Matthew?

– Nic mu nie powiedziałam.

– Dlaczego?

Jej zatroskany wzrok skłania mnie do zwierzeń.

– Bo ostatnio zrobiłam parę głupich rzeczy i nie chcę, żeby Matthew uznał mnie za wariatkę.

Rachel upija łyk wina, patrząc mi prosto w oczy.

– Co takiego zrobiłaś?

– No więc… najpierw zapomniałam, że zaprosiłam Hannah i Andy'ego na grilla. Przypadkiem spotkałam ją w Browbury tego dnia, gdy umówiłyśmy się na drinka w Sour Grapes…

– Wiem. Powiedziałaś, że dlatego spóźniłaś się do winiarni, pamiętam.

– Już ci to mówiłam?

– Tak, wspomniałaś, że dawno się nie widzieliście i że zaprosiłaś ich na grilla.

– Mówiłam na kiedy?

– Na niedzielę, w tamten weekend.

Zamykam oczy i wciągam głęboko powietrze.

– No to zapomniałam – przyznaję, gdy znów otwieram oczy.

– Zapomniałaś?

– Tak, zapomniałam o tym zaproszeniu. A może nie zdawałam sobie sprawy, że ich zapraszam… Albo jedno, albo drugie. Andy zadzwonił rano i zapytał, o której się ich spodziewamy. Dzięki temu uniknęliśmy zażenowania, gdyby stanęli na progu, a my nie mielibyśmy czym ich przyjąć. To nie koniec… W ogóle nie pamiętam, że zamówiłam montaż alarmu. Wypełniłam formularz, podpisałam, wszystko jak trzeba, i wyleciało mi to z pamięci. – Patrzę prosto na nią. – Boję się, Rachel, bardzo się boję. Nie wiem, co się ze mną dzieje. A ponieważ mama…

– Nie rozumiem, o co chodzi z tym alarmem – przerywa mi w pół zdania. – Co się konkretnie wydarzyło?

– Pamiętasz, gdy byłyśmy w Sour Grapes, mówiłam ci, że przyszedł facet od alarmów i miał zrobić szacunkowe wyliczenia?

– No tak. I napędził ci strachu.

– Zgadza się. No więc, gdy Matthew wrócił z platformy w ostatni piątek, zastał pod domem montera. Powiedział mu, że wcale nie zamówiliśmy wykonania usługi, a wtedy monter wyciągnął podpisaną przeze mnie umowę.

– To o niczym nie świadczy – wtrąca Rachel. – Mógł podrobić twój podpis. Oszuści są wszędzie.

– W pierwszej chwili też tak sądziłam. Ale chodziło nie tylko o podpis. Cały formularz był wypełniony, i to bez wątpienia moim pismem. Matthew uznał, że handlowiec podstępem nakłonił mnie do podpisania umowy, a ja zgodziłam się z takim wytłumaczeniem, żeby wybrnąć z sytuacji. Ale chyba oboje wiedzieliśmy, że to nieprawda.

Głowa Rachel pracuje szybko.

– Wiesz co? Myślę, że ten facet jakoś to na tobie wymusił. Wspominałaś, że on ci się nie podobał, czułaś się przy nim nieswojo, więc może podpisałaś umowę, byle tylko się go pozbyć, a potem zepchnęłaś całe zdarzenie w podświadomość, ze wstydu, że dałaś się wykorzystać.

– To mi nie przyszło do głowy.

– Na pewno tak było – mówi stanowczo Rachel. – Więc się nie przejmuj.

– Ale to nie wyjaśnia innych rzeczy. A prezent, który miałam kupić dla Susie? A zaproszenie Hannah i Andy'ego na lunch?

Pomijam już to, że wyjechałam do hotelu, zapominając, że Rachel miała zostać u mnie na noc.

– Jak dawno temu umarła twoja mama, Cass?

– Niewiele ponad dwa lata temu.

– W tym czasie wróciłaś do pracy, wyszłaś za mąż i przeprowadziłaś się do nowego domu. W zasadzie stworzyłaś siebie na nowo. Zważywszy, że wcześniej przez trzy lata opiekowałaś się dzień i noc osobą z zaawansowaną demencją, sądzę, że tempo i zasięg tych zmian były za wielkie i w rezultacie doszło do wyczerpania organizmu.

Kiwam w zamyśleniu głową. Im dłużej się nad tym zastanawiam, tym bardziej jestem przekonana o słuszności jej opinii.

– To było rzeczywiście spore zawirowanie – przyznaję.

– Sama widzisz.

– A jeśli to nie jest cała prawda?

– Co chcesz przez to powiedzieć?

Ciężko mi wyjawić swoje najgorsze obawy.

– A jeżeli dzieje się ze mną to samo co z mamą? Jeżeli, tak jak ona, zaczynam zapominać o drobnych sprawach?

– I dlatego się martwisz?

– Powiedz szczerze, Rachel, zauważyłaś coś?

– Niczego nie zauważyłam. Czasem jesteś trochę nieobecna...

– Jak to?

– No wiesz, zaprząta cię jakaś myśl i nie słyszysz, co się do ciebie mówi.

– Naprawdę?

– Nie rób takiej zmartwionej miny... wszystkim to się zdarza!

– Więc nie uważasz, że zmierzam w tym kierunku?

Zdecydowanie kręci głową.

– Nie.

– A te telefony?

– Są przypadkowe. Nic podejrzanego – mówi Rachel. – Przydałby ci się odpoczynek. Przekonaj Matthew, żeby cię gdzieś zabrał.

– Dopiero co spędziłam pięć dni poza domem. Zresztą jemu jest trudno wziąć wolne w sierpniu. A ty niedługo wyjeżdżasz, prawda?

– W sobotę – odpowiada zadowolona. – Nie mogę się doczekać! O, świetnie, są nasze dania.

Gdy Rachel wraca do biura, piętnaście minut później, niż powinna, czuję się znacznie lepiej. To, co powiedziała o moim życiu po śmierci mamy, było słuszne. W gruncie rzeczy skończył się nieciekawy, monotonny okres, a zaczął czas nowych doznań i doświadczeń. To normalne, że wszystko, przez co przeszłam, nagle dopadło mnie i wytrąciło z równowagi. Mam lekki dołek i tyle, nic, czym należałoby się poważnie niepokoić. Nie mogę ciągle myśleć o zabójstwie Jane ani doszukiwać się czegoś złowieszczego w tych głuchych telefonach, tylko muszę się skupić na tym, co jest dla mnie ważne, czyli na Matthew. Tu nasuwa mi się pewien pomysł i zamiast kierować się w stronę parkingu, idę z powrotem ulicą, którą przyszłam.

*

Stoję przed witryną sklepu Baby Boutique, przyglądając się cudownym ubrankom dziecięcym. Po chwili otwieram drzwi i wchodzę. W środku jest młoda para, ona w zaawansowanej ciąży – chcą kupić wózek dla dziecka, które niedługo się urodzi. Na myśl, że przyjdzie dzień, gdy to Matthew i ja będziemy wybierać wózek dla naszego dziecka, przepełnia mnie zapierająca dech w piersiach tęsknota. Patrzę na powieszone rzędem ubranka i wybieram maleńkie śpioszki ze wzorem w pastelowe baloniki. Ekspedientka, drobna dziewczyna z tak długimi włosami, jakich jeszcze nigdy nie widziałam, podchodzi do mnie, oferując pomoc.

– Poproszę te śpioszki – mówię, podając jej ubranko.

– Śliczne, prawda? Mam zapakować na prezent?

– Nie, dziękuję. To dla mnie.

– Wspaniale! Kiedy się pani spodziewa?

Jestem kompletnie zaskoczona tym pytaniem i zażenowana, że kupuję śpioszki dla dziecka, którego nie ma.

– Och, to sam początek – odpowiadam mimo woli.

– U mnie też! – Śmieje się zadowolona i klepie się po brzuchu.

– Gratuluję!

Odwracam się i widzę, że podchodzi do nas tamtych dwoje młodych ludzi.

– Wie już pani, czy to chłopiec, czy dziewczynka? – pyta mnie kobieta.

– Jeszcze za wcześnie. – Kręcę głową.

– Ja będę miała chłopca – oznajmia z dumą. – Ma się urodzić w przyszłym miesiącu.

– Wspaniale.

– Trudno nam się zdecydować, który wózek kupić – mówi dalej kobieta.

– Chętnie pomożemy – odzywa się sprzedawczyni.

Nie wiedzieć jak i kiedy, już oglądamy ustawione jeden za drugim wózki głębokie i spacerówki, rozważamy ich zalety i wady.

– Ja bym wzięła ten. – Wskazuję biało-granatowe cudo.

– Proszę wypróbować – proponuje sprzedawczyni.

Przyszli rodzice i ja na zmianę prowadzimy wózek po sklepie i zgodnie stwierdzamy, że to najlepszy model, nie tylko elegancki, ale i łatwy w obsłudze.

Podchodzimy do lady. Ekspedientka koniecznie chce zapakować śpioszki w ładne pudełko, choć już wie, że nie są na prezent. Zastanawiamy się, jakie imiona nadalibyśmy naszym dzieciom. Jak nigdy dotąd jestem przeświadczona, że pragnę zostać matką. Opinia Rachel, że to tylko wyczerpanie, przywróciła mi pewność siebie i już wybiegam myślą do dzisiejszego wieczoru, gdy powiem Matthew, że możemy rozpocząć procedurę in vitro. Najpierw, jako wskazówkę, pokażę mu te malutkie śpioszki.

– Może zainteresuje panią karta lojalnościowa. – Ekspedientka wręcza mi z uśmiechem blankiet. – Trzeba tylko wpisać nazwisko i adres. Po zebraniu pewnej liczby punktów dostanie pani rabat przy kolejnych zakupach.

– Dobry pomysł. – Zaczynam wpisywać swoje dane.

– Jest ważna również przy zakupie ubrań ciążowych. – Dziewczyna dalej mnie zachęca. – Mamy śliczne dżinsy regulowane w talii. Sama sprawię sobie takie.

Nagle wracam do rzeczywistości: przecież ja nie jestem w ciąży. Oddaję blankiet i rzucam szybkie „do widzenia". Będąc już niemal przy drzwiach, słyszę śmiech i wołanie:

– Nie zapłaciła pani!

Speszona, wyjmuję kartę. Gdy w końcu wychodzę ze sklepu, jestem tak zestresowana tymi wszystkimi kłamstwami, że niemal całkowicie opuszcza mnie ledwie odzyskane poczucie pewności siebie. Nie mam ochoty wracać do domu, ale zostawać w mieście też nie: tylko tego brakowało, żebym napotkała tę parę ze sklepu i żeby znowu zaczęła się rozmowa o mojej ciąży. Mimo to idę w stronę parkingu.

Wkrótce słyszę, że ktoś mnie woła. Odwracam się i widzę Johna, kolegę ze szkoły, który biegnie w moją stronę.

– Widziałem, jak wychodziłaś ze sklepu, i dopiero teraz zdołałem cię dogonić. – Uśmiecha się szeroko, jak to on, i łapie mnie w objęcia z takim impetem, że włosy opadają mu na czoło. – Co u ciebie, Cass?

– Wszystko dobrze. – Widzę, że jego spojrzenie przesuwa się na torbę, którą trzymam w ręce, i natychmiast ogarnia mnie zażenowanie.

– Nie chcę się narzucać, ale szukam czegoś na prezent dla niemowlaka moich znajomych. Zamierzałem iść do tamtego sklepu, gdy zauważyłem, jak stamtąd wychodzisz, więc może doradzisz mi, co wybrać.

– Kupiłam śpioszki dla dziecka koleżanki. Może coś takiego?

– Świetnie, tak zrobię. Masz udane wakacje?

Cieszę się ze zmiany tematu.

– I tak, i nie – mówię szczerze. – Miło mieć wolne, ale od czasu tego morderstwa nie mogę się odprężyć.

Na jego twarzy maluje się smutek.

– Grałem z nią w tenisa, należeliśmy do tego samego klubu. Gdy podano to w wiadomościach, nie mogłem uwierzyć. Poczułem się okropnie. Wciąż tak się czuję.

– Zapomniałam, że też ją znałeś.

– Jak to? Znałaś ją? – pyta zdziwiony.

– Dość słabo. Poznałyśmy się na przyjęciu, na które zabrała mnie Rachel. Zaczęłyśmy gawędzić i gdy powiedziałam, że pracuję w liceum, wspomniała, że cię zna. Potem, parę tygodni temu, poszłyśmy razem na lunch. – Nerwowo szukam w głowie jakiegoś innego tematu do rozmowy. – Zdaje się, że niedługo jedziesz do Grecji.

– Już nie. – Obrzucam go pytającym spojrzeniem. – Ujmijmy to w ten sposób: moja dziewczyna zniknęła z pola widzenia.

– O…

John wzrusza ramionami.

– Tak bywa. – Zerka na zegarek. – Nie dałabyś się namówić na drinka?

– Raczej na kawę – odpowiadam zadowolona, że wypełnię sobie jeszcze trochę czasu.

Przy kawie rozmawiamy o szkole i całodziennym szkoleniu zaplanowanym na koniec miesiąca, przed rozpoczęciem lekcji we wrześniu. Pół godziny później mówimy sobie „do widzenia" po wyjściu z kawiarni i patrzę – z narastającym napięciem – jak John przechodzi przez ulicę i zmierza w kierunku Baby Boutique. A jeśli poprosi ekspedientkę o takie same śpioszki, jakie jego znajoma kupiła przed półgodziną? Dziewczyna domyśli się, że chodzi o mnie, i może wspomni, że jestem w ciąży, a potem, gdy zobaczymy się w szkole, John pogratuluje mi przy wszystkich. I co ja wtedy zrobię? Udam, że to był fałszywy alarm? John być może nawet zadzwoni do mnie jeszcze dzisiaj, a wtedy nie pozostanie mi nic innego, jak przyznać, że skłamałam sprzedawczyni, albo powiedzieć, że mnie źle zrozumiała. Czuję łupanie w głowie. Żałuję, że w ogóle natknęłam się na Johna.

Gdy wchodzę do domu, widzę pulsujące czerwone światełko na panelu alarmu, co mi przypomina o wyłączeniu systemu. Po zamknięciu drzwi wstukuję kod, ale zamiast zielonego światełka wciąż szaleńczo miga czerwone. Myśląc, że się pomyliłam, robię to jeszcze raz. Mocno naciskam jedną cyfrę po drugiej, 9-2-9-1, ale lampka miga jeszcze szybciej. Zdenerwowana tym, że czas ucieka – a mam tylko trzydzieści sekund, zanim uruchomi się alarm – próbuję wykombinować, co robię źle. Kod jest prawidłowy, to nie ulega wątpliwości, więc znowu wstukuję te same cyfry – nic z tego.

Po paru sekundach rozpętuje się piekło. Syrena przeszywa powietrze, zaraz wyje druga, pulsacyjnie. Stojąc przed panelem i zastanawiając się, czy można jakoś inaczej wyłączyć alarm, słyszę za plecami dzwonek telefonu i czuję, że serce, które już waliło na skutek wpadki z kodem, teraz o mało nie wyskoczy mi z piersi, bo myślę, że człowiek, który nękał mnie głuchymi telefonami, właśnie się zorientował, że wróciłam do domu. Zostawiam alarm i gnam do bramy, wypatrując kogoś, kto mi pomoże. Mimo ryku syreny nie pojawia się nikt do zbadania sprawy – ironia tej sytuacji doprowadza mnie na skraj histerii.

Raptem dostrzegam zbliżający się samochód Matthew i przytomnieję. Dociera do mnie, że trzymam w ręce torbę z Baby Boutique, więc zanim Matthew cokolwiek dostrzeże, szybko wrzucam ją pod siedzenie swojego auta. Zdezorientowana mina Matthew dowodzi, że już z daleka usłyszał wycie alarmu.

Samochód ostro hamuje, drzwi gwałtownie się otwierają.

– Co się stało, Cass? Nic ci nie jest?

– Nie mogę wyłączyć alarmu! – Usiłuję przekrzyczeć pisk syreny. – Kod nie działa!

Widząc, że nikt się do nas nie włamał, Matthew się odpręża, ale zaraz pyta ze zdziwieniem:

– Jak to nie działa? Wczoraj było wszystko w porządku.

– Wiem, ale coś się porobiło!

– Niech się przyjrzę.

Wchodzę za nim do domu. Matthew wstukuje kod i syrena natychmiast cichnie.

– To nie do wiary – bąkam. – Dlaczego mnie się nie udało?

– Na pewno wcisnęłaś właściwe cyfry?

– Wcisnęłam dziewięć dwa dziewięć jeden, tak jak to zrobiłam wczoraj, tak jak ty przed chwilą. Próbowałam dwa razy i nic.

– Zaraz, zaraz… powtórz te cyfry.

– Dziewięć dwa dziewięć jeden. Daty naszych urodzin wspak.

Kręci głową, zdesperowany.

– Nie, nie, dziewięć jeden dziewięć dwa. Najpierw twoje urodziny, potem moje. Pomyliła ci się kolejność. Wstukałaś najpierw moje, potem swoje.

– O Boże – wyrzucam z siebie. – Jaka ja jestem głupia!

– Łatwo o taką pomyłkę – mówi Matthew. – Ale nie przyszło ci na myśl, żeby za drugim razem odwrócić te dwie liczby?

– Nie. – Jest mi jeszcze bardziej głupio. Kątem oka widzę nadjeżdżający wóz policyjny. – Co tu robi policja?

Matthew odwraca się.

– Nie wiem. Może zawiadomiła ich firma alarmowa. Sama rozumiesz, z powodu morderstwa tak blisko stąd.

Z samochodu wysiada policjantka.

– Wszystko w porządku?! – krzyczy przez płot.

– Jak najbardziej – zapewnia ją Matthew.

Kobieta mimo to idzie w naszym kierunku.

– Czyli nie było tu włamania? Dostaliśmy zawiadomienie, że uruchomił się alarm i że nikt nie odebrał telefonu kontrolnego. W tej sytuacji przyjechaliśmy zobaczyć, co się dzieje.

– Przykro mi… straciliście tylko czas – mówi Matthew. – Od niedawna mamy alarm i pojawiły się pewne kłopoty z kodem.

– Chcą państwo, żebyśmy rozejrzeli się po domu, dla pewności? Syrena nie wyła, gdy pani tu przyjechała, zgadza się?

– Tak – potwierdzam skruszonym tonem. – To moja wina. Wstukałam niewłaściwy kod.

– Nic się nie stało – uspokaja mnie z uśmiechem policjantka.

Czuję, że jej obecność działa na mnie pokrzepiająco, ponieważ obawiam się zostać sama z Matthew. Może wolał nie dostrzegać wszystkich głupot, które ostatnio popełniałam, albo traktować je wyrozumiale, ale zapewne nie zbagatelizuje wpadki z alarmem.

Policjantka wraca do samochodu, a ja idę za Matthew do kuchni.

Gdy robi dla nas obojga herbatę, zapada tak krępująca cisza, że marzę, by powiedział cokolwiek, nawet jeśli wcale nie chciałabym tego usłyszeć.

– Możemy porozmawiać, Cass? – pyta, podając mi kubek.

– O czym?

– Ostatnio byłaś trochę rozkojarzona... no wiesz, to i owo zdarzyło ci się zapomnieć...

– Zawarłam umowę, uruchomiłam alarm – wyliczam, kiwając głową.

– Po prostu zastanawiam się, czy coś cię stresuje.

– Odbieram głuche telefony.

Wolę już powiedzieć mu o tym, niż wyznać, że boję się, iż tracę zmysły. Choć Rachel stwierdziła, że nie mam co się martwić tymi telefonami, chcę usłyszeć opinię Matthew.

– Co takiego? Kiedy?

– Zawsze przed południem.

– Na komórkę czy na domowy?

– Na domowy.

– Spojrzałaś, z jakiego numeru?

– Tak, jest zastrzeżony.

– No to pewnie jakiś telemarketing z końca świata. Naprawdę tak się tym przejmowałaś? Kilkoma telefonami z zastrzeżonego numeru?

– Tak.

– Dlaczego? Nigdy wcześniej nie odbierałaś głuchych telefonów? Każdemu to się zdarzyło.

– Wiem, ale miałam wrażenie, że te są specjalnie do mnie.

– Specjalnie do ciebie? – Marszczy brwi. – Co to znaczy?

Milknę. Nie wiem, czy ciągnąć temat, ale przecież sama zaczęłam.

– Wydaje mi się, że on wie, kim jestem.

– Zwraca się do ciebie po imieniu?

– Nie. W ogóle się nie odzywa, w tym problem.

– Dyszy do słuchawki?

– W ogóle nie słychać, żeby oddychał.

– To co robi?

– Nic. Ale wiem, że tam jest.

– Skąd wiesz?

– Wyczuwam.

Matthew wydaje się teraz zdezorientowany.

– Gość cię nie zna, Cass. Jesteś dla niego ciągiem cyfr na długiej liście numerów telefonicznych. Chce ci zadać tylko kilka pytań do ankiety albo sprzedać wyposażenie kuchni. A w ogóle, na jakiej podstawie sądzisz, że to mężczyzna?

Wpatruję się w niego, zaskoczona.

– Że co?

– Mówisz „on". Dlaczego? Może dzwonić kobieta.

– Nie, zdecydowanie mężczyzna.

– Nie odzywa się słowem, więc skąd ta pewność?

– Po prostu wiem. Czy da się ustalić, skąd telefonowano, nawet jeśli numer jest zastrzeżony?

– Pewnie tak. Ale chyba nie mówisz poważnie, że ktoś dzwoni specjalnie do ciebie? No bo niby dlaczego miałoby tak być?

Trudno mi wyrazić swoje lęki.

– Gdzieś tu krąży morderca.

– Jaki związek ma jedno z drugim?

– Nie wiem.

Widzę, jak Matthew marszczy czoło i intensywnie nad tym myśli.

– Według ciebie za tymi głuchymi telefonami stoi morderca? – pyta, starając się ukryć niedowierzanie.

– Nie, raczej nie – mówię bez przekonania.

– Skarbie, rozumiem, dlaczego jesteś wystraszona, każdy byłby, zważywszy, że morderstwa dokonano niedaleko stąd i sprawca wciąż jest na wolności. Ale skoro ten człowiek dzwoni na telefon domowy, nie ty konkretnie jesteś obiektem jego zainteresowania, prawda? – Po chwili zastanowienia dodaje: – A gdybym na czwartek i piątek wziął pracę do domu? Może będzie lepiej, jeżeli zostanę tu przez kilka dni?

Ogarnia mnie ogromna ulga.

– O tak, na pewno.

– Przyjemnie będzie mieć trochę wolnego na urodziny – stwierdza, a ja kiwam głową, zdumiona, jak mogłam zapomnieć o jego zbliżających się urodzinach. – W każdym razie – ciągnie Matthew – mówili w radiu, że policja podejrzewa, iż Jane znała zabójcę.

– Możliwe, ale jestem przekonana, że nie był jej kochankiem. Ona po prostu nie należała do tego rodzaju kobiet.

– Hm, ale jak dobrze ty ją tak naprawdę znałaś? Spotkałyście się zaledwie dwa razy.

– Widać było, że kocha męża – upieram się. – Nigdy by go nie zdradziła.

– Cóż, jeżeli znała zabójcę, a tak sądzi policja, to raczej nie będzie czyhał na kogoś jeszcze, a co dopiero wydzwaniał do tej osoby.

Gdy tak to ujmuje, mogę się tylko zgodzić.
– Masz rację.
– Obiecaj mi, że przestaniesz się zamartwiać, dobrze?
– Obiecuję.
Gdyby to było takie proste.

ŚRODA, 5 SIERPNIA

Następnego dnia, gdy siedzę na ławce pod lubaszką i spoglądam na kraniec ogrodu, przychodzi mi do głowy pomysł na idealny prezent urodzinowy dla Matthew: szopa ogrodowa. Straciłam rachubę, jak często powtarzał, że chciałby coś takiego mieć. Jeżeli zamówię dzisiaj, prawdopodobnie zostanie dostarczona do końca tygodnia i Matthew będzie mógł ją złożyć w czasie weekendu.

Gdy idę do domu, żeby poszukać ofert w internecie, rozlega się dzwonek telefonu. Poniekąd czekałam na to, ale i tak staję jak wryta w połowie drogi między ogrodem a domem, niezdecydowana, czy uciekać, czy walczyć. Gniew przeważa – wpadam do przedpokoju i łapię za słuchawkę.

– Daj mi spokój! – wrzeszczę. – Jeżeli zadzwonisz jeszcze raz, pójdę na policję!

Od razu żałuję tych słów. Jestem wstrząśnięta, wstrzymuję oddech, nie mieści mi się w głowie, że posłużyłam się groźbą, która z pewnością podziała na niego najmocniej, ponieważ teraz będzie już przekonany, że widziałam go tamtej nocy. Chcę mu powiedzieć, że nie o to mi chodziło, że nie mam absolutnie żadnych informacji dla policji i zależy mi tylko na tym, żeby przestał do mnie dzwonić.

– Cass? – Zastygam bez ruchu, przerażona, że ten człowiek zna moje imię. – Wszystko w porządku, Cass? – Ten sam głos odzywa się ponownie. – To ja, John.

Nogi się pode mną uginają.

– John. – Parskam krótkim, niepewnym śmiechem. – Przepraszam, myślałam, że to ktoś inny.

– Dobrze się czujesz?

– Już tak. – Staram się odzyskać równowagę. – Od jakiegoś czasu zadręczają mnie telemarketerzy. Sądziłam, że to znowu oni.

– Rzeczywiście są nieznośni, prawda? – Śmieje się pod nosem. – Ale nie martw się. Jeżeli skrzyczysz ich tak jak mnie przed chwilą, na pewno więcej nie zadzwonią. Choć wydaje mi się – ciągnie z rozbawieniem – że byłaś trochę za ostra, grożąc im policją.

– Jeszcze raz cię przepraszam. Odbiło mi.

– Nic dziwnego. Posłuchaj, nie chcę zajmować ci czasu, więc od razu zapytam, czy nie poszłabyś na drinka w piątek wieczorem. Obdzwaniam naszych kolegów i koleżanki i szukam chętnych.

– W piątek? – Szybko myślę. – Widzisz, Matthew wziął dwa dni wolnego, nie wiem, czy gdzieś nie wyjedziemy. Mogłabym odpowiedzieć później?

– Jasne.

– Zadzwonię.

– Świetnie. No to cześć, Cass, mam nadzieję, że się zobaczymy. A jeśli ci telemarketerzy znów do ciebie zadzwonią, powiedz im, co ci leży na wątrobie.

– Tak zrobię. Cześć, John. Dzięki za telefon.

Gdy kończymy rozmowę, jestem wypompowana, czuję się idiotycznie, nie wiem, co on o mnie pomyśli. I wtedy telefon, który wciąż trzymam w ręce, znowu dzwoni. Tym razem zaczynam się potwornie trząść. Pragnę tylko jednego: żeby to był John, z czymś, o czym zapomniał poprzednio, i dlatego odbieram. Cisza krzyczy w słuchawce. Nie mogę ścierpieć, że po raz kolejny zachowuję się dokładnie tak, jak oczekuje ten człowiek.

A może jest inaczej. Może ten człowiek, zirytowany moim milczeniem, chce, żebym na niego nawrzeszczała, jak przed chwilą na Johna, może chce, żebym zagroziła pójściem na policję, bo wtedy będzie miał powód, żebym mnie zabić, tak jak zabił Jane. Czepiam się tej myśli, zadowolona, że wyładowałam już swoją frustrację na Johnie, i rozłączam się z maleńkim poczuciem wygranej. Także z ulgą, bo teraz, gdy mam już za sobą ten głuchy telefon, będę mogła wrócić do normalnego życia.

Tyle że nie mogę. Dom tak mnie przytłacza, że w pośpiechu zamawiam szopę dla Matthew, bardziej niż jej wyglądem skuszona obietnicą dostawy do soboty, po czym idę, z książką i butelką wody, posiedzieć w ogrodzie. Przez dłuższą chwilę szukam miejsca, gdzie nikt się do mnie nie podkradnie, co raczej byłoby niemożliwe, zważywszy na żywopłot wysokości sześciu stóp. Chyba że wszedłby przez bramę. Siadam przy bocznej ścianie, skąd widzę podjazd. Jestem zła, że mój własny dom przestał być bezpiecznym schronieniem. Ale nie da się tego zmienić, dopóki policja nie złapie zabójcy.

Gdy zabieram się do szykowania sobie lunchu, dostaję od Rachel SMS-a z adresem, o który prosiłam. Wobec tego siadam i piszę kilka zdań do męża Jane. Idzie mi to łatwiej, niż myślałam, prawdopodobnie dlatego, że słowa płyną z serca. Na koniec, dla pewności, czytam całość.

Szanowny Panie!

Proszę nie traktować tego listu jako ingerencji w Pana prywatne sprawy. Chcę jedynie powiedzieć, że ogromnie zasmuciła mnie wiadomość o śmierci Jane. Znałam ją krótko, ale wywarła na mnie duże wrażenie. Zetknęłyśmy się miesiąc temu, na pożegnalnym przyjęciu dla pracownika Finchlakers, a kilka dni później umówiłyśmy się na lunch w Browbury. Sądzę, że Pan mnie zrozumie, gdy powiem, że straciłam przyjaciółkę – tak to czuję.

Myślami jestem z Panem i Pana rodziną.

Cass Anderson

Zadowolona, że mam powód, by wyjść z domu na kilka minut, przyklejam znaczek i idę do skrzynki pocztowej, znajdującej się w odległości pięciuset metrów, na początku drogi. Gdy wrzucam list, nikogo nie widzę w pobliżu, natomiast czuję, że śledzi mnie czyjś wzrok, jak wtedy, gdy dzwoniłam z budki na policję. Włosy stają mi na karku, z walącym sercem odwracam się gwałtownie, ale wokół jest pusto. Jedynie w odległości może metra kołyszą się gałęzie drzewa, choć dzisiaj nie ma wiatru.

Ogarnia mnie nie tyle strach, ile przerażenie. Sprawia, że krew odpływa mi z twarzy, tracę oddech, ściska mnie w żołądku i uginają się pode mną kolana. Odbiera mi wszelki rozsądek i każe uciekać, byle dalej od budynków na początku drogi, z powrotem do mojego domu na jej końcu, pod lasem. Buty uderzają o asfalt, plaskanie wdziera się w popołudniową ciszę. Gdy ostro skręcam na podjazd, zziajana i zasapana, potykam się na żwirze. Ziemia ucieka mi spod stóp, brakuje mi tchu. Kiedy leżę jak długa, łapiąc powietrze i już czując otarcia na dłoniach i kolanach, słyszę drwiący wewnętrzny głos: „Tam nikogo nie ma!".

Powoli dźwigam się i kuśtykam do drzwi. Wyjmuję klucze delikatnie, palcem wskazującym i kciukiem, żeby nie podrażnić skóry na dłoniach. W korytarzu przypominam sobie z ulgą, że przed wyjściem nie włączyłam alarmu, na szczęście, bo teraz jestem w takim stanie, że pewnie znów pomyliłabym cyfry kodu. Idę schodami na górę i łzy cisną mi się do oczu. Pozwalam im popłynąć, dopiero gdy przemywam rany, bo wtedy mogę udać, że płaczę na widok swoich rąk i kolan. Szczerze mówiąc, nie wiem, jak długo jeszcze zdołam wytrzymać ze sobą. Wstyd mi, że po śmierci Jane stałam się taka żałośnie słaba. Gdyby już wcześniej nie pojawiły się zaburzenia pamięci, na pewno poradziłabym sobie lepiej. Widząc jednak, że być może grozi mi demencja, kompletnie straciłam poczucie pewności siebie.

PIĄTEK, 7 SIERPNIA

Leniuchujemy w łóżku, gdy słyszę warkot podjeżdżającej pod dom ciężarówki.

– To chyba nie jest dzień wywozu śmieci? – mówię jakby nigdy nic, dobrze wiedząc, że dzisiaj ma być dostarczony prezent dla Matthew.

Matthew wstaje i patrzy przez okno.

– To jakaś dostawa. Może dla naszego nowego sąsiada. – Wkłada spodnie i T-shirt. – Ostatnio często przywożono mu meble.

– Jakiego sąsiada?

– Tego, który wprowadził się do wystawionego na sprzedaż domu na początku drogi.

Serce mi wali.

– Myślałam, że kupiło go jakieś małżeństwo i zamierzają się wprowadzić pod koniec września.

– Chyba nie.

Słychać chrzęst żwiru na podjeździe, potem dzwonek do drzwi. Matthew zbiega na dół, a ja opieram się o poduszki i zastanawiam nad tym, co on właśnie powiedział. Może mężczyzna, którego widziałam koło naszego domu, to tylko nasz nowy sąsiad. Ta ewentualność powinna mnie uspokoić, ale tak nie jest, ponieważ gdzieś w zakamarkach umysłu budzi się myśl, czy to nie on wykonuje te głuche telefony. Być może nikt nie gonił mnie wczoraj drogą, ale na pewno ktoś mnie obserwował, gdy stałam przy skrzynce na listy. Chciałabym powiedzieć o tym Matthew, ale nie mogę, nie dzisiaj, nie mając żadnego dowodu. I tak już wystarczająco dziwi go to, jak ostatnio funkcjonuje mój umysł.

Zżera mnie niecierpliwość i już mam wstać z łóżka, ale słyszę kroki na schodach.

– Niespodzianka! – wołam, gdy Matthew staje w drzwiach.

Patrzy na mnie ze zdumieniem.

– Więc to nie żart?

– Oczywiście, że nie! – Ku mojemu zaskoczeniu nie okazuje radości. – Dlaczego miałby być?

Siada na brzegu łóżka.

– W ogóle nie rozumiem, dlaczego kupiłaś to teraz.

– Może chciałam sprawić ci przyjemność?

– Nadal nie rozumiem.

Jest tak oszołomiony, że mój dobry nastrój pryska.

– To prezent urodzinowy.

Kiwa powoli głową.

– No tak. Ale dlaczego ja go dostaję? Chyba jest dla nas obojga?

– Słucham? Ja nie będę z tego korzystać.

– Dlaczego nie?

– Sam o tym ględziłeś! Skoro nie chcesz, odeślę z powrotem.

– Nigdy nie mówiłem, żeby od razu kupować. A w ogóle nieważne, czy chcę, czy nie, po prostu nie widzę sensu i tyle. Jeszcze nawet nie zaczęliśmy starać się o dziecko. To może trwać lata.

Patrzę na niego w osłupieniu.

– Jaki to ma związek z dzieckiem?

– Wystarczy. – Matthew wstaje. – Nic z tego nie rozumiem. Idę na dół.

– Chciałam sprawić ci przyjemność! – krzyczę za nim. – Myślałam, że ucieszy cię ta szopa! Przepraszam, znowu się pomyliłam!

Matthew wraca do sypialni.

– Szopa?

– Zdawało mi się, że chcesz ją mieć – mówię z wyrzutem.

– Oczywiście, że chcę.

– W takim razie o co ci chodzi? Jeżeli nie pasuje ci wielkość, zawsze można ją wymienić.

Marszczy czoło.

– Czy to znaczy, że kupiłaś mi szopę ogrodową?

– Tak. A co? To nie szopę przywieźli?

– Nie. – Wybucha śmiechem. – Nic dziwnego, że nie mogłem zrozumieć! Zaszła pomyłka, skarbie. Oni dostarczyli nam nie szopę, tylko wózek dziecięcy! Boże drogi, już się zacząłem poważnie martwić. Myślałem, że ci kompletnie odbiło.

– Wózek? – Nie wierzę własnym uszom. – Jak mogło dojść do takiej pomyłki?

– A kto to wie? Ale jest bardzo ładny, muszę przyznać, biało-granatowy. Mogę sobie wyobrazić, że kiedyś kupimy właśnie taki. No to idę zadzwonić do firmy kurierskiej. Niech wrócą i zabiorą ten wózek. Nie ujechali zbyt daleko.

– Zaczekaj. – Wstaję z łóżka. – Gdzie on jest?

– W korytarzu. Ale nawet jeśli się w nim zakochasz, niestety nie będziesz mogła go zatrzymać. Bez wątpienia jest przeznaczony dla kogoś innego.

Biegnę na dół, czując koszmarne ściskanie w dołku. Przy drzwiach wejściowych stoi wyjęty z opakowania wózek, który widziałam w sklepie w Castle Wells, ten, który według mnie był najwygodniejszy w obsłudze.

Matthew bierze mnie w ramiona.

– Już wiesz, dlaczego byłem taki zaskoczony? – Muska mnie nosem po karku. – Niesamowite, że na moje urodziny zamówiłaś szopę ogrodową.

– Od dawna chciałeś ją mieć – mówię, ale myślę o czymś innym.

– Kocham cię – mruczy mi do ucha. – Bardzo dziękuję. Już nie mogę się jej doczekać. Ale żal mi gościa, gdy uprzytomni sobie, że szopa, którą mu właśnie dostarczono, nie jest dla niego.

– Nie rozumiem – bąkam, patrząc na wózek.

– Zamówiłaś szopę przez internet?

– Tak.

– A więc pomylili zamówienia. My dostaliśmy czyjś wózek, a tamci naszą szopę. Zadzwonię do firmy kurierskiej i przy odrobinie szczęścia przywiozą mi szopę po południu.

– Ale ja widziałam ten wózek w sklepie w Castle Wells we wtorek. Było tam jeszcze dwoje młodych ludzi, którzy poprosili mnie o radę w sprawie kupna wózka, więc wypróbowałam kilka modeli i wybrałam ten.

– Oni zamówili ten wózek?

– Prawdopodobnie.

– Wobec tego wszystko jasne. Dostarczono go tutaj przez pomyłkę.

– Ale skąd mieli w sklepie mój adres?

– Nie wiem. Jaki to sklep? Jeżeli byłaś w domu towarowym i wcześniej robiłaś tam zakupy, to może wtedy podałaś swój adres.

– To nie był dom towarowy. Poszłam do sklepu z ubrankami dla dzieci.

– Z ubrankami dla dzieci?

– Kupiłam śpioszki dla naszego przyszłego maluszka. Zapomniałam ci je dać po tym zamieszaniu z alarmem i nadal leżą w samochodzie. Wtedy chciałam ci powiedzieć, że możemy starać się o dziecko, ale teraz pewnie uznasz, że to głupi pomysł.

Matthew przytula mnie mocniej.

– Wcale nie. Pomysł jest cudowny i wciąż możesz mi je dać.

– Plan nie wypalił. Wszystko poszło nie tak – jęczę.

– Nieprawda – zaprzecza Matthew. – Posłuchaj, a gdy kupowałaś to ubranko, na pewno nie podałaś w sklepie swojego adresu?

– Wypełniłam formularz karty lojalnościowej – przypominam sobie. – Musiałam wpisać nazwisko i adres.

– No widzisz, i problem rozwiązany! Który to był sklep?

– Baby Boutique. Prawdopodobnie dołączyli fakturę. – Szperam w wózku. – O, jest.

Matthew sięga po telefon.

– Daj mi ich numer. Załatwię sprawę, a ty szykuj śniadanie.

Odczytuję numer z faktury i idę do kuchni zrobić kawę. Kiedy włączam ekspres, słyszę, jak Matthew tłumaczy, że przez pomyłkę dostarczono nam wózek dziecięcy, a potem żartobliwym tonem mówi, że we wtorek do sklepu przyszło również dwoje młodych ludzi, którym jego żona doradziła kupno właśnie tego wózka, więc właściwie należy jej się za to rabat. Jestem zadowolona, że posłuchali mojej rady.

– Niech zgadnę… powiedzieli, że możemy zatrzymać ten wózek dla naszego przyszłego maluszka – mówię z uśmiechem, gdy Matthew staje w drzwiach.

– A więc to prawda. – Matthew ze zdumieniem kręci głową. – W pierwszej chwili nie uwierzyłem, myślałem, że się pomyliła. – Bierze mnie w ramiona. – Naprawdę jesteś w ciąży?

Wspaniale, Cass, choć nie mam pojęcia, jak to możliwe. – Przygląda mi się niepewnie. – Chyba że lekarze byli w błędzie. Powiedzieli, że nie mogę mieć dzieci, ale przecież zdarzają się mylne diagnozy. Więc jednak wszystko jest w porządku.

Patrząc na jego minę, nienawidzę siebie jak nigdy dotąd.

– Nie jestem w ciąży – szepczę.

– Co?

– Nie jestem w ciąży.

– Ale kobieta, z którą rozmawiałem, gratulowała mi potomka. Pamiętała cię i to, że zamawiałaś wózek dla naszego dziecka.

Jego rozczarowanie jest nie do zniesienia.

– Musiała mnie z kimś pomylić. Mówiłam ci, było tam dwoje młodych ludzi…

– Powiedziałaś jej, że jesteś w ciąży. Powtórzyła mi twoje słowa. – Matthew robi krok w tył. – Co się dzieje, Cass?

Siadam przy stole.

– Powiedziałam jej, że kupuję śpioszki dla siebie, bo rzeczywiście tak było, a sprzedawczyni uznała, że jestem w ciąży – wyjaśniam zduszonym głosem. – Nie sprostowałam, bo tak było wygodniej, w tamtej sytuacji.

– A skąd ten wózek?

– Nie wiem.

Matthew nie kryje zdenerwowania.

– Jak to nie wiesz?

– Nie pamiętam!

– Dałaś się nakłonić do kupna tego wózka?

– Nie wiem.

Siada naprzeciwko mnie i ujmuje moje dłonie.

– Posłuchaj, skarbie, czy nie byłoby ci łatwiej, gdybyś z kimś porozmawiała?

– Co masz na myśli?

– Ostatnio nie jesteś sobą i chyba… to zabójstwo aż za bardzo cię poruszyło. No i jeszcze te telefony.

– Co z nimi?

– Przypisujesz im zbyt duże znaczenie. Trudno mi to oceniać, bo żadnego nie odebrałem, ale…

– Czy to moja wina, że ten typ nie dzwoni, gdy jesteś w domu?! – krzyczę, nie wiedzieć czemu zirytowana, że nie miałam głuchych telefonów przez ostatnie dwa przedpołudnia. Matthew przygląda mi się ze zdziwieniem. – Przepraszam, po prostu nie rozumiem, jak to jest, że kiedy ty jesteś ze mną, on nie dzwoni. – Słowo „on" zawisa w powietrzu.

– Hm, nic się nie stanie, jeżeli umówisz się z doktorem Deakinem, zwyczajnie, na kontrolną wizytę.

– Po co? – Znowu przyjmuję pozycję obronną. – Jestem zmęczona, nic więcej. – Rachel uważa, że to wyczerpanie organizmu, bo tyle się wydarzyło od śmierci mamy.

Matthew marszczy czoło.

– Od kiedy ona tak się na tym zna? – prycha.

– Myślę, że ma rację.

– Możliwe. Ale nie zaszkodzi poradzić się lekarza.

– Nic mi nie jest, Matthew, naprawdę. Potrzebuję odpoczynku.

W jego oczach widzę powątpiewanie.

– Proszę cię, zamów wizytę. Zrób to dla mnie, jeśli nie dla siebie. Dłużej tak nie wytrzymam, nie dam rady.

Biorę się w garść.

– A jeśli stwierdzą coś poważnego? – Chcę go przygotować na to, co może się wydarzyć.

– Na przykład?

– Bo ja wiem? – To słowo z trudem przechodzi mi przez gardło. – Demencję albo coś w tym rodzaju?

– Demencję? Na to jesteś o wiele za młoda. Już raczej wyczerpanie na skutek stresu, jak sama mówisz. – Klepie mnie po ręce. – Chcę tylko, żebyś dała sobie pomóc. No jak? Mogę zamówić ci wizytę?

– Jeśli to cię uszczęśliwi.

– Oby uszczęśliwiło ciebie. Bo teraz wcale mi nie wyglądasz na szczęśliwą, mam rację?

Do oczu cisną mi się łzy, jak to bywa ostatnio.

– Może trochę.

SOBOTA, 8 SIERPNIA

Tak się złożyło, że jakiś pacjent odwołał wizytę, i Matthew umówił mnie na dziś rano z doktorem Deakinem. Jestem zdenerwowana. Po przeprowadzeniu się tutaj zostaliśmy jego pacjentami, ale ja nie byłam u niego jeszcze ani razu, bo nic mi nie dolegało. Sądziłam, że Matthew też. Gdy zostajemy wezwani do gabinetu, ze zdziwieniem stwierdzam, że nasz doktor zna Matthew – i co więcej, wie o moich zaburzeniach pamięci.

– Nie przypuszczałam, że mój mąż już z panem rozmawiał – rzucam poirytowana.

– Martwił się o panią – wyjaśnia doktor Deakin. – Proszę mi powiedzieć, kiedy pierwszy raz zauważyła pani, że ma kłopoty z pamięcią.

Matthew dla pokrzepienia ściska mnie za rękę, a ja ledwie się powstrzymuję, żeby jej nie cofnąć. Odsuwam od siebie myśl, że był nielojalny, ale nie ulega wątpliwości, że ich rozmowa o stanie mojego zdrowia, prowadzona za moimi plecami, stawia mnie w niekorzystnej sytuacji.

– Trudno mi to sprecyzować – wykręcam się, bo nie chcę mówić o rzeczach, których Matthew nie zauważył, ponieważ udało mi się je zatuszować. – Może kilka tygodni temu. Mąż wybawił mnie z opresji w supermarkecie, gdy nie wzięłam z domu portmonetki.

– Przedtem pojechałaś bez torebki aż do Castle Wells… A innym razem zostawiłaś w supermarkecie połowę zakupów – wtrąca półgłosem Matthew.

– Rzeczywiście, zapomniałam o tym – przytakuję i z opóźnieniem dociera do mnie, że właśnie przyznałam się do jeszcze dwóch takich incydentów.

– Takie rzeczy przydarzają się każdemu. To nie powód do zmartwień – konstatuje doktor Deakin, co podnosi mnie na duchu i dowodzi, że jest dobrotliwym lekarzem, z doświadczeniem i znajomością życia, a nie jakimś młokosem ledwie po studiach, który postępuje według podręcznika. – Muszę jednak przeprowadzić wywiad rodzinny – ciągnie, gdy już mam nadzieję, że wizyta dobiega końca. – Wiem, że pani rodzice nie żyją. Mogę zapytać, na co umarli?

– Mój ojciec zginął w wypadku samochodowym, gdy przechodził przez ulicę przed naszym domem. Matka zmarła na zapalenie płuc.

– Chorowali wcześniej?

– Mama cierpiała na demencję.

Matthew drga zaskoczony, nieznacznie, ale czuję to, bo siedzi obok mnie.

– Kiedy zostało to zdiagnozowane?

Zalewa mnie fala gorąca, co lekarz bez wątpienia dostrzega. Spuszczam głowę i włosy opadają mi na twarz.

– W dwa tysiące drugim.

– Ile lat miała wtedy pani matka?

– Czterdzieści cztery – mówię cicho, nie mając odwagi spojrzeć na Matthew.

Potem jest już tylko gorzej. Rumienię się coraz bardziej,

widząc, że Matthew nie nabrał się na moje udawanie, że przez cały czas orientował się w sytuacji dużo lepiej, niż sądziłam. Gdy wydłuża się lista incydentów świadczących o moich lukach w pamięci, pragnę tylko jak najszybciej wyjść z tego gabinetu, zanim będzie naprawdę źle.

Niestety, doktor Deakin i Matthew jeszcze nie skończyli. Pozostała do omówienia sprawa morderstwa. Obaj zgodnie przyznają, że moje przygnębienie jest normalne, bo przecież znałam Jane, i że można zrozumieć mój niepokój, ponieważ ta tragedia wydarzyła się blisko naszego domu, ale gdy Matthew mówi o głuchych telefonach, które jakoby dostaję od mordercy, jestem pewna, że doktor Deakin zaraz wyśle mnie do wariatkowa.

– Może mi pani opowiedzieć o tych telefonach?

Doktor Deakin patrzy na mnie zachęcająco, więc nie pozostaje mi nic innego, jak to zrobić, choć wiem, że stwierdzi u mnie paranoję, skoro nie umiem wyjaśnić, dlaczego uważam, że dzwoni do mnie morderca.

Gdy godzinę później wychodzimy z gabinetu, czuję się tak podle, że w drodze do samochodu nie chcę wziąć Matthew za rękę. Podczas jazdy odwracam się od niego i patrzę w okno, powstrzymując łzy urazy i upokorzenia. Matthew chyba wyczuwa, że jestem na skraju załamania, bo nic nie mówi, a gdy zatrzymuje się przed apteką, żeby wykupić przepisane mi lekarstwa, nie ruszam się z samochodu. Resztę drogi również przebywamy w milczeniu. Kiedy zajeżdżamy pod dom, wysiadam pierwsza, jeszcze zanim zgaśnie silnik.

– Skarbie, nie bądź taka – odzywa się błagalnie Matthew, wchodząc za mną do kuchni.

– Czego oczekujesz? – odpowiadam rozzłoszczona. – Nie mieści mi się w głowie, że za moimi plecami rozmawiałeś o mnie z doktorem Deakinem. Gdzie twoja lojalność?

– Tam gdzie zawsze była i będzie, czyli po twojej stronie – obrusza się.

– No to dlaczego musiałeś wymieniać nawet błahostki, o których zdarzyło mi się zapomnieć?

– Bo doktor Deakin prosił, żebym podał mu przykłady, i nie chciałem go oszukiwać. Martwię się o ciebie, Cass.

– Więc dlaczego nie porozmawiałeś ze mną, tylko szukałeś usprawiedliwień i udawałeś, że wszystko jest w porządku? I czy musiałeś wyjawiać, że powiedziałam ekspedientce o swojej ciąży? Co mają do tego moje kłopoty z pamięcią? Nic, absolutnie nic! W dodatku zrobiłeś ze mnie mitomankę! Wyjaśniłam ci, że ona źle zrozumiała, dlaczego kupuję śpioszki, a gdy uprzytomniłam sobie jej pomyłkę, odkręcanie wszystkiego było zbyt krępujące. Nie pojmuję, dlaczego musiałeś opowiadać o tym lekarzowi.

Matthew siada przy stole i obejmuje rękami głowę.

– Zamówiłaś wózek dziecięcy, Cass.

– Nie zamawiałam żadnego wózka!

– Alarmu też nie zamawiałaś.

Łapię ze złością czajnik i walę nim o kran, nalewając wody.

– Przecież sam mówiłeś, że handlowiec podstępem nakłonił mnie do podpisania umowy.

– Posłuchaj, zależy mi wyłącznie na tym, żebyś dała sobie pomóc. – Na chwilę milknie. – Nie wiedziałem, że u twojej mamy stwierdzono demencję w wieku czterdziestu czterech lat.

– Demencja zwykle nie jest dziedziczna – zaznaczam ostrym tonem. – Tak powiedział doktor Deakin.

– Wiem, ale głupotą byłoby dalej żyć, przymykając oczy na to, że coś ci dolega.

– Niby co? Mam amnezję, urojenia, paranoję?

– Przestań.

– Nie zamierzam brać tego czegoś, co on mi przepisał.

Matthew podnosi głowę i patrzy na mnie.

– Dostałaś tylko coś na stres. Ale jeśli uważasz, że sama sobie poradzisz, nie bierz. – Parska krótkim, głuchym śmiechem. – Może mnie się przyda.

Słyszę w jego głosie nutę, która każe mi się zastanowić, widzę przemęczenie na jego twarzy i czuję się koszmarnie na myśl, że nigdy nie postawiłam się w jego sytuacji, nigdy nie pomyślałam, jak on znosi moje załamanie. Podchodzę do niego, pochylam się i go obejmuję.

– Przepraszam.

– To nie jest twoja wina. – Całuje mnie w czubek głowy.

– Nie do wiary, że byłam taka samolubna. W ogóle nie pomyślałam, jak ze mną wytrzymujesz.

– Cokolwiek się wydarzy, przejdziemy przez to razem. Być może powinnaś teraz trochę się oszczędzać. – Wyswobadza się z uścisku i patrzy na zegarek. – Zacznijmy od razu. Gdy tu jestem, nie pozwalam ci nic robić. A zatem usiądź sobie, a ja wykombinuję coś na lunch.

– To miłe. Dziękuję.

Siadam przy stole i przyglądam się, jak Matthew wyjmuje z lodówki produkty na sałatkę. Ze zmęczenia niemal zamykają mi się oczy. Choć konfrontacja z własnymi błędami była taka upokarzająca, patrząc wstecz, cieszę się, że poszłam do doktora Deakina, ponieważ jego zdaniem mój stan jest skutkiem nadmiernego stresu.

*

Patrzę na leżące przy czajniku opakowania tabletek, które przepisał mi doktor Deakin. Właściwie nie mam ochoty iść tą drogą, ale podnosi mnie na duchu myśl, że mam je pod ręką, na wypadek gdybym nie dawała sobie rady, zwłaszcza pod nieobecność Matthew, który wraca do pracy, i Rachel, która wylatuje dziś do Sieny. Następne parę tygodni muszę jednak poświęcić na przygotowanie konspektów lekcji w nowym roku szkolnym, więc nie będę miała czasu się martwić.

Gdy tak siedzę przy stole, przypomina mi się, jak któregoś dnia zastałam w kuchni moją mamę – stała wpatrzona w czajnik. Zapytałam ją, co robi, a ona odparła, że nie może sobie przypomnieć, jak się go włącza. Nagle ogarnia mnie dojmująca tęsknota za mamą, jak nigdy dotąd. Czuję ostry ból, niemal fizyczny, aż brakuje mi tchu. Ponad wszystko chcę wziąć ją za rękę i powiedzieć, że ją kocham, chcę, żeby mnie uścisnęła i zapewniła, że wszystko będzie dobrze. Bo czasem nie jestem o tym przekonana.

NIEDZIELA, 9 SIERPNIA

Nigdy nie uważałam, że mam dryg do majsterkowania, a jednak z przyjemnością pomagam Matthew złożyć w ogrodzie szopę. Mogę skoncentrować się na czymś innym, a pod koniec dnia wiem, że czegoś dokonałam. To miłe uczucie, a poza tym przyjemny sposób na spędzenie jego urodzin.

– Czas na gin z tonikiem – mówi Matthew, gdy z podziwem spoglądamy na dzieło naszych rąk. – Pod tym dachem. Ja przyniosę drinki, a ty idź po krzesła.

Taszczę do szopy dwa krzesła i oblewamy nową budowlę, pijąc specjalność mojego męża: gin z tonikiem i świeżym sokiem z limonki, z odrobiną napoju imbirowego. Nieśpiesznie jemy kolację w ogrodzie i o zmierzchu idziemy do domu, żeby obejrzeć podróżniczy film dokumentalny – zmywanie zostawiamy na później. Wkrótce Matthew zaczyna ziewać, więc mówię mu, żeby się położył, a ja posprzątam.

Wchodzę do kuchni, żeby załadować zmywarkę, przy której piętrzą się brudne naczynia. Prawie przy niej staję, gdy widzę go kątem oka, na blacie po drugiej stronie kuchni, przy drzwiach do ogrodu. Nieruchomieję w pół kroku, z jedną ręką do przodu, nie śmiem się ruszyć. Groza wypełnia przestrzeń, oblepia mnie, każe mi uciekać, wybiec z kuchni, z domu, ale nogi mam za ciężkie, umysł zbyt rozkojarzony, by ruszyć się z miejsca. Chcę zawołać Matthew, lecz głos, tak jak reszta ciała, nie reaguje, porażony strachem. Mija sekunda po sekundzie; na myśl, że ten człowiek w każdej chwili może wedrzeć się tutaj kuchennymi drzwiami, nogi odżywają i wytaczam się do przedpokoju.

– Matthew! – wołam, opadając na schody. – Matthew!

Słysząc przerażenie w moim głosie, wybiega z sypialni.

– Cass! – W sekundę jest tuż obok i przygarnia mnie do siebie. – Co jest? Co się stało?

– W kuchni! – bełkoczę, tak dzwonią mi zęby. – W kuchni, na blacie!

– Ale co?

– Nóż! – wyduszam z siebie. – W kuchni, na blacie, przy drzwiach! – Łapię go za rękę. – On tam jest! Dzwoń na policję!

Wypuszcza mnie z objęć i bierze za ramiona.

– Spokojnie, Cass – mówi opanowanym, kojącym głosem, a ja wciągam gwałtownie powietrze. – Zacznijmy od początku… Co się stało?

– Nóż, jest tam, na blacie, w kuchni!

– Jaki nóż?

– Ten, którym zabił Jane! Dzwoń na policję! On wciąż może być w ogrodzie!

– Kto?

– Morderca!

– Mówisz od rzeczy, skarbie.

– Szybko, dzwoń! – błagam go, składając ręce. – W kuchni jest ten nóż!

– Dobrze. Ale najpierw się rozejrzę.

– Nie! Zadzwoń na policję! Oni będą wiedzieli, co zrobić.

– Tylko sprawdzę.

– Ale…

– Na pewno zadzwonię. – Milknie i daje mi chwilę. – Najpierw muszę zobaczyć ten nóż, bo będą chcieli, żebym go opisał i powiedział, gdzie dokładnie leży. – Powoli wstaje i przeciska się obok mnie.

– A jeśli on tam jest? – szepczę wystraszona.

– Tylko zerknę przez drzwi.

– Dobrze, ale nie wchodź!

– Nie wejdę. – Idzie do kuchni. – Gdzie go widziałaś? – pyta, wsadzając głowę do środka.

Serce wali mi jak szalone.

– Na blacie przy drzwiach do ogrodu. Tamtędy przyszedł.

– Widzę nóż, którym przedtem kroiłem limonkę – mówi spokojnym tonem. – Nic więcej.

– Jest tam. Widziałam!

– Możesz tu podejść i pokazać mi?

Wstaję ze schodów i trzymając się Matthew, lękliwie zaglądam do kuchni. Przy drzwiach, na blacie, leży nasz kuchenny nożyk z czarną rączką.

– To widziałaś, Cass? – pyta Matthew, bacznie się we mnie wpatrując. – Ten nożyk?

Kręcę głową.

– Nie ten. Tamten był większy, jak na zdjęciu.

– W takim razie zniknął – stwierdza rozsądnie. – Chyba że jest gdzieś indziej. Pójdziemy sprawdzić?

Wchodzę za nim do kuchni, wciąż kurczowo się go trzymając. Matthew rozgląda się ostentacyjnie, żeby mnie zadowolić. Najwyraźniej nie wierzy, że leżał tu inny nóż. Zaczynam płakać, zrozpaczona, że popadam w obłęd.

– Już dobrze, skarbie. – Mówi życzliwie, ale nie bierze

mnie w ramiona, stoi nieruchomo, jakby nie mógł się zmusić, żeby dodać mi otuchy.

– Widziałam ten nóż – szlocham. – Na pewno. Ale inny.

– Więc według ciebie ktoś wszedł do kuchni, zabrał nożyk, którym kroiłem limonkę, i podrzucił większy, a potem znowu je podmienił?

– Tak musiało być.

– Jeśli naprawdę tak uważasz, lepiej zadzwońmy na policję, bo niewątpliwie krąży tu jakiś szaleniec.

Patrzę na niego przez łzy.

– Właśnie to staram ci się powiedzieć! On mi grozi, próbuje mnie zastraszyć!

Matthew siada przy stole, jak gdyby chciał się nad tym zastanowić. Czekam, żeby się odezwał, ale on patrzy w dal nieruchomym wzrokiem i wtedy dociera do mnie, że nie jest w stanie nic powiedzieć, ponieważ nie da się wyrazić słowami, co on czuje, słysząc, jak uparcie powtarzam, że czyha na mnie morderca.

– Gdyby był jakiś powód, choćby drobny, dla którego morderca mierzy w ciebie, może bym i zrozumiał – mówi cicho. – Ale niczego takiego nie dostrzegam. Przykro mi, Cass, nie wiem, ile jeszcze zdołam znieść.

Rozpacz w jego głosie sprawia, że wraca mi rozsądek. Wzięcie się w garść wymaga ode mnie wysiłku, ale strach, że Matthew mnie zostawi, jest silniejszy niż lęk przed mordercą.

– Musiałam się pomylić – mamroczę.

– I nie chcesz wzywać policji?

– Nie chcę. Już jest dobrze.

Matthew wstaje z krzesła.

– Jeśli mogę ci coś doradzić, Cass, bierz tabletki, które przepisał ci doktor Deakin. Może wtedy oboje odzyskamy spokój ducha.

Wychodzi z kuchni, prawie trzaskając drzwiami. Zapada cisza. Spoglądam na nożyk, który leży sobie niewinnie na blacie. Nawet gdy patrzy się kątem oka, nie ma wątpliwości, że to nic groźnego. Chyba że jest się neurotyczką, paranoiczką i wariatką. To mnie przekonuje. Staję przy czajniku i sięgam po tabletki. Doktor Deakin powiedział, żebym na początek brała po jednej tabletce trzy razy dziennie, ale jeśli będę odczuwała silny niepokój, mogę zwiększyć dawkę do dwóch. Silny niepokój jest niczym w porównaniu z tym, co czuję, ale dobre choć dwie tabletki, więc połykam je, popijając wodą.

PONIEDZIAŁEK, 10 SIERPNIA

Zawisa nade mną jakaś postać, wywleka mnie ze snu. Otwieram usta do krzyku, ale nie wydobywa się z nich żaden dźwięk.

– Przecież nie musiałaś tu spać, Cass.

Z daleka dochodzi mnie głos Matthew. Trochę to trwa, zanim uprzytomnię sobie, że leżę na kanapie w salonie. W pierwszej chwili nie wiem dlaczego, ale w końcu mi się przypomina.

– Wzięłam dwie tabletki – mamroczę i próbuję się dźwignąć. – Potem tu usiadłam i pewnie mnie ścięły.

– Twój organizm jest nieprzyzwyczajony do tych leków. Następnym razem może weź jedną. – Szybko dodaje: – Chciałem ci tylko powiedzieć, że idę do pracy.

– Dobrze. – Opadam na poduszki. Czuję, że Matthew nadal jest zły, ale nie zwracam na to uwagi, bo z powrotem wciąga mnie sen. – Do zobaczenia.

Kiedy znów otwieram oczy, słyszę jego głos i mam wrażenie, że wrócił z pracy, a może w ogóle nie wychodził z domu, ale to tylko wiadomość od niego, która nagrywa się na automatycznej sekretarce.

Wstaję z kanapy, jakoś dziwnie oszołomiona. Pewnie zasnęłam tak mocno, że nawet nie słyszałam dzwonka telefonu.

Patrzę na zegarek: jest piętnaście po dziewiątej. Wchodząc do przedpokoju, włączam odsłuchiwanie na sekretarce.

„Cass, to ja. Pewnie jeszcze śpisz albo bierzesz prysznic. Zadzwonię później".

Nagrywane wiadomości nigdy nie są satysfakcjonujące, ta też. Przez chwilę zbieram myśli, po czym oddzwaniam.

– Przepraszam, byłam pod prysznicem.

– Chciałem zapytać, jak się czujesz.

– Dobrze.

– Spałaś dalej?

– Jeszcze trochę.

Matthew milknie na chwilę i cicho wzdycha.

– Przepraszam za wczorajszy wieczór.

– Ja też.

– Postaram się jak najszybciej wrócić do domu.

– Nie ma pośpiechu.

– Zadzwonię przed wyjściem.

– Dobrze.

Odkładam słuchawkę, mając świadomość, jak rzadko prowadziliśmy do tej pory takie sztywne rozmowy. Nagle zderzam się z rzeczywistością, zdaję sobie sprawę, jak to wszystko wpływa na nasz związek, i żałuję, że tak niemiło zareagowałam na jego propozycję wcześniejszego powrotu do domu. Bardzo chcę naprawić nasze stosunki, więc postanawiam zadzwonić do niego jeszcze raz, ale zanim zdążę podnieść słuchawkę, telefon się odzywa i już wiem, że Matthew czuje się równie podle jak ja.

– Właśnie miałam do ciebie dzwonić – mówię. – Przepraszam, że byłam taka oschła. Wciąż jestem trochę senna po tych tabletkach.

Matthew milczy. Moje przeprosiny zapewne nie wywarły na

nim wrażenia, więc staram się jeszcze bardziej, aż dociera do mnie, że to nie Matthew jest po drugiej stronie.

Robi mi się sucho w ustach.

– Kim pan jest? – pytam ostrym tonem. – Halo!

Złowieszcza cisza potwierdza moje najstraszniejsze przypuszczenia, że morderca wrócił, a raczej w ogóle się nie oddalił. Nie dzwonił w czwartek ani w piątek tylko dlatego, że Matthew był w domu. Dzwoni dzisiaj, bo wie, że jestem sama. A to oznacza, że mnie obserwuje. Czyli jest niedaleko.

Przechodzi mnie dreszcz, czuję mrowienie na skórze. Jeśli potrzebowałam dowodu na to, że wczoraj naprawdę widziałam w kuchni ten nóż i nie miałam urojeń, właśnie go otrzymałam. Rzucam słuchawkę. Biegnę do drzwi wejściowych i roztrzęsiona zamykam je na zasuwkę. Teraz alarm – włączam system, usiłując przypomnieć sobie, jak wydzielić część pomieszczeń, w głowie mi się kotłuje, próbuję uspokoić oddech, zastanawiam się, gdzie będę bezpieczna. Nie w kuchni, bo tam już się wczoraj dostał przez drzwi od ogrodu. Nie w sypialni, bo jeśli wdarłby się do domu, będę uwięziona na piętrze. Wobec tego salon. Czujki włączone. Pędzę do salonu i zatrzaskuję drzwi. Nadal nie czuję się bezpiecznie, bo nie mogę ich zamknąć na klucz. Rozglądam się, czym tu zatarasować drzwi. Najbliżej stoi fotel. Gdy go przesuwam, dzwoni telefon.

Ze strachu nie mogę oddychać. Myślę tylko o tamtym nożu. Czy była na nim krew? Nie pamiętam. Przelatuję spojrzeniem po pokoju, szukając czegoś, czym mogłabym się bronić. Mój wzrok pada na żelazne szczypce w kominku. Chwytam je i biegnę zaciągnąć kotary, najpierw w oknie, które wychodzi na ogród za domem, potem w tym od frontu, przerażona myślą, że on mnie obserwuje, zagląda do środka. Nagle pogrążam się w mroku, co tylko potęguje strach, więc szybko zapalam lampę. Ledwie zachowuję resztki rozsądku. Zadzwoniłabym do Matthew, ale wiem, że policja przyjedzie tu szybciej. Szukam wzrokiem telefonu. Gdy uprzytamniam sobie, że zostawiłam słuchawkę w przedpokoju, a komórka, nawet gdybym miała ją przy sobie, nie będzie działać na parterze, ulatuje ze mnie wola walki. Jestem w beznadziejnej sytuacji. Nie pójdę po słuchawkę do przedpokoju, bo morderca może już tam się czai. Pozostaje mi tylko czekać, aż mnie dopadnie.

Na chwiejnych nogach podchodzę do kanapy i kucam za nią, rozdygotana, ściskając w dłoni szczypce do kominka. Telefon, który tymczasem umilkł, znów zaczyna dzwonić, jakby się ze mną drażnił. Ze strachu ciekną mi łzy – aż zapada cisza. Wstrzymuję oddech – i znów rozlega się dzwonienie. Łzy lecą mi z oczu, dopóki telefon nie przestaje dzwonić, a wtedy znowu wstrzymuję oddech, bo może tym razem ten człowiek wreszcie sobie pójdzie. Ale nie, słyszę dzwonienie i nadzieja pryska. Tkwię w tym błędnym kole strachu, nadziei, strachu, nadziei, zatracając poczucie czasu. W końcu on, znudzony grą na moich emocjach, przestaje dzwonić.

Cisza najpierw przynosi ulgę, potem staje się równie złowieszcza jak ciągłe dzwonienie telefonu. Może oznaczać wszystko. A jeśli dręczenie mnie wcale go nie znudziło? A jeśli przestał wydzwaniać, bo jest tutaj, w moim domu?

Dolatują mnie jakieś dźwięki z korytarza, stuk otwieranych i zamykanych drzwi wejściowych. Odgłos cichych kroków, coraz bliżej. Wpatruję się w drzwi salonu, przejęta grozą, i gdy klamka zaczyna się ruszać, obejmuje mnie paniczna trwoga, chwyta za gardło i dusi. Zalana łzami, zrywam się na równe nogi i pędzę do okna, gwałtownie rozsuwam kotary i doniczki ze storczykami na parapecie. Otwieram okno i jednocześnie słyszę, jak drzwi napierają na fotel. Już wyskakuję do ogrodu, gdy rozlega się przeszywające wycie alarmu, a przez nie przebija się głos Matthew, który woła mnie zza drzwi.

Trudno opisać, co czuję, gdy odsunąwszy fotel, przywieram do Matthew i rozhisteryzowana bełkoczę o mordercy, który jest gdzieś na dworze.

– Zaraz, poczekaj... Daj mi wyłączyć alarm!

Próbuje odgiąć moje palce, ale zanim mu się to uda, dzwoni telefon.

– To on! To on! – krzyczę. – Dzwonił do mnie przez całe rano!

– Daj mi wyłączyć alarm! – powtarza Matthew.

Wyrywa się z moich objęć i podchodzi do panelu. Alarm cichnie w pół tonu. Tylko telefon nadal świdruje uszy.

Matthew podnosi słuchawkę.

– Halo... Tak, to ja, Anderson. – Patrzę na niego błędnym wzrokiem, nie pojmując, dlaczego przedstawia się mordercy. – Bardzo pana przepraszam, to znów fałszywy alarm. Żona nie odpowiadała na moje telefony, więc przyjechałem sprawdzić, co się dzieje. Nie zauważyłem, że włączyła system, i wchodząc, uruchomiłem czujki. Przepraszam za kłopot. Nie, nie, wszystko w porządku.

Koszmarnie wolno zaczyna mi się rozjaśniać w głowie. Oblewam się rumieńcem wstydu, piecze mnie skóra. Osuwam się na schody, boleśnie uświadamiając sobie, że znowu się pomyliłam. Staram się wziąć w garść, ze względu na Matthew i ze względu na siebie, ale nie przestaję dygotać. Moje ręce jakby żyją własnym życiem; starając się to ukryć, krzyżuję je na piersi i chowam dłonie pod pachami.

Matthew na koniec zapewnia policjanta, że nie muszą przyjeżdżać do nas, po czym dzwoni do kogoś i również tę osobę zapewnia, że wszystko jest w porządku i nie ma powodu do niepokoju.

– Gdzie dzwoniłeś? – pytam słabym głosem.

– Do biura. – Nadal stoi odwrócony plecami, jakby nie mógł na mnie patrzeć. Nie dziwię mu się. Na jego miejscu wyszłabym z domu i nigdy nie wróciła. – Valerie prosiła, żebym ich zawiadomił. – Teraz odwraca się, ale żałuję, że to zrobił, bo na jego twarzy maluje się konsternacja. – Co się dzieje, Cass? Dlaczego nie odbierasz moich telefonów? Piekielnie się martwiłem. Dzwoniłem raz po raz niemal przez godzinę. Próbowałem również na komórkę, gdybyś akurat była na górze. Myślałem, że coś ci się stało.

Prycham śmiechem.

– Na przykład co? Zostałam zamordowana?

– Tak miałem pomyśleć? – pyta zszokowany.

W jednej chwili chcę cofnąć swoje słowa.

– Oczywiście, że nie.

– To dlaczego nie odbierałaś telefonów?

– Nie wiedziałam, że to ty.

– Wiedziałaś! Przecież wyświetla się mój numer! – Przeczesuje palcami włosy, jakby miało mu to pomóc w zrozumieniu sytuacji. – Chciałaś dać mi nauczkę, taki miałaś zamiar? Bo jeśli tak, to chyba nie zdołam ci wybaczyć. Masz pojęcie, co przeżyłem?

– A ja?! – wykrzykuję. – Masz pojęcie, co ja przeżyłam? Musiałeś ciągle dzwonić? Przecież wiesz, że dostaję głuche telefony.

– Ciągle dzwoniłem, bo rozłączyłaś się bez pożegnania i wiedziałem, że jesteś przygnębiona. Chciałem się upewnić, że u ciebie wszystko w porządku! Dlaczego z góry założyłaś, nawet nie patrząc na numer, że to znowu głuchy telefon? To, co mówisz, nie trzyma się kupy! Ani trochę!

– Nie sprawdziłam, kto dzwoni, bo zaraz po rozmowie

z tobą miałam głuchy telefon! A potem bałam się odbierać, bo myślałam, że to znowu on.

– Ze strachu zabarykadowałaś się w salonie?

– Przecież wiesz, jak mnie przerażają te głuche telefony.

Matthew ze znużeniem kręci głową.

– To się musi skończyć, Cass.

– Myślisz, że mnie na tym nie zależy? – Widząc, że zmierza do drzwi, pytam: – Dokąd idziesz?

– Wracam do pracy.

– Nie możesz zostać? – pytam zawiedziona.

– Nie. Gdy nie mogłem się do ciebie dodzwonić, poprosiłem o przesunięcie spotkania.

– To wróć zaraz po spotkaniu.

– Niestety nie mogę. Wielu pracowników jest na urlopie.

– A mówiłeś, że postarasz się wrócić do domu wcześniej!

Wzdycha.

– W godzinach pracy przyjechałem sprawdzić, co się z tobą dzieje, i dlatego wrócę do domu o zwykłej porze – tłumaczy cierpliwie. Wyjmuje z kieszeni kluczyki do samochodu. – Muszę lecieć.

Wychodzi, starannie zamykając za sobą drzwi frontowe. Zastanawiam się, ile jeszcze zniesie, zanim kompletnie straci cierpliwość. Nienawidzę siebie, nienawidzę osoby, jaką się staję.

Marzę o herbacie; idę do kuchni i wstawiam wodę. Gdybym wczoraj nie widziała na blacie tego noża, dzisiaj poradziłabym sobie lepiej. Głuchy telefon i tak by mnie przybił, ale nie wytrącił aż tak z równowagi. Przy następnym telefonie sprawdziłabym, kto dzwoni. Zobaczyłabym numer Matthew, podniosła słuchawkę i wszystko potoczyłoby się normalnie. Po fakcie widzę, jak niedorzeczne było to, że ze strachu zabarykadowałam się w salonie. „Popadasz w obłęd – mówi melodyjny głos w mojej głowie. – Popadasz w obłęd”.

Idę z kubkiem herbaty do salonu. Okno, przez które chciałam wyskoczyć, wciąż jest otwarte. Gdy je zamykam, przelatuje mi przez głowę, że może to nie Matthew, lecz ja sama uruchomiłam alarm. Na myśl, że mogliśmy to zrobić wspólnymi siłami – ja włączyłam czujkę przy oknie, on przy drzwiach – zaczynam się śmiać i jest mi tak przyjemnie, że wcale nie próbuję panować nad sobą. Idę do drugiego okna, tego od frontu, nadal się śmiejąc, świadoma, że jestem na granicy histerii. Rozsuwam kotary – i śmiech zamiera mi w gardle. Ponieważ na drodze stoi mężczyzna, ten, którego widziałam, jak szedł koło naszego domu, i który być może jest naszym nowym sąsiadem, być może wykonuje te głuche telefony, być może zamordował Jane. Nasze spojrzenia spotykają się na chwilę, a potem mężczyzna odchodzi – nie w stronę domów na początku drogi, lecz w odwrotnym kierunku, w stronę lasu.

Opuszczają mnie resztki sił. Idę do kuchni, nie po komputer, lecz po tabletki. Sprawiają, że reszta dnia mija prawie znośnie. Leżę skulona na kanapie i dopiero na godzinę przed powrotem Matthew do domu zmuszam się do działania. Wieczorem jemy kolację w takiej ciszy jak nigdy dotąd.

ŚRODA, 12 SIERPNIA

Natarczywe pluskanie deszczu wywleka mnie ze snu. Mam ciężkie ręce i nogi, jakbym brnęła przez wodę. Z trudem otwieram oczy, zastanawiając się, dlaczego to wszystko jest takie mozolne, i przypominam sobie, że w środku nocy wzięłam tabletki, jak dziecko, które zakrada się do lodówki. Zdumiewające, jak szybko stały się dla mnie oparciem. Wczoraj, ledwie Matthew wyszedł do pracy, zażyłam dwie i popiłam herbatą, bo nie chciałam powtórki z przedwczoraj, gdy zabarykadowałam się w salonie. Tabletki zadziałały i kiedy zadzwonił telefon, nie wpadłam w panikę, tylko odebrałam, posłuchałam ciszy w słuchawce i rozłączyłam się. Krótko mówiąc, zrobiłam, jak chciał dzwoniący, co nie znaczy, że dał sobie spokój. Przy jego następnym telefonie byłam już tak otumaniona, że nie doszłam do aparatu, a potem zasnęłam tak mocno, że nawet nie usłyszałabym dzwonka. Gdy w końcu się ocknęłam, tuż przed powrotem Matthew do domu, ze zdziwieniem stwierdziłam, jak łatwo można przespać cały dzień, i przysięgłam sobie nie brać tych tabletek.

Ale zeszłego wieczoru podano w wiadomościach najświeższe wyniki śledztwa. Policja uważa, że Jane wpuściła mordercę do swojego samochodu wcześniej, zanim dotarła do zatoczki w lesie – to by znaczyło, że był w środku, gdy przejeżdżałam.

– Więc jednak miała kochanka – skonstatował Matthew.

– Dlaczego tak mówisz? – zapytałam, starając się nie okazać wzburzenia. – Może po prostu podwoziła kogoś.

– W takim razie była niespełna rozumu. Nie wyobrażam sobie, żeby młoda kobieta stanęła na drodze i wpuściła do samochodu obcego mężczyznę. Zrobiłabyś coś takiego?

– Nie zrobiłabym. Ale wtedy była koszmarna pogoda i może on ją zatrzymał.

– Może tak. Myślę jednak, że gdy policja pogrzebie trochę bardziej w jej życiu, potwierdzą się początkowe przypuszczenia o kochanku. Z tego wynika, że jej zabójca nie czyha na nikogo innego. Jak mówiłem, to była osobista sprawa.

Uspokoił mnie, choć nadal nie wierzyłam, że Jane mogła mieć kochanka.

– Obyś miał rację.

– Na pewno mam. Przestań się martwić, Cass. Nim się obejrzysz, sprawca będzie za kratkami.

Potem pokazano męża Jane, którego dopadł reporter, zadając mu pytanie, czy potwierdza informację, że jego żona miała kochanka. A on odmówił odpowiedzi, spokojnie i z godnością, tak jak zachowywał się w czasie pogrzebu. Ten widok stukrotnie spotęgował poczucie winy, które nęka mnie, ilekroć pomyślę o Jane. Wyrzuty sumienia przygniotły mnie jak głaz. Położyliśmy się spać, ale sen z powiek spędzała mi myśl, że gdy przejeżdżałam obok samochodu Jane, morderca patrzył na mnie przez szybę. Byłam tak zdenerwowana, że w końcu o trzeciej w nocy musiałam iść na dół i wziąć parę tabletek, żeby jakoś przetrwać do rana. Dlatego jestem taka niemrawa.

Spoglądam na leżącego obok Matthew, na jego rozluźnioną we śnie twarz. Przenoszę wzrok na zegar: ósma piętnaście, czyli jest sobota, bo inaczej już byłby na nogach. Wyciągam rękę i muskam palcem jego policzek, przepełniona miłością. Nie mogę znieść myśli, że Matthew poznał tę moją stronę, której istnienia nawet nie podejrzewałam. Nie mogę znieść myśli, że najprawdopodobniej zachodzi w głowę, w co, u licha, się wpakował, biorąc ze mną ślub. Czy ożeniłby się ze mną, gdybym była z nim szczera i powiedziała, że moja mama zapadła na demencję w wieku czterdziestu czterech lat? To pytanie nurtuje mnie szczególnie. Co więcej, nie jestem pewna, czy chcę znać na nie odpowiedź.

Odczuwam silną potrzebę, by pokazać Matthew, jak bardzo jestem mu za wszystko wdzięczna, i wpadam na pomysł, że przyniosę mu do łóżka śniadanie. Spuszczam nogi na podłogę i przez chwilę siedzę, niepewna, czy dam radę wstać. Mój wzrok pada na ubranie, które przyszykował sobie do pracy i równo złożył na krześle: czysta koszula i krawat, inny niż wczoraj. W tym momencie uprzytamniam sobie, że jest środa, a nie sobota, i że Matthew, chyba pierwszy raz od początku naszej znajomości, nie usłyszał budzika i zaspał.

Wiedząc, jak bardzo tym się przejmie, już mam nim potrząsnąć, ale nie – ręka zawisa mi w powietrzu. Jeżeli pozwolę mu spać, może będzie w domu, kiedy dostanę głuchy telefon, i sam się przekona, że to prawda.

Serce mi wali, bo znowu zamierzam go oszukać. Po cichutku kładę się z powrotem. Leżę zwrócona w stronę zegara, ledwie śmiem oddychać, żeby nie obudzić Matthew, i obserwuję wskazówki, które mozolnie przesuwają się na ósmą trzydzieści, a potem na ósmą czterdzieści pięć. Mam wyrzuty sumienia, że przeze mnie spóźni się do pracy, ale tłumaczę sobie, że gdyby potraktował te telefony poważnie, nie musiałabym uciekać się do takich sztuczek. Z drugiej strony, jak mogę winić go za lekceważenie tych telefonów, skoro nie powiedziałam mu, że tamtej nocy widziałam Jane w samochodzie. Gdybym to zrobiła, zrozumiałby, dlaczego uważam, że dzwoni morderca.

Matthew budzi się tuż przed dziewiątą i zszokowany wyskakuje z łóżka.

– Cass! Wiesz, która godzina? Już prawie dziewiąta!

Z powodzeniem udaję osobę wyrwaną z głębokiego snu.

– Jak to? Niemożliwe.

– Tylko popatrz!

Przecieram oczy i siadam na łóżku.

– Co się stało z budzikiem? Zapomniałeś nastawić?

– Nie. Prawdopodobnie przespałem dzwonienie. Nie słyszałaś, jak się włączyło?

– Nie, przecież bym cię obudziła.

Kłamstwo gładko przechodzi mi przez usta, choć brzmi tak nieprzekonująco, że Matthew powinien się zorientować, iż miałam w tym swój udział. Ale on nerwowo wodzi wzrokiem od zegara do swoich ubrań i przeczesuje palcami włosy, usiłując zrozumieć, jak do tego doszło.

– Choćbym stanął na głowie, nie zdążę do pracy przed dziesiątą – jęczy.

– Czy to takie ważne? W ogóle nie spóźniasz się do pracy i często zostajesz po godzinach – argumentuję.

– Może masz rację.

– No to weź prysznic, a ja zrobię śniadanie.

– Dobrze. – Sięga po słuchawkę. – Uprzedzę Valerie.

Informuje, że się spóźni, przyjdzie nie wcześniej niż o dziesiątej. Zostawiam go, żeby się umył i ogolił, a sama idę na dół, mimo obecności Matthew spięta jak dawniej. Nigdy bym nie sądziła, że będę czekać na telefon od tego typa, i boję się, że nie zadzwoni, bo to oznaczałoby, iż wie, że mój mąż jest tutaj.

– Nie jesteś głodna? – pyta Matthew podczas śniadania, patrząc na mój pusty talerz.

– Teraz nie. Jeżeli zadzwoni telefon, odbierz – mówię niepewnym głosem. – Chciałabym, żebyś sam się przekonał, jak wyglądają te głuche telefony.

– Byleby zadzwonił w ciągu najbliższych dziesięciu minut.

– A jeśli nie?

Ściąga brwi i choć zaraz stara się przybrać współczującą minę, na czole już pojawiają mu się bruzdy.

– Nie będę tu tkwił cały dzień, skarbie.

Niecałe dziesięć minut później moje modły zostają wysłuchane. Na dzwonek telefonu idziemy razem do przedpokoju. Matthew podnosi słuchawkę i patrzy na wyświetlacz. Numer jest zastrzeżony.

– Nie odzywaj się – mówię bezgłośnie. – Tylko słuchaj.

Kiwa głową i przykłada słuchawkę do ucha. Po kilka sekundach przełącza na tryb głośnomówiący, żebym mogła usłyszeć ciszę po drugiej stronie. Widzę, jak bardzo chce się odezwać, spytać, kto dzwoni, więc przykładam palec do ust i daję mu znak, żeby się rozłączył.

– To wszystko? – pyta obojętnym tonem.

– Tak, ale nie tak samo jak przedtem. – Słowa same wypadają mi z ust.

– Co to znaczy „nie tak samo”?

– Bo ja wiem? Po prostu coś jest inaczej.

– W jakim sensie?

Wzruszam ramionami, czerwienieję na twarzy.

– Zwykle czuję, że po drugiej stronie ktoś jest. Dziś nie czułam. Ta cisza… była inna.

– Cisza jest jedna, Cass. – Spogląda na zegarek. – Muszę się zbierać. – Stoję w milczeniu. Matthew obejmuje mnie ramieniem i przyciska do siebie. – Może brzmiała inaczej, bo przez głośnik.

– Może.

– To cię nie przekonuje.

– Te telefony zwykle są po prostu bardziej złowieszcze.

– Złowieszcze?

– Tak.

– Może dlatego, że jesteś wtedy sama. Odebranie telefonu niczym nie grozi, skarbie, przestań tak myśleć. Po prostu próbują się do ciebie dodzwonić z jakiegoś telemarketingu.

– Pewnie masz rację.

– Na pewno mam rację – mówi z całą mocą, tak stanowczo, że nagle postanawiam mu uwierzyć, uznać, że te wszystkie telefony pochodzą z jakiejś firmy telemarketingowej na końcu świata. Ogromny ciężar spada mi z piersi. – Posiedź dzisiaj w ogrodzie i odpocznij – dodaje.

– Najpierw muszę zrobić zakupy. W domu nie ma prawie nic do jedzenia.

– A gdybyś tak zrobiła na kolację to swoje curry?

– Dobry pomysł. – Cieszy mnie perspektywa krzątania się w kuchni przez całe popołudnie.

Matthew całuje mnie na pożegnanie. Chcę jak najszybciej jechać na targ do Browbury, zanim zrobi się tam tłoczno, więc biegnę na górę po torebkę. Już mam wyjść z domu, gdy brzęczy telefon. Przystaję w progu, niezdecydowana. A jeśli on wiedział, że to nie ja odebrałam poprzednio, i dzwoni jeszcze raz? Ogarnia mnie złość na siebie. Przecież dopiero co uznałam, że to telemarketing. „Wracaj – drażni się ze mną wewnętrzny głos. – Przekonasz się, jak podniesiesz słuchawkę". Nie chcę jednak wystawiać na próbę swojej ledwie odzyskanej pewności siebie.

Jadę do Browbury, włóczę się po targu, kupuję warzywa i kolendrę do curry oraz figi na deser. U kwiaciarki wybieram ogromny bukiet lilii. Idę po wino do kolacji. Całe popołudnie mija mi przyjemnie na gotowaniu. W pewnej chwili mam wrażenie, że przez dźwięki z radia przebija się dzwonek telefonu, ale nie panikuję, tylko pogłaśniam radio, zdecydowana trzymać się tego, co wcześniej postanowiłam.

*

– Coś oblewamy? – pyta Matthew na widok butelki szampana, którą wyjmuję z lodówki.

– Tak.

– Można spytać, z jakiej to okazji?

– Czuję się dużo lepiej – odpowiadam, podekscytowana tym, że przez cały dzień nie wzięłam ani jednej tabletki.

Wyjmuje mi butelkę z rąk i bierze mnie w ramiona.

– Takiej dobrej wiadomości nie słyszałem od dawna. – Muska mnie nosem po karku. – Na ile lepiej się czujesz?

– Na tyle, by zacząć myśleć o dziecku.

– Naprawdę? – Patrzy na mnie z radością w oczach.

– Tak. – Całuję go.

– A gdybyśmy tak popijali tego szampana w łóżku? – mruczy.

– Zrobiłam twoje ulubione curry.

– Czuję zapach. Zjemy później.

– Kocham cię.

– Ja ciebie bardziej.

Tuli mnie do siebie. Dawno nie byłam taka szczęśliwa.

CZWARTEK, 13 SIERPNIA

Następnego dnia budzę się późno, Matthew już wyszedł do biura. Przypominam sobie naszą noc i czuję przyjemny dreszcz. Wstaję, idę do łazienki i biorę długi prysznic. Słońce znów świeci niemiłosiernie, więc wkładam szorty, T-shirt i espadryle, po czym idę z laptopem na dół. Zamierzam trochę popracować.

Po śniadaniu wyjmuję ze szkolnej teczki potrzebne papiery i włączam komputer. Trudno mi się skupić, bo, niestety, wciąż jednym uchem nasłuchuję telefonu. Rozprasza mnie też tykanie zegara. Z każdą sekundą jakby tykał głośniej, wskazówki przyciągają moją uwagę. Powoli przesuwają się w stronę godziny dziewiątej, dziewiątej trzydzieści. Czas płynie i nic się nie dzieje; kiedy już zaczynam wierzyć, że naprawdę jest po wszystkim, dzwoni telefon.

Siedzę przy stole w kuchni, z walącym sercem, ze wzrokiem wbitym w jeden punkt w przedpokoju. Dziś jest nowy dzień – powtarzam sobie stanowczo. Jestem nową osobą, która przestała się bać dzwonka telefonu. Odsuwam krzesło i śmiało zmierzam do przedpokoju, ale nim zdążę podnieść słuchawkę, włącza się automatyczna sekretarka i rozbrzmiewa głos Rachel.

„Cześć, Cass, to ja, dzwonię ze słonecznej Sieny. Już próbowałam na komórkę, będę jeszcze dzwonić. Muszę ci opowiedzieć o Alfiem. Boże, co za nuuuuudziarz!".

Śmieję się z ulgą i idę na piętro, żeby zadzwonić do niej z komórki. Gdy jestem w połowie schodów, z parteru dolatuje mnie dźwięk telefonu stacjonarnego, więc biegnę na dół, sądząc, że to znowu Rachel, i łapię za słuchawkę. Wystarczy, że przyłożę ją do ucha, i już wiem. To nie Rachel. Jestem tego całkowicie pewna, tak jak byłam pewna wczoraj, gdy wychodziłam z domu, że dzwoni ten typ, choć wolałam w to nie wierzyć. Wściekła i rozżalona, rzucam słuchawkę. Ale on natychmiast dzwoni ponownie. Spodziewałam się tego, więc odbieram telefon i rozłączam się, jak przedtem. Po minucie – jak gdyby nie mógł uwierzyć, że tak postąpiłam – dzwoni znowu. Odbieram i rozłączam się; dzwoni znowu, odbieram i rozłączam się; dzwoni znowu i przez jakiś czas to się powtarza, ponieważ, nie wiedzieć czemu, ta gra mnie bawi. W końcu zdaję sobie jednak sprawę, że nie wygram, bo on nie zostawi mnie w spokoju, dopóki nie dam mu tego, czego chce. Tym razem nie rozłączam się, słucham złowieszczej ciszy na linii. Potem dzwonię do Matthew.

Od razu odzywa się poczta głosowa, więc dzwonię na centralę i proszę o połączenie z jego asystentką.

– Cześć, Valerie, mówi Cass, żona Matthew.

– Cześć, Cass. Co u ciebie?

– Świetnie, dziękuję. Próbuję dodzwonić się do Matthew, ale natychmiast włącza się poczta głosowa.

– Ponieważ Matthew jest na spotkaniu.

– Długo to już trwa?

– Od dziewiątej.

– To znaczy, że nie wyjdzie z sali, dopóki nie skończą, tak?

– Chyba że po kawę albo coś w tym rodzaju. Ale jeżeli to pilna sprawa, mogę go wywołać.

– Nie, nie trzeba. Spróbuję później.

No cóż, przynajmniej miałam dzień wytchnienia, stwierdzam z przygnębieniem i połykam parę tabletek, popijając wodą. Przez jeden dzień wierzyłam, że Matthew ma rację, że dzwoni ktoś z telemarketingu. Ale teraz, gdy już nie mogę się oszukiwać, przynajmniej mam tabletki, które pomogą mi przetrwać do wieczora.

Czekając, aż zadziałają, opadam na kanapę i biorę do ręki pilota. Nie mam w zwyczaju siedzieć przed telewizorem w ciągu dnia, ale gdy przeskakuję z jednego kanału na drugi, natrafiam na telezakupy i zostaję na tym kanale, z zadziwieniem oglądając najrozmaitsze gadżety, podobno mi potrzebne, choć nigdy bym nie przypuszczała. Kiedy widzę długie srebrne kolczyki, które na pewno spodobałyby się Rachel, szybko zapisuję dane, żeby później złożyć zamówienie.

Po godzinie, gdy dzwoni telefon, tabletki zrobiły już swoje i odczuwam zaledwie niepokój, a nie strach. Odzywa się Matthew.

– Dzień dobry, skarbie, dobrze spałaś? – Ten czuły ton jest rezultatem wczorajszego seksu.

– Tak, świetnie. – Milknę w obawie, że ulotni się poczucie bliskości, jeśli wspomnę o głuchym telefonie.

– Valerie mówiła, że dzwoniłaś.

– Rano znowu odebrałam głuchy telefon.

– No i? – Matthew nie kryje rozczarowania.

Jestem zła na siebie, że nie okazuję mu czułości, tylko od razu wciągam go w swój koszmar.

– Chciałam, żebyś wiedział.

– I co mam zrobić?

– Nie wiem. Może powinniśmy zawiadomić policję.

– Możemy ich zawiadomić, ale nie wydaje mi się, że potraktują poważnie zgłoszenie kilku głuchych telefonów, zwłaszcza że są zajęci poszukiwaniem mordercy.

– Potraktują poważnie, jeżeli powiem im, że dzwoni morderca.

Mówię to bez zastanowienia i już wyobrażam sobie, choć tego nie słyszę, jak Matthew wzdycha, tłumiąc zniecierpliwienie.

– Posłuchaj, Cass, jesteś wyczerpana. Jak człowiek kiepsko się czuje, wyciąga pochopne wnioski. Nie ma logicznych podstaw, by przypuszczać, że te telefony wykonuje morderca. Przyjmij to do wiadomości.

– Postaram się – odpowiadam posłusznie.

– Do zobaczenia.

– Cześć.

Odkładam słuchawkę, zła, że prysła radość, jaką sprawiłam mu wczoraj, mówiąc, że czuję się znacznie lepiej. Już nie myślę o pracy na laptopie, tylko idę dalej oglądać telezakupy, aż w końcu zapadam się w nicość.

Budzi mnie dzwonek telefonu. Po słońcu widzę, że jest już popołudnie. Gdy wraca mi przytomność, odruchowo wstrzymuję oddech. Na dźwięk nagrywanej wiadomości wypuszczam powietrze. To nie znowu Rachel, jak sądziłam, lecz chyba Mary, dyrektorka naszej szkoły, mówi coś o zbliżającym się szkoleniu. Ponieważ kolejne obciążenia są ponad moje siły, wolę jej nie słuchać. Ale gdy kończy się nagranie, czuję się jak uczeń, który nie odrobił lekcji, więc idę po laptopa i przenoszę się z nim do gabinetu.

Ledwie biorę się do pracy, podrywa mnie z krzesła warkot przejeżdżającego pędem samochodu. Słucham, jak dźwięk niesie się w stronę budynków na początku drogi, coraz cichszy, i zastanawiam się, dlaczego nie było słychać, jak samochód nadjeżdżał. Chyba że cały czas stał koło mojego domu.

Staram się o tym nie myśleć, ale nie potrafię. Ogarnia mnie panika, pytania kłębią mi się w głowie. Czy samochód przyjechał wcześniej, kiedy spałam? Kto prowadził? Morderca? Czy obserwował mnie przez okno, śpiącą na kanapie, niczym lalkę na scenie? Wiem, że to brzmi niedorzecznie, tak podpowiada mi rozum, ale przenika mnie koszmarnie autentyczny strach.

Lecę na korytarz, łapię kluczyki do samochodu i otwieram drzwi frontowe. Nieprzygotowana na oślepiające słońce, pochylam głowę, osłaniam ręką oczy i biegnę do auta. Wyjeżdżam za bramę, nawet nie myśląc, dokąd jadę, byle dalej stąd, i po chwili orientuję się, że jestem na drodze do Castle Wells. W mieście nie znajduję wolnego miejsca na dwóch małych parkingach, więc staję na wielopoziomowym. Włóczę się po sklepach, kupuję parę rzeczy, sączę herbatę w kawiarni, potem znowu zaglądam do kilku sklepów, żeby tylko odwlec powrót do domu. O osiemnastej kieruję się na parking, mając nadzieję, że Matthew już wrócił, bo na myśl, że przyjadę do pustego domu, wpadam w panikę.

Nagle ktoś łapie mnie od tyłu za rękę – z krzykiem się odwracam. Widzę uśmiechniętą od ucha do ucha Connie. Na jej widok oddycham z ulgą i obejmuję ją na powitanie.

– Nigdy więcej tak nie rób! – mówię, starając się uspokoić rozszalałe serce. – Miałaś szczęście, że nie dostałam zawału!

Gdy Connie też mnie obejmuje, uspokajam się, czując znajomy kwiatowy zapach jej perfum.

– Przepraszam, nie chciałam cię wystraszyć. Co u ciebie, Cass? Masz udane wakacje?

Odgarniam włosy z twarzy i kiwam głową, zastanawiając się, czy wyglądam tak, jak się czuję – niespełna rozumu. Connie patrzy na mnie i czeka na odpowiedź.

– Zwłaszcza przy takiej pogodzie jak dzisiaj. – Uśmiecham się. – Jest cudnie, prawda? A co u ciebie? Zdaje się, że niedługo wyjeżdżasz.

– W sobotę. Nie mogę się doczekać.

– Nie masz mi za złe, że nie przyszłam do ciebie po przyjęciu na koniec roku szkolnego? – Chcę się upewnić, bo wciąż mam wyrzuty sumienia, że zrezygnowałam w ostatniej chwili.

– Nie, skądże. Tyle tylko, że ponieważ ty się wycofałaś, to John też nie przyszedł i musieliśmy zabawiać się sami.

– To przykre. – Krzywię się.

– Nie było źle... Włączyliśmy program z karaoke w telewizji i śpiewaliśmy na całe gardło, żeby zagłuszyć walenie piorunów. Mam dowód w postaci nagrania wideo.

– Musisz mi kiedyś pokazać.

– Nie ma obaw, pokażę! – Wyjmuje komórkę i patrzy, która godzina. – Umówiłam się z Danem na drinka. Może dołączysz?

– Nie, dzięki. Właśnie idę na parking. Walizki spakowane?

– Prawie. Muszę jeszcze przygotować się do tego szkolenia... Mary pewnie dzwoniła do ciebie i potwierdziła datę, dwudziestego ósmego, w piątek... a ja wracam w środę. Ale zostało mi już niewiele roboty. A tobie?

– Też prawie kończę. – Kłamię w żywe oczy.

– W takim razie widzimy się dwudziestego ósmego.

– Jasne. – Ściskam ją na pożegnanie. – Baw się dobrze!

– Ty też!

Zmierzam w stronę parkingu, już czując się dużo lepiej po spotkaniu z Connie, choć ją okłamałam. Teraz będę musiała odsłuchać wiadomość Mary, żeby sprawdzić, czy nie kazała mi przygotować czegoś na to szkolenie. Zżera mnie niepokój, no bo jak mam usiąść do pracy, kiedy tyle się dzieje. Gdyby tylko ten morderca trafił za kratki. Może wkrótce go złapią – pocieszam się. Skoro policja uważa, że Jane znała sprawcę, to z pewnością zostanie schwytany.

Wchodzę na parking, jadę windą na czwarte piętro i idę do

rzędu E. Jestem pewna, że zaparkowałam na czwartym piętrze, bo wiem, że dwa dolne piętra zawsze są zapchane, i od razu pojechałam na trzecie, gdzie też nie było miejsca, więc spróbowałam na czwartym. Ale nigdzie nie widzę swojego samochodu. Dlaczego? Kilka minut zabiera mi przeszukanie całego piętra i w końcu idę schodami na piąte, dopuszczając myśl, że jednak się pomyliłam. Znowu wędruję wzdłuż rzędów samochodów, schodząc z drogi wyjeżdżającym i wjeżdżającym i nie dając po sobie poznać, że swój gdzieś zapodziałam. Ale tu też nie znajduję mini.

Wracam na czwarte piętro i przez chwilę stoję nieruchomo, chcąc zorientować się w przestrzeni. Jest tu tylko jedna winda, więc idę do niej i stamtąd ruszam tą samą drogą, którą szłam rano, tyle że w odwrotnym kierunku, do miejsca, gdzie powinien stać mój samochód. Ale tam go nie ma. Z bezradności zbiera mi się na płacz. Pozostaje mi tylko zjechać na parter do strażnika i zgłosić zaginięcie samochodu.

Gdy jestem przy windzie, zmieniam plan i idę na dół schodami, przeszukując każde piętro – bezskutecznie. Na parterze znajduję dyżurkę, w której przed komputerem siedzi mężczyzna w średnim wieku.

– Przepraszam, chyba ukradziono mi samochód – zwracam się do strażnika, usiłując nie wpaść w histeryczny ton.

Mężczyzna nadal wpatruje się w ekran, jakby mnie nie słyszał, więc powtarzam swoje słowa, już głośniej.

– Usłyszałem za pierwszym razem. – Podnosi głowę i patrzy na mnie przez szybę.

– Wobec tego może pan mi powie, co mam zrobić.

– Niech pani sprawdzi jeszcze raz.

– Sprawdziłam – mówię poirytowana.

– Gdzie?

– Na czwartym piętrze, gdzie zostawiłam samochód. Sprawdziłam również na drugim, trzecim i piątym.

– Więc nie jest pani pewna, gdzie zostawiła auto.

– Jestem całkowicie pewna!

– Gdybym dostawał funta za każdego, kto twierdzi, że ukradziono mu samochód, byłbym bogaczem. Ma pani bilet parkingowy?

– Tak, proszę. – Wyjmuję z portmonetki kartonik i wsuwam przez szparę pod okienkiem, spodziewając się, że strażnik obejrzy bilet.

– No to jak osoba, która zabrała pani samochód, przejechała bez biletu przez bramkę?

– Przypuszczalnie udała, że zgubiła bilet, i zapłaciła tutaj przy wyjeździe.

– Proszę podać numer rejestracyjny.

– RV zero siedem bmw. Mini. Czarny.

Patrzy na ekran komputera i kręci głową.

– Nie zarejestrowano, żeby samochód o takich numerach przejechał przez bramkę na podstawie ponownie wydanego biletu.

– Co chce pan przez to powiedzieć?

– Że pani samochód nie został skradziony.

– To gdzie jest?

– Prawdopodobnie tam, gdzie go pani zostawiła.

Znowu wlepia wzrok w ekran, a ja wpatruję się w tego człowieka, nie mogąc uwierzyć, jak go w jednej chwili znienawidziłam. To dlatego, że wiem, co to zdarzenie może oznaczać – znowu miałam zaćmienie pamięci – ale również dlatego, że strażnik traktuje mnie tak lekceważąco, a przecież dobrze wiem, gdzie zaparkowałam samochód. Gdy uderzam dłonią w szybę, spogląda na mnie bacznie.

– Proszę pójść ze mną, to udowodnię panu, że mojego samochodu tam nie ma.

Milczy dłuższą chwilę, nie spuszczając ze mnie wzroku, po czym odwraca głowę i krzyczy przez ramię:

– Patsy, zastąp mnie!

Z pokoju na zapleczu wyłania się kobieta.

– Tej pani ukradziono samochód – wyjaśnia strażnik.

Jego koleżanka patrzy na mnie i mówi z szerokim uśmiechem:

– Akurat!

– Zapewniam panią, że tak! – odburkuję.

Mężczyzna wychodzi z dyżurki.

– No to idziemy.

Gdy czekamy na windę, odzywa się moja komórka. Właściwie wolałabym nie odbierać, bo a nuż dzwoni Mary, ale zdaję sobie sprawę, jak to będzie wyglądało, więc jednak wyjmuję telefon. Ku mojej uldze okazuje się, że to Matthew.

– Halo.

– Widzę, że ucieszył cię mój telefon – mówi. – Gdzie jesteś? Właśnie wszedłem do domu.

– Pojechałam do Castle Wells. Chciałam zrobić zakupy, ale mam kłopot. Zdaje się, że ktoś ukradł mi samochód.

– Ukradł? – powtarza podniesionym głosem. – Jesteś pewna?

– Wszystko na to wskazuje.

– A może został odholowany? Zapomniałaś włożyć bilet za szybę? Przekroczyłaś czas parkowania?

– Nie. – Odsuwam się od strażnika, który uśmiecha się ironicznie. – Stanęłam na parkingu wielopoziomowym.

– Więc na pewno go nie odholowano?

– Nie. Został ukradziony.

– A może nie pamiętasz, gdzie zaparkowałaś?

– Nie! I uprzedzę twoje następne pytanie: tak, przeszukałam wszystkie piętra.

– Zadzwoniłaś na policję?

– Jeszcze nie. Jest ze mną pracownik parkingu, jedziemy sprawdzić na górze.

– Czyli nie jesteś pewna, że to kradzież?

– Mogę oddzwonić za chwilę? – pytam, już czerwona na twarzy. – Przyjechała winda.

– Dobrze.

Z windy wylewa się strumień ludzi. Wsiadamy. Strażnik patrzy, jak wciskam guzik czwartego piętra. Zatrzymujemy się na drugim piętrze i na trzecim. Na czwartym wysiadam, strażnik idzie za mną.

– Zaparkowałam tam. – Wskazuję dalszą część parkingu. – W rzędzie E.

– Niech pani prowadzi.

Lawiruję między samochodami.

– Powinien być gdzieś tutaj.

– RV zero siedem bmw?

– Tak. – Kiwam głową.

– Tu stoi.

– Gdzie?

– Tu. – Wskazuje palcem.

Podążam za jego wzrokiem i oto mam przed oczami swój samochód.

– To niemożliwe – mamroczę. – Nie było go tutaj, przysięgam. – Gdy podchodzę bliżej, mam jedno wielkie pragnienie, przewrotne: żeby to nie był mój samochód. – Nie rozumiem. Obejrzałam wszystkie w rzędzie, dwa razy.

– Łatwo przeoczyć – mówi strażnik, z łaskawością zwycięzcy.

– Brak mi słów.

– Nie pani pierwsza i nie ostatnia. Proszę się nie przejmować.

– Ale on tu nie stał, naprawdę.

– Może była pani na innym piętrze.

– Nie, na tym – upieram się. – Przyszłam prosto tutaj, a gdy nie znalazłam samochodu, poszłam na piąte piętro, a potem przeszukałam trzecie i również drugie.

– A sprawdzała pani na szóstym?

– Nie. Bo byłam pewna, że nie pojechałam na samą górę.

– Parking ma siedem pięter.

– Nieważne. Zaparkowałam na czwartym.

– Zgadza się – przytakuje. – Bo tu stoi samochód.

– Jest tu jeszcze jedna winda? – pytam, rozglądając się.

– Nie ma.

Uchodzi ze mnie cała zaciekłość. Chcę jak najszybciej odjechać.

– Bardzo przepraszam, że zajęłam panu czas. I dziękuję.

– Nie ma za co – rzuca strażnik i odchodzi, machając ręką.

Wreszcie wsiadam, odchylam się na oparcie fotela i przymykam oczy, roztrząsając wszystko i próbując zrozumieć, jak mogłam nie zauważyć swojego samochodu, gdy pierwszy raz byłam na czwartym piętrze. Przychodzi mi do głowy tylko jedna możliwość: wjechałam na piąte piętro, nie na czwarte. Jak mogłam tak idiotycznie się pomylić? Co gorsza, powiedziałam o tym Matthew. Gdyby tylko nie zadzwonił, gdybym tylko nie powiedziała mu o kradzieży samochodu. Teraz muszę oddzwonić, by poinformować go, że samochód się znalazł, ale nie potrafię przyznać się do pomyłki.

Uruchamiam silnik i z ciężką głową zmierzam powoli do wyjazdu. Przy szlabanie uprzytamniam sobie, że przez to wszystko zapomniałam przed opuszczeniem czwartego piętra opłacić parking w automacie. Patrzę w lusterko wsteczne i widzę, że już ustawiają się za mną samochody, kierowcy się niecierpliwią. W panice wciskam guzik i wzywam pomoc.

– Zapomniałam zapłacić! – krzyczę drżącym głosem. Za mną ktoś trąbi. – Co mam zrobić?

Zastanawiam się, czy strażnik nie wymierzy mi kary, nie zmusi mnie, żebym wysiadła i poszła do najbliższego automatu, narażając się na wściekłość innych kierowców, ale na szczęście szlaban się podnosi.

– Dziękuję – rzucam z wdzięcznością w stronę głośnika i ruszam, zgrzytając biegami, zanim strażnik się rozmyśli i opuści szlaban prosto na mnie.

Jestem tak zdenerwowana, że zamiast wyjeżdżać z miasta, powinnam stanąć i poczekać, aż się uspokoję. Mam po temu idealny powód, bo akurat dzwoni komórka, ale domyślam się, że to Matthew, i jadę dalej. Kusi mnie, żeby nie wracać do domu, zostać w samochodzie i jechać przed siebie, aż zabraknie mi paliwa, ale kocham Matthew tak bardzo, że nie chcę przysparzać mu zmartwień ponad rozsądną miarę.

Komórka odzywa się co pewien czas. Gdy skręcam na podjazd, z domu wybiega Matthew. Zatroskanie maluje się na jego twarzy, a we mnie zmęczenie walczy z poczuciem winy.

– Wszystko dobrze? – pyta, otwierając drzwi auta, zanim jeszcze odepnę pas.

– Jak najbardziej. – Żeby nie patrzeć mu w oczy, sięgam po torebkę, leżącą na tylnym siedzeniu.

– Mogłaś zadzwonić – mówi z wyrzutem. – Tak się martwiłem.

– Przepraszam.

– Co się stało?

– Fałszywy alarm. Szukałam na niewłaściwym piętrze.

– A mówiłaś, że obeszłaś wszystkie piętra.

– Czy to ważne? Grunt, że się znalazł.

Widzę, że na końcu języka ma pytanie, jak mogłam nie zauważyć swojego samochodu.

– Masz rację – mówi po chwili, już pogodnym tonem. – Wyglądasz na wykończoną. Jeśli chcesz, zrobię kolację.

Wysiadam i ruszam do domu.

– Świetnie, dzięki. Wezmę prysznic.

Długo siedzę w łazience, a potem idę do sypialni i jeszcze dłużej przebieram się w stare spodnie dresowe – wszystko po to, by odwlec chwilę, gdy znów stanę twarzą w twarz z Matthew. Jestem taka przybita, że pragnę tylko położyć się do łóżka i przespać ten przeokropny dzień. Cały czas spodziewam się, że Matthew zawoła, żeby sprawdzić, gdzie jestem. Ale nie, z kuchni dolatują mnie tylko odgłosy przygotowań do kolacji.

Kiedy w końcu jestem na dole, zmuszam się, by paplać o wszystkim i o niczym – o szkole, pogodzie, spotkaniu z Connie – byle nie dopuścić Matthew do słowa i nie pokazać po sobie, że afera z samochodem wytrąciła mnie z równowagi. Nawet zaznaczam w kalendarzu dzień szkolenia, opowiadam, jak się cieszę na spotkanie z ludźmi ze szkoły i na powrót do pracy. Niepokój jednak mnie nie opuszcza i bez apetytu jem risotto, które zrobił Matthew. Chciałabym mu powiedzieć o samochodzie, który, jak mi się zdaje, stał po południu koło naszego domu, ale jak by to zabrzmiało po tym wszystkim, co wydarzyło się później? Uznałby, że znowu histeryzuję i wpadam w paranoję.

PIĄTEK, 14 SIERPNIA

Minęły równo cztery tygodnie od śmierci Jane i nie mieści mi się w głowie, że moje życie zmieniło się tak bardzo w tak krótkim czasie. Nieustannie dręczą mnie poczucie winy i strach, do tego stopnia, że już nie pamiętam, jak wyglądał zwykły dzień, gdy byłam od nich wolna. Na domiar złego jeszcze to wczorajsze zamieszanie na parkingu. Jeśli chciałam mieć mocny dowód na to, że grozi mi demencja, to już go mam.

Nie potrafię otrząsnąć się z przygnębienia. Siedzę apatycznie w salonie, z telewizorem do towarzystwa, który niezmiennie nastawiam na te ogłupiające telezakupy. Telefon dzwoni koło dziesiątej, wstrzymuję oddech, serce galopuje, aż kręci mi się w głowie. Uprzytamniam sobie, że na każdy dzwonek telefonu odruchowo reaguję strachem. Nawet gdy włącza się automatyczna sekretarka – i okazuje się, że to nie jest głuchy telefon – nawet wtedy nie odczuwam ulgi, ponieważ wiem, że ten mężczyzna prędzej czy później zadzwoni.

Aż podskakuję, gdy przy drzwiach rozlega się stuk klapki nad otworem na listy. Jak doszło do tego, że każdy dźwięk, nie tylko brzęczenie telefonu, przyprawia mnie o palpitacje i ciarki? Kiedy stałam się taka lękliwa? Ogarnia mnie wstyd – wstydzę się, że przestałam być silną kobietą i że przejmuję się drobiazgami. Jestem na siebie zła, że wstrzymuję oddech i nasłuchuję oddalających się kroków listonosza na żwirowej alejce, by się upewnić, że to on wrzucił coś przez szczelinę w drzwiach, a nie morderca. Nie mogę znieść, że żołądek podchodzi mi do gardła, gdy podnoszę z podłogi pocztę i widzę zaadresowany do mnie list. Nie mogę znieść, że gapię się na zaadresowaną ręcznie kopertę i trzęsą mi się ręce na myśl, że to list od niego. Nie chcę otwierać, ale powodowana czymś silniejszym ode mnie – bo lepiej wiedzieć, niż nie wiedzieć – rozrywam kopertę i znajduję pojedynczą kartkę. Powoli ją rozkładam i ledwie mam odwagę przeczytać.

Droga Cass!

Dziękuję za list. Nie znajduję słów, by powiedzieć, jak wiele znaczy dla mnie to, że tak mile wspominasz wspólny lunch z Jane. Po powrocie do domu opowiadała mi, jak dobrze Wam się rozmawiało, więc cieszę się, że również miałaś takie wrażenia. Jestem wdzięczny, że poświęciłaś czas i do mnie napisałaś – takie listy jak Twój są dla mnie niezwykle ważne w tej straszliwej sytuacji.

Dziękuję, że pytałaś o dziewczynki. Bardzo tęsknią za mamą, ale na szczęście są zbyt małe, żeby zrozumieć, co się stało. Wiedzą tylko, że ich mamusia jest teraz aniołkiem.

Patrząc na Twój adres, zorientowałem się, że mieszkasz gdzieś niedaleko, więc jeśli zobaczyłabyś mnie na ulicy (moja twarz, niestety, stała się rozpoznawalna), to podejdź i porozmawiajmy. Rozumiem, że w tych okolicznościach ludzie nie wiedzą, co powiedzieć, ale przykro mi, gdy mnie unikają.

Pozdrawiam
Alex

Otrząsam się i wypuszczam powietrze, które wstrzymywałam, nawet nie zdając sobie z tego sprawy. Łzy kręcą mi się w oczach – z ulgi, że to niewinny list, a także dlatego, że ogromnie współczuję mężowi Jane. Jego życzliwość i wdzięczność są balsamem dla mojej duszy – tyle że nigdy by ich nie wyraził, gdyby wiedział, że tamtej nocy zostawiłam Jane na łasce losu. Kiedy czytam list powtórnie, każde słowo przeszywa mnie jak strzała, godzi w moje sumienie. Nagle pragnę tylko jednego: wyznać mu prawdę. Być może mnie potępi. A może, ale tylko może, powie, że nic nie mogłam zrobić, że śmierć była jej pisana dużo wcześniej, zanim pojawiłam się w tamtym miejscu. Jeśli te słowa padłyby z jego ust, kto wie, czybym mu nie uwierzyła.

Dzwoni telefon, przywracając mnie do teraźniejszości, gdzie nie ma ukojenia i wybaczenia, jest tylko niemiłosierny strach i udręka. Łapię za słuchawkę i najchętniej wrzasnęłabym, żeby dał mi spokój. Ale nie chcę mu pokazać, jaka jestem przerażona, więc wyczekujemy, każde ze swoim planem działania. Mija sekunda po sekundzie. Nagle dociera do mnie, że jeśli ja wyczuwam zagrożenie z jego strony, to on również wyczuwa mój strach. Już mam odłożyć słuchawkę, ale uprzytamniam sobie, że to połączenie jest jakieś inne.

Wytężam słuch, próbując określić tę zmianę. W tle niosą się jakieś cichutkie dźwięki, może słaby szum wiatru albo szelest liści, w każdym razie mam wrażenie, że ten typ przebywa gdzieś na otwartej przestrzeni. I nagle Strach przez duże S, który umościł się w dole brzucha, podnosi się do gardła, niemal do cna mnie wypełnia. Mam uderzenie adrenaliny, pędzę do gabinetu i pokonując oślepiającą panikę, wyglądam przez okno. Oddycham z ulgą na widok pustej drogi, ale Strach, który nie znosi porażki, podsuwa mi myśl, że to wcale nie oznacza, iż tego człowieka tu nie ma. Na skórze występują mi kropelki potu. Chcę zadzwonić na policję, lecz coś – chyba Rozum – mówi mi, że nawet jeśli przyjadą i przeszukają ogród, to nikogo nie znajdą. Mój dręczyciel jest bardzo sprytny.

Nie zamierzam być łatwym celem, siedzieć w domu i czekać na to, co ten typ zaplanował. Biegnę do przedpokoju, wkładam pierwsze lepsze buty, łapię kluczyki i dopadam do drzwi frontowych. W progu rozglądam się: na podjeździe nie ma nikogo, ale nie chcę ryzykować, więc otwieram samochód pilotem z miejsca, gdzie stoję, po czym błyskawicznie pokonuję te kilka metrów. Wskakuję do środka, blokuję wszystkie drzwi i dysząc, szybko przejeżdżam przez bramę. Gdy mijam nowo kupiony dom, widzę w ogrodzie mężczyznę, tego samego, który kręcił się koło naszej posiadłości. Nie wiem, czy trzyma w ręce komórkę, ale to nieistotne. Może być tym, kto do mnie wydzwania, kto zabił Jane, kto był jej potajemnym kochankiem. No i ma idealny punkt obserwacyjny: widzi, jak mój mąż wyjeżdża rano do pracy i zostaję sama.

Czas zawiadomić policję. Ale najpierw muszę porozmawiać z Matthew, opowiedzieć mu o swoich podejrzeniach i usłyszeć od niego, że mogą być uzasadnione – nie chcę znowu popełnić błędu. Z dwojga złego wolę wygłupić się w oczach męża niż policjanta. Nie mogę przecież prosić, żeby policja skontrolowała mężczyznę mieszkającego na początku drogi, ot tak, bez żadnego dowodu i bez wsparcia ze strony Matthew. Już i tak mają mnie za kretynkę, która bezzasadnie uruchamia alarm.

Jestem tak roztrzęsiona, że niemal przejeżdżam na czerwonym świetle, więc w obawie, że spowoduję wypadek, staram się uspokoić. Najchętniej spędziłabym ten dzień w towarzystwie, ale Rachel jest w Sienie, a reszta znajomych albo też wyjechała na wakacje, albo wyjedzie jutro czy pojutrze.

W końcu postanawiam udać się do Browbury. Cały czas sprawdzam w lusterku wstecznym, czy ktoś za mną nie jedzie. Parkuję przy High Street i zamierzam usiąść gdzieś, przepuścić trochę czasu i udać, że przyszłam na lunch. Zadowolona z planu działania, sięgam po torebkę i z przerażeniem stwierdzam, że jej nie ma – tak się śpieszyłam, że zostawiłam ją w domu. Ponieważ będę musiała zamówić chociaż coś do picia, grzebię w schowku, szukając drobnych. Głośne stukanie w szybę niemal przyprawia mnie o zawał. Prostuję się i widzę uśmiechniętego Johna.

Zdrętwiała z zaskoczenia, nie mogę odpowiedzieć mu uśmiechem, więc żeby zyskać na czasie, pochylam się i zamykam schowek. Odzyskawszy panowanie nad sobą, przekręcam kluczyk w stacyjce i opuszczam szybę.

– Napędziłeś mi strachu. – Silę się na uśmiech.

– Przepraszam, nie chciałem – kaja się John. – Przyjechałaś czy odjeżdżasz?

– Jedno i drugie. – Robi zdziwioną minę. – Właśnie przyjechałam, ale zostawiłam w domu torebkę i muszę po nią wrócić.

– Mogę cię jakoś poratować?

Rozważam możliwości. Nie chcę stwarzać dwuznacznej sytuacji, w końcu wie, że jestem z Matthew. Zdecydowanie nie chcę wracać do domu, ale nie mogę wałęsać się po Browbury przez resztę dnia, nie mając pieniędzy na kawę czy gazetę.

– Nie chciałbyś zaprosić mnie na kawę?

– Miałem nadzieję, że to powiesz. – Wkłada rękę do kieszeni i wyjmuje dwie jednofuntowe monety. – Nawet zafunduję ci parkowanie, chyba że wolisz dostać mandat.

– Zupełnie bym zapomniała. – Krzywię się. – Wystarczy funt, na jedną godzinę.

– Nie wystarczy, jeżeli dasz się zaprosić również na lunch.

– Czemu nie? – Cieszę się, że dwie godziny mam już wypełnione. – Pod warunkiem że będę mogła się odwzajemnić.

– Zgoda.

Gdy wysiadam z samochodu, John patrzy znacząco na moje stopy.

– Jakie ładne buty.

Opuszczam wzrok i widzę, że mam na nogach stare brązowe mokasyny mojej mamy, w których pracuję w ogrodzie.

– Pieliłam grządki i zapomniałam zmienić buty – tłumaczę się rozbawiona. – Nadal chcesz się pokazać w moim towarzystwie?

– Z największą ochotą. Dokąd pójdziemy?

– Wybieraj.

– Może do Costello's?

– Masz dość czasu?

– Oczywiście. A ty? Nie śpieszysz, prawda?

– Nie, ani trochę.

Następne kilka godzin spędzam tak przyjemnie, że mogłyby trwać i trwać. Perspektywa powrotu do domu i obcowania wyłącznie z własnymi myślami wprawia mnie znów w przygnębienie, więc szybko wypijam łyk wody.

– Dziękuję. Dobrze mi to zrobiło – mówię z wdzięcznością, gdy John prosi o rachunek.

– Mnie też.

– Bo co?

– Od kiedy ulotniła się moja dziewczyna, nie bardzo wiem, co ze sobą zrobić. A ty? Dlaczego chciałaś się wyrwać na parę godzin? Chyba już nie prześladują cię te telefony?

– O co pytasz? – rzucam, bacznie mu się przyglądając.

– O telefony z telemarketingu. Po wiązance, którą puściłaś, długo piekły mnie uszy.

– Wciąż mi wstyd.

– Mam nadzieję, że nie dlatego nie przyszłaś na drinka w zeszły piątek. Brakowało nam ciebie.

– Zupełnie zapomniałam! – Znów dopadają mnie wszystkie obawy. – Przepraszam, John, czuję się okropnie!

– Nie przejmuj się. Przecież mówiłaś, że Matthew ma kilka dni wolnego i być może gdzieś pojedziecie.

Wiem, że powinnam coś powiedzieć, zapytać, jak się bawili, ale jestem kompletnie przybita.

– Wszystko w porządku? – pyta John. – Mam wrażenie, że straciłaś humor.

Kiwam głową i przenoszę wzrok na ulicę za oknem, na ludzi zajętych swoimi sprawami.

– To lato było dla mnie dość dziwne.

– Chcesz o tym pogadać?

– Pomyślisz, że zwariowałam.

– Nigdy w życiu.

Patrzę na niego i próbuję się uśmiechnąć.

– Tak naprawdę to całkiem możliwe, że wariuję. Moja mama cierpiała na demencję przez kilka ostatnich lat życia. Martwię się, że u mnie też to się zaczyna.

John wyciąga rękę, jak gdyby chciał ująć moją dłoń, ale bierze szklankę z wodą.

– Demencja i obłęd to dwie różne rzeczy – zauważa.

– Zgadza się.

– Zdiagnozowano u ciebie demencję?

– Jeszcze nie. Mam pójść do specjalisty, ale prawdopodobnie zapomnę to zrobić. – Oboje parskamy śmiechem. Nie mogę się opanować. – Boże, jak to dobrze znowu się pośmiać – mówię, wciąż chichocząc.

– Moim zdaniem nie wyglądasz na wariatkę.

– Nie mieszkasz ze mną na co dzień. Dla Matthew to wcale nie jest zabawne, gdy robię różne głupie rzeczy, no wiesz, nie zmieniam butów albo zostawiam w domu torebkę, jadąc do miasta.

– Takie zachowanie świadczy tylko o tym, że człowiek wychodzi z domu w pośpiechu. Nie jest oznaką obłędu. – Patrzy na mnie pytająco. Jego żywe ciemne oczy nie odrywają się od moich. – Śpieszyłaś się?

– Już nie lubię być w domu sama – wyjaśniam, wzruszając ramionami.

– Od śmierci Jane?

– Po prostu wszystko budzi we mnie strach. Nasz dom, jak dla mnie, stoi trochę za bardzo na uboczu.

– Ale w pobliżu są przecież jeszcze jakieś domy.

– No tak – przyznaję bez przekonania.

Zastanawiam się, czy powinnam wyjawić mu, co tak naprawdę sądzę o tych głuchych telefonach, i opowiedzieć o mężczyźnie mieszkającym na początku drogi. Ale podchodzi kelnerka z rachunkiem i chwila na zwierzenia mija.

– Całe szczęście, że zaczyna się rok szkolny – mówi John, wyjmując portfel. – Czeka nas tyle pracy, że nie będzie czasu na rozmyślania. – Robi kwaśną minę. – Szkolenie dwudziestego ósmego. Tylko nie mów mi, że już zrobiłaś konspekty lekcji na najbliższy semestr.

– Nawet nie zajrzałam do planu zajęć – przyznaję się.

John przeciąga się, a jego T-shirt wędruje do góry, odsłaniając opalone ciało.

– Ja też – oświadcza z szerokim uśmiechem.

– Naprawdę?

– No.

Oddycham głęboko.

– Nie masz pojęcia, jak mi ulżyło. Wczoraj w Castle Wells wpadłam na Connie i pochwaliła się, że ma już prawie wszystko gotowe.

– Ojej! – Krzywi się.

Patrzę na niego uważnie.

– Powiedziała również, że nie poszedłeś do niej tamtego wieczoru, po przyjęciu na koniec roku szkolnego.

– Nie miałem ochoty.

– Rozumiem. – Kiwam głową.

– Zresztą po co miałem iść, skoro ciebie tam nie było – dodaje półżartem.

– Rzeczywiście nie było po co – przytakuję. – Jestem duszą towarzystwa.

Wybucha śmiechem.

– Otóż to.

Oboje wiemy, że to nieprawda.

Wychodzimy z restauracji i John odprowadza mnie do samochodu.

– A tak przy okazji, kupiłeś wtedy śpioszki? – pytam.

– Tak. Niebieskie, ze słoniem na przodzie. Moi znajomi byli lekko zdziwieni… Kupiłem je, bo mi się podobały, tylko zapomniałem, że mają dziewczynkę.

– Jakie to pocieszające, że nie tylko ja mam luki w pamięci – wtrącam z rozbawieniem.

– Sama widzisz, to się przydarza każdemu. Masz jakieś plany na weekend?

– Pewnie tylko posiedzę sobie w ogrodzie.

– Porządnie odpocznij. – Ruchem głowy wskazuje mój samochód. – To twój, prawda?

– Tak. – Ściskamy się na pożegnanie. – Dziękuję za wszystko, John.

– Cała przyjemność po mojej stronie – odpowiada z powagą. – Do zobaczenia w szkole, Cass. Jedź ostrożnie.

Czeka na chodniku, dopóki nie włączę się do ruchu. Jadę High Street, zastanawiając się, co zrobić z resztą dnia, dopóki Matthew nie wróci z pracy. Tuż przed skrzyżowaniem, na którym powinnam skręcić w prawo, widzę drogowskaz na Heston i bez namysłu skręcam w drogę prowadzącą do wioski, gdzie mieszkała Jane i gdzie wracała tamtej tragicznej nocy. Na chwilę wpadam w popłoch, nie wiem, co robię i co chcę w ten sposób osiągnąć. Czuję jednak, że muszę tam jechać.

Jazda trwa zaledwie pięć minut. Parkuję przy ulicy, między parkiem a pubem, i wysiadam. Park jest mały, ale pięknie utrzymany. Przechodzę przez bramę i wolnym krokiem spaceruję alejkami, zachwycając się różnorodnością wspaniałych kwiatów. Nieliczne zacienione ławki są zajęte, głównie przez starsze pary odpoczywające w trakcie popołudniowej przechadzki, wobec tego siadam na słońcu, zadowolona, że mam gdzie spędzić następne kilka godzin. Myślę o Jane, zastanawiam się, ile razy siedziała na tej ławce, ile razy szła tą alejką. Po drugiej stronie parku jest plac zabaw, gdzie dzieci bujają się na drewnianych huśtawkach w kształcie różnych zwierząt. Przyglądam się rodzicom z dziećmi i wyobraźnia podsuwa mi obraz Jane, która sadza i zsadza swoje córki albo pochyla się z troską, gdy bawią się na zjeżdżalni. Przygniata mnie poczucie winy, jak zawsze, ilekroć myślę o Jane.

Kiedy patrzę na to wszystko i z tęsknotą w sercu zastanawiam się, czy Matthew i mnie będzie dane mieć dzieci, jakaś mała dziewczynka chce zsiąść z kołyszącego się zwierzaka, ale choć bardzo się stara, nie daje rady, bo zaczepiła o coś nóżką. Odruchowo otwieram usta, żeby krzyknąć, ostrzec kogoś z dorosłych, że ona zaraz spadnie, ale nim zdążę to zrobić, mała już leży na ziemi. Jakiś mężczyzna biegnie do płaczącej z bólu dziewczynki, a wtedy druga dziewczynka wyciąga do niego rączki, żeby ją zsadził z huśtawki, więc mężczyzna szybko chwyta ją pod pachę i pochyla się nad tą zapłakaną. Gdy przyglądam się, jak ją otrzepuje i całuje w jasnowłosą główkę, uprzytamniam sobie, że mam przed oczami męża Jane.

Jestem wstrząśnięta. Wpatruję się w niego, zadając sobie pytanie, czy mogę się mylić. Ponieważ jego zdjęcie wielokrotnie pojawiało się w prasie i w telewizji, twarz jest znajoma. Poza tym dziewczynki wyglądają jak bliźniaczki. W pierwszym odruchu chcę uciec, jak najszybciej wyjść z parku, zanim on mnie dostrzeże. Jednak wkrótce odzyskuję panowanie nad emocjami. Przecież nie wie, że jestem osobą, która mogła ocalić jego żonę.

Mężczyzna wychodzi z placu zabaw, niosąc na rękach tę dziewczynkę, która upadła, a drugą prowadząc za rączkę. Obie płaczą. Cała trójka zmierza w stronę ławki, na której siedzę. Słyszę, jak ojciec uspokaja córki, obiecuje, że zaklei stłuczenia plastrem i weźmic jc na lody. Dziewczynka trzymana na rękach nie daje się pocieszyć, jest przejęta obtarciami i dość silnie krwawiącym kolanem.

– Może potrzebna panu chusteczka? – odzywam się bez zastanowicnia.

Mężczyzna staje przede mną.

– Dobry pomysł – mówi z ulgą. – Do domu mamy spory kawałek.

Wyjmuję z kieszeni chusteczkę.

– Jest czysta – zapewniam i podaję mu.

Ojciec sadza dziecko obok mnie na ławce i kuca przed nim, pokazując chusteczkę.

– Popatrz, co mi dała ta miła pani. Przyłożymy i będzie mniej bolało.

Delikatnie dotyka chusteczką otarcia, krew szybko wsiąka i cudownym sposobem łzy przestają płynąć.

– Mniej boli, Lottie? – pyta siostra, przyglądając się z troską.

– Mniej – przytakuje tamta.

– Dzięki Bogu – mówi mężczyzna, z powagą unosząc na mnie wzrok. – Można sobie wyobrazić, co by było, gdyby spadła na beton, jak to nam się zdarzało w dzieciństwie. – Chowa chusteczkę. – Już po wszystkim.

Dziewczynka spogląda na kolano i najwyraźniej zadowolona zsuwa się z ławki.

– Bawimy się! – woła i już biegnie na trawnik.

– No i teraz nie będą chciały wracać do domu – mówi ojciec, wstając z kucek.

– Ma pan urocze córki – odzywam się z uśmiechem. – Piękne dziewczynki.

– Generalnie tak – potwierdza. – Ale czasami bywają niesforne.

– Zapewne tęsknią za mamą... – Milknę, przerażona swoimi słowami. – Przykro mi... nie chciałam...

– Nie ma za co. Przynajmniej nie udaje pani, że nie wie, kim jestem. Nie uwierzy pani, ile ludzi przyjeżdża do Heston z nadzieją, że natkną się na mnie, jakbym był jakimś celebrytą. Wdają się w rozmowę, zwykle napomykając coś o dziewczynkach, a potem pytają mnie o ich matkę, czy jest w domu i szykuje lunch albo czy ma takie same jasne włosy jak one. Z początku, zanim się połapałem, mówiłem, że umarła, a wtedy oni drążyli temat, aż wyjawiałem, że została zamordowana. Wówczas udawali zaskoczenie, zapewniali, jak im jest przykro i jak mi współczują. Dopiero gdy jakaś kobieta posunęła się za daleko i zaczęła się dopytywać, w jakich okolicznościach policja mnie o tym zawiadomiła, połapałem się, o co chodzi. – Kręci głową, nie mogąc się temu nadziwić. – Jakoś nazywa się takich ludzi, ale teraz nie znajduję słowa. Przynajmniej w miejscowym sklepie i pubie kwitnie z tego powodu interes – dodaje z żałością.

– Przykro mi – powtarzam. Chcę się przedstawić, powiedzieć, że dziś rano dostałam jego list, ale teraz, po tych jego słowach, obawiam się, iż mógłby sobie pomyśleć, że tak jak inni przyszłam do parku, by natknąć się na niego, a ja nawet nie umiałabym wyjaśnić, dlaczego w ogóle tu jestem. Wstaję z ławki. – Muszę już iść.

– Mam nadzieję, że powodem nie jest to, co powiedziałem.

W jasnym słońcu zauważam pasemka siwizny w jego brązowych włosach i nasuwa mi się pytanie, czy zaczął siwieć przed śmiercią Jane.

– Nie, nie – zapewniam go. – Czas na mnie.

– Dziękuję, że pośpieszyła pani na ratunek. – Spogląda na bawiące się dziewczynki. – Łaska boska, wszystko poszło w zapomnienie.

– Nie ma za co. – Próbuję się uśmiechnąć, ale utrudnia mi to ironiczny wydźwięk jego słów. – Miłego popołudnia.

– Pani również.

Odwracam się, serce wali mi w piersi, w uszach dzwonią słowa o pośpieszeniu na ratunek. Ich ironia nie odstępuje mnie, kiedy idę do bramy i dalej, do samochodu. Zastanawiam się, co mnie opętało, że tu przyszłam, poza potrzebą uzyskania rozgrzeszenia. A gdybym tak wróciła, przedstawiła się i powiedziała, że widziałam Jane w leśnej zatoczce tamtej nocy? Czy posłałby mi ten swój uśmiech pełen żalu i oświadczył, że to nie ma znaczenia, może i dobrze, że nie podeszłam do niej, bo też mogłabym zginąć? Czy raczej byłby przerażony, że nie stanęłam w jej obronie, wytknąłby mnie palcem i poinformował wszystkich ludzi w tym parku, że nie zrobiłam nic, by pomóc jego żonie?

Ponieważ nigdy się nie dowiem, jak by postąpił, uruchamiam silnik i jadę, nie przestając myśleć o mężu Jane i dwóch małych dziewczynkach, które straciły matkę.

Mimo że jadę w żółwim tempie, jestem przed domem już o siedemnastej. Gdy mijam bramę, znów zalewa mnie fala niepokoju i wiem, że za nic nie wejdę do środka, dopóki nie przyjedzie Matthew. Wobec tego nie ruszam się z samochodu. Nawet w cieniu jest tak gorąco, że otwieram okna, licząc choć na lekki przewiew. Moja komórka daje znać, że przyszedł SMS. Widzę, że od Mary, i całkowicie wyłączam telefon. Tak się martwię zaległościami w pracy, że nie zauważam upływu czasu, i gdy auto Matthew pojawia się na podjeździe, w pierwszej chwili wydaje mi się, że wrócił do domu wcześniej niż zwykle. Rzucam okiem na zegarek: jest osiemnasta trzydzieści. Kiedy Matthew staje koło mnie, wyjmuję kluczyki ze stacyjki i wysiadam, udając, że dopiero co przyjechałam.

– Pierwsza! – mówię z uśmiechem.

– Jesteś rozgrzana – stwierdza, całując mnie na powitanie. – Nie włączyłaś klimatyzacji?

– Byłam tylko w Browbury i nie chciało mi się włączać na tak krótko.

– Pojechałaś na zakupy?

– Tak.

– Kupiłaś coś fajnego?

– Nie.

Zmierzamy do domu. Matthew wyjmuje swoje klucze i otwiera drzwi.

– Gdzie masz torebkę? – pyta, widząc, że idę z pustymi rękami.

– W samochodzie. – Szybko wchodzę do środka. – Zaraz ją przyniosę, ale najpierw muszę się czegoś napić.

– Zaczekaj, niech wyłączę alarm. O, nie jest włączony. – Za plecami czuję jego dezaprobatę. – Nie włączyłaś systemu, wychodząc z domu?

– Nie. Zamierzałam szybko wrócić i uznałam, że to zbyteczne.

– Wolałbym, żebyś w przyszłości włączała alarm. Po to go zainstalowaliśmy.

Matthew idzie się przebrać, a ja robię herbatę i niosę do ogrodu.

– Nie powiesz mi, że wyszłaś z domu w tym czymś na nogach? – mówi Matthew, dołączając do mnie kilka minut później.

Patrzę na swoje stopy. Nie chcąc przysparzać mu więcej zmartwień, udaję rozbawienie.

– Skądże. Właśnie je włożyłam.

Uśmiecha się i siada koło mnie, wyciągając przed siebie długie nogi.

– No to co dzisiaj robiłaś, poza zakupami w Browbury?

– Przygotowałam konspekty kilku lekcji. – Zastanawiam się, dlaczego nie wspominam nic o spotkaniu z Johnem.

– To świetnie. – Patrzy na zegarek. – Dziesięć po siódmej. Jak wypijesz herbatę, zmień buty i zabiorę cię na kolację. Rozpocznijmy ten weekend z pompą.

Nie cieszy mnie ta propozycja. Wciąż jestem najedzona po lunchu z Johnem.

– Naprawdę chcesz wyjść? – pytam z powątpiewaniem. – Nie wolisz posiedzieć w domu?

– Chyba że zostało jeszcze trochę twojego curry.

– Niestety nie.

– Wobec tego wybierzmy się gdzieś na curry.

– Dobrze.

Na szczęście nie zaproponował włoskiej kuchni w Costello's.

*

Idę do sypialni, żeby się przebrać. Wyjmuję z szafy małą torebkę i chowam ją pod swetrem. Gdy Matthew włącza alarm, podchodzę do mojego samochodu i teatralnym ruchem wyciągam torebkę zza siedzenia. Jedziemy do naszej ulubionej indyjskiej restauracji w Browbury.

– Poznałeś naszego nowego sąsiada? – pytam, gdy przeglądamy kartę. – Zamieniłeś z nim choć słowo?

– Tak, wczoraj, gdy wypatrywałem twojego powrotu z Castle Wells. Przechodził koło naszego domu i zaczęliśmy rozmawiać. Okazało się, że tuż przed tym, jak mieli się tu przeprowadzić, rzuciła go żona.

– Dokąd szedł?

– Nie rozumiem.

– Mówiłeś, że przechodził koło naszego domu.

– Tak, szedł do siebie. Pewnie wracał ze spaceru. Zaprosiłem go do nas na kolację któregoś wieczoru.

Serce mi łomocze.

– Co on na to?

– Że chętnie przyjdzie. Zgadzasz się, prawda?

– Zakładając, że on nie jest mordercą – odpowiadam, udając, że pilnie studiuję menu.

Matthew parska śmiechem.

– To był żart, tak?

– Oczywiście. – Zdobywam się na uśmiech. – Co to za człowiek?

– Sprawiał sympatyczne wrażenie.

– W jakim wieku?

– Bo ja wiem… sześćdziesiąt kilka lat.

– Wydawał mi się młodszy.

– Jest emerytowanym pilotem. W tym zawodzie pewnie trzeba dbać o kondycję.

– Zapytałeś go, dlaczego ciągle stoi przed naszym domem?

– Nie, nie wiedziałem, że to robi. Ale mówił, że bardzo mu się podoba, więc może po prostu go podziwia. – Matthew spogląda na mnie, marszcząc brwi. – Naprawdę ciągle stoi przed naszym domem?

– Widziałam go kilka razy.

– To jeszcze nie jest karalne – oświadcza, jak gdyby domyślał się, do czego zmierzam, zadając te pytania, i ostrzegał mnie, żebym nie szła tym tropem.

– Nie twierdzę, że jest.

Uśmiecha się do mnie zachęcająco i mówi:

– Wybierzmy dania.

Chcę mu powiedzieć, że sympatyczny emerytowany sześćdziesięciokilkuletni pilot może jednak być mordercą, ale wiem, że Matthew nie podejmie tematu, a już na pewno nie zawiadomi policji.

SOBOTA, 15 SIERPNIA

Donośny stuk, świadczący o dostarczeniu poczty, niesie się po domu, gdy jemy śniadanie. Matthew wstaje, z kawałkiem posmarowanej masłem grzanki w ustach, i idzie do przedpokoju. Po chwili wraca z listami i małą paczuszką.

– Proszę, do ciebie. – Wręcza mi pakunek.

Czuję niepokój. Wczoraj przyszedł list od Alexa, więc raczej mało prawdopodobne, że przesyłka też jest od niego.

– Co to?

– Nie wiem. – Ogląda zwykłe białe opakowanie. – Może coś zamówiłaś?

– Niczego nie zamawiałam.

Nerwowym ruchem kładę paczuszkę na stole, niemal bojąc się jej dotknąć. Czy przysłał ją ten typ od głuchych telefonów?

– Na pewno? – Matthew kładzie dłoń na moim ramieniu.

– Na sto procent.

– Chcesz, żebym ją otworzył?

– Sama otworzę – rzucam szybko.

Choć mogłabym od razu rozerwać opakowanie, idę z paczuszką do gabinetu. Biorę z szuflady nożyczki i rozcinam papier. Wyjmuję małe pudełeczko. Z walącym sercem podnoszę wieczko. Gdy widzę parę eleganckich srebrnych kolczyków ułożonych na czarnej aksamitnej poduszeczce, przypominam je sobie i oddycham z ulgą.

– Bardzo ładne – mówi Matthew, patrząc mi przez ramię.

Nie słyszałam, że szedł za mną.

– To dla Rachel – wyjaśniam i zamykam pudełeczko. – Nie sądziłam, że tak szybko je dostarczą.

– Prezent urodzinowy?

Myślę o domku na Île de Ré.

– Tak.

Uśmiecha się z aprobatą i idzie skosić trawnik. Wkładam kolczyki do szuflady i przez chwilę stoję bez ruchu, patrząc przez okno na pole za drogą. Dawniej czułam się tu bardzo bezpiecznie, jak gdyby nic nigdy nie mogło nas dotknąć.

Dzwoni telefon. Zamieram, ale zaraz przypominam sobie, że jest weekend. W sobotę nigdy nie miałam głuchego telefonu. Mimo to czekam, aż włączy się automatyczna sekretarka. Słyszę głos Mary, która pyta, czy dostałam jej wiadomości na temat szkolenia. Serce staje mi w gardle. Wakacje już się kończą, a ja nie wykonałam swojej pracy. Mary mówi dalej, że wysłała mi sporo SMS-ów, i w żartach wyraża nadzieję, że nie zgubiłam komórki.

Ledwie odsłuchuję jej wiadomość, telefon znów dzwoni. Sprawdzam numer na wyświetlaczu – a nuż Mary dorównuje wytrwałością typowi od głuchych telefonów. To Rachel, więc podnoszę słuchawkę.

– Cześć – witam ją radośnie.

– Co u ciebie?

„Popadam w obłęd” – ciśnie mi się na usta.

– Robię konspekty lekcji.

– Wciąż masz głuche telefony?

– Ostatnio nie – kłamię. – A co u ciebie? Jak tam Siena?

– Piękna. Doskonale się bawię, jeśli nie wspomnieć o Alfiem. – Słyszę jej gardłowy śmiech. – Muszę ci o nim opowiedzieć. Ale nie teraz, bo wkrótce wychodzimy.

– Więc nie ma co liczyć na huczne wesele? – Też się śmieję.

– Zdecydowanie. Poza tym znasz mnie, nie śpieszy mi się do ślubu. Może zjemy razem lunch we wtorek po moim powrocie… w poniedziałek jest dzień wolny od pracy, miło będzie mieć coś przyjemnego w planach po pierwszym dniu w biurze. A ty wracasz do szkoły dopiero w środę, prawda?

– Tak. Lunch we wtorek to dobry pomysł. W Sour Grapes?

– Świetnie. Do zobaczenia.

Gdy odkładam słuchawkę, uprzytamniam sobie, że zostały tylko dwa tygodnie wakacji. Błogosławieństwo i zarazem przekleństwo. Nie mogę się doczekać, kiedy będę poza domem, poza zasięgiem głuchych telefonów. A z drugiej strony powrót do szkoły wydaje mi się niemożliwy ze względu na nawał pracy, jaką mam do wykonania.

– Gotowa?

Unoszę głowę i widzę Matthew, elegancko ubranego w spodnie khaki i koszulkę polo, z nieduża sportową torbą w ręce.

– Gotowa? Na co? – Marszczę czoło.

– Popołudnie w ośrodku spa.

Kiwam głową i silę się na uśmiech. Wcale nie jestem gotowa, bo zapomniałam, że wczoraj w restauracji Matthew niespodziewanie powiedział, że zrobił rezerwację dla dwóch osób na następny dzień w ośrodku spa niedaleko Chichester. Byliśmy tam wkrótce po naszych zaręczynach. Propozycja wspólnego wypadu rozładowała trochę napięcie, jakie pojawiło się przy rozmowie o naszym nowym sąsiedzie.

– Tylko zmienię buty – odpowiadam, przygładzając bawełnianą spódnicę, którą włożyłam dzisiaj zamiast codziennych szortów, a więc może rano pamiętałam o tym planie.

Biegnę na górę i wrzucam do torby bikini, gwałtownie zastanawiając się, czego jeszcze będę potrzebować.

– Musimy jechać, Cass!

– Już idę!

Zdejmuję podkoszulek na ramiączkach i szukam w szafie czegoś elegantszego. Wkładam białą bawełnianą koszulę z małymi guziczkami. W łazience przyczesuję włosy. Już mam zrobić sobie lekki makijaż, gdy znowu rozlega się wołanie.

– Cass, słyszysz mnie? Rezerwacja jest na czternastą!

Rzucam okiem na zegar i widzę, że mamy czterdzieści pięć minut, żeby dojechać do Chichester.

– Przepraszam! – Zbiegam ze schodów. – Nie mogłam znaleźć bikini.

Ruszamy. Ledwie mijamy bramę, odchylam głowę na oparcie fotela i zamykam oczy. Czuję ogromne zmęczenie, ale tu, w samochodzie, z Matthew, wiem, że nic mi nie grozi, jestem bezpieczna. Samochód raptownie skręca i lecę na drzwi. Otwieram oczy, kilka razy mrugam, chcąc się zorientować, gdzie jestem. Już wiem.

– Matthew! – Słyszę w swoim głosie strach. – Źle skręciliśmy!

Patrzy na mnie, marszcząc brwi.

– Jedziemy do Chichester.

– Wiem, ale dlaczego skręciliśmy w Blackwater Lane?! – Mam wrażenie, że sztywnieje mi język.

– Bo w ten sposób zyskamy dziesięć minut. Inaczej się spóźnimy.

Serce mi łomocze. Nie chcę jechać tą drogą – nie dam rady! Kawałek dalej widzę przez szybę zatoczkę i zaczyna mi się kręcić w głowie. W panice odwracam się do drzwi i łapię za klamkę.

– Cass! – krzyczy wystraszony Matthew. – Co ty robisz? Nie możesz teraz wysiąść! Jedziemy sześćdziesiątką!

Wciska hamulec, samochód szarpie, a ja lecę do przodu. Szybko zatrzymuje samochód i stajemy naprzeciwko zatoczki, gdzie zginęła Jane. Leży tam wiązanka kwiatów, zawiniętych w folię łopoczącą na wietrze. Przerażona, że jestem w miejscu, gdzie zaczął się mój koszmar, wybucham płaczem.

– Nie! – szlocham. – Matthew, proszę, nie stój tutaj!

– Boże drogi – mówi ze znużeniem. Wrzuca bieg, jakby chciał ruszyć, ale nadal stoi. – To obłęd.

– Przepraszam. – Łkam spazmatycznie.

– Więc co mam robić? Jechać dalej? Wracać do domu? – Po jego głosie poznaję, że jest u kresu wytrzymałości.

Zanoszę się płaczem tak bardzo, że prawie tracę oddech. Matthew chce mnie objąć, ale go odpycham. Wzdycha i próbuje zawrócić na trzy, do domu.

– Nie – bełkoczę przez łzy – nie do domu, tylko nie do domu.

Przerywa manewr, stając w poprzek drogi.

– O co ci chodzi?

– Nie chcę jechać do domu i tyle.

– Dlaczego? – Mówi spokojnym tonem, ale wiem, że w środku jest spięty, że już traci cierpliwość.

– Po prostu przestałam czuć się tam bezpiecznie.

Nabiera głęboko powietrza, odzyskuje równowagę.

– Znowu to morderstwo? Przestań, Cass, zabójca nie krąży koło naszego domu, w ogóle cię nie zna. Rozumiem, że jesteś zmartwiona po śmierci Jane, ale musisz się z tym pogodzić.

Gwałtownie odwracam się w jego stronę.

– Jak mam się z tym pogodzić, skoro mordercy wciąż nie schwytano?

– Więc co mam zrobić? Zainstalowałem ci w domu alarm. Chcesz, żebym cię zawiózł do jakiegoś hotelu? Tego chcesz? Tylko powiedz, a to zrobię!

Po powrocie do domu jestem w takim stanie, że Matthew dzwoni do doktora Deakina, a ten zgadza się do nas przyjechać. Nawet przy nim nie przestaję płakać. Pyta, jak skutkują leki, a gdy Matthew mówi mu, że nie biorę ich regularnie, marszczy brwi i oświadcza, że skoro je przepisał, to znaczy, że są mi potrzebne. Pod jego bacznym okiem połykam z wdzięcznością dwie tabletki i czekam, aż przeniosą mnie tam, gdzie już nic nie jest istotne. Nim to nastąpi, doktor Deakin delikatnie wypytuje mnie, co wywołało ten kryzys. Słucham, jak Matthew mówi, że zabarykadowałam się w salonie, gdy on był w pracy, a potem, na pytanie lekarza, czy zaobserwował u mnie jeszcze inne niepokojące zachowania, odpowiada, że tydzień wcześniej wpadłam w histerię, bo ponoć zobaczyłam wielki nóż na blacie kuchennym, a tak naprawdę był to mały nożyk. Wymieniają znaczące spojrzenia i prowadzą rozmowę tak, jakby mnie tam nie było. Słyszę słowo „załamanie", ale się nie przejmuję, bo tabletki już czynią cuda.

Przy wyjściu doktor Deakin mówi Matthew, że mam odpoczywać, i każe mu zadzwonić, gdyby mój stan się pogorszył. Resztę wieczoru spędzam w półśnie na kanapie, a Matthew ogląda telewizję, siedząc obok i trzymając mnie za rękę. Gdy program dobiega końca, wyłącza telewizor i pyta, czy coś mnie martwi.

– Huk roboty, jaki mnie czeka przed rozpoczęciem roku szkolnego. – Łzy zbierają mi się w oczach, mimo tabletek.

– Przecież już sporo zrobiłaś.

Kłamstwem daleko nie zaszłam.

– Trochę, ale dużo mi jeszcze zostało i nie wiem, czy zdążę na czas.

– A gdybyś poprosiła kogoś o pomoc?

– Nie mogę. Wszyscy mają wystarczająco dużo swojej pracy.

– Może ja ci pomogę?

– Raczej nie. – Patrzę na niego bezradnie. – Co ja mam robić, Matthew?

– Jeśli nie możesz nikogo prosić o pomoc i sama nie dasz rady, to już naprawdę nie wiem.

– Ciągle jestem taka zmęczona.

Odgarnia mi włosy z twarzy.

– A jakbyś zaczęła pracować w niepełnym wymiarze godzin?

– Nie mogę.

– Dlaczego?

– Bo nie zdążą znaleźć zastępstwa.

– Bzdura! Gdyby coś ci się stało, musieliby znaleźć.

Wbijam w niego wzrok.

– Co chcesz przez to powiedzieć?

– Że nie ma ludzi niezastąpionych.

– Ale dlaczego powiedziałeś, że może mi się coś stać?

Matthew ściąga brwi.

– Chciałem tylko coś wykazać… gdybyś na przykład złamała nogę albo wpadła pod autobus, musieliby znaleźć zastępstwo.

– Mówiłeś tak, jakbyś wiedział, że coś mi się przytrafi – drążę dalej.

– Nie bądź śmieszna, Cass! – Przybiera ostry, poirytowany ton, a ja aż się kulę, bo rzadko mu się zdarza podnieść głos. Matthew widzi moją reakcję i wzdycha. – To tylko takie wyrażenie, rozumiesz?

– Przepraszam – bąkam pod nosem.

Tabletki tłumią paniczny lęk i w zamian sprowadzają sen. Matthew bierze mnie w objęcia i tuli do siebie, ale czuję się z tym niezręcznie.

– Pomyśl, czy nie porozmawiać z Mary, żebyś mogła wrócić na niepełny etat – mówi.

– Albo żebym w ogóle nie wracała – słyszę swój głos.

– Chcesz przestać pracować? – Matthew odsuwa się ode mnie i patrzy zdziwionym wzrokiem. – W czwartek mówiłaś, że nie możesz się doczekać powrotu do szkoły.

– Zwyczajnie nie wiem, czy zdołam zrobić wszystko, co do mnie należy, zwłaszcza gdy czuję się tak jak teraz. Może powinnam poprosić o jeszcze kilka tygodni wolnego i wrócić w połowie września, gdy będę w lepszym stanie.

– Wątpię, czy się zgodzą, chyba że doktor Deakin uzna, że jesteś niezdolna do pracy.

– Sądzisz, że mógłby?

Jakaś cząstka mnie mówi jednak, żebym przestała się nad tym zastanawiać, żebym pamiętała o głuchych telefonach, o Jane, o tym, że nie jestem w domu bezpieczna. Ale te myśli szybko ulatują, bo nie potrafię skupić się na nich dostatecznie długo.

– Chyba tak. Najpierw zobaczmy, jak podziała ten lek. Zostały jeszcze dwa tygodnie do początku roku szkolnego. Jeśli będziesz brała tabletki regularnie, na pewno poczujesz się dużo lepiej.

PIĄTEK, 28 SIERPNIA

Zamykają się drzwi frontowe za Matthew. Z sypialni nasłuchuję, jak uruchamia silnik samochodu i odjeżdża. W domu zapada cisza. Z trudem siadam na łóżku, sięgam po dwie małe tabletki brzoskwiniowego koloru, które leżą na tacy ze śniadaniem, i popijam je sokiem pomarańczowym. Nie zwracając uwagi na dwie grzanki z ciemnego chleba, przekrojone na pół i ułożone z fantazją, a nie jedna na drugiej, ani na miseczkę z greckim jogurtem i muesli, opadam na poduszki i zamykam oczy.

Matthew miał rację. Od czasu, gdy zaczęłam regularnie brać tabletki, poprawiło mi się samopoczucie. Moje życie zdecydowanie zmieniło się na lepsze w ciągu ostatniego... tygodnia? Dwóch? Unoszę lekko powieki i patrzę na zegar, żeby sprawdzić datę. Piątek, dwudziesty ósmy sierpnia, a zatem w ciągu ostatnich trzynastu dni. Za wiele nie pamiętam, ale piętnasty sierpnia wrył mi się w pamięć, ponieważ wtedy miałam załamanie nerwowe. Był to również dzień urodzin mojej mamy. Przypomniałam to sobie dopiero wieczorem, po wyjściu doktora Deakina, i gdy dotarło do mnie, że nie zaniosłam kwiatów na jej grób, znowu wpadłam w rozpacz, winiąc Matthew za to, że mi nie przypomniał. Co było naprawdę nie w porządku, gdyż nigdy mu nie mówiłam, kiedy się urodziła, ale on nie wytknął mi tego, tylko zauważył, że mogę iść następnego ranka.

Do dziś tam nie byłam, bo fizycznie nie daję rady. Biorę dwie tabletki wieczorem, więc śpię całą noc, a każdego ranka, przed wyjściem do pracy, Matthew – wziąwszy sobie do serca uwagę doktora Deakina, iż potrzebuję odpoczynku – przynosi mi następne dwie tabletki na tacy ze śniadaniem. W rezultacie niepokój, który zawsze ogarnia mnie po jego wyjściu, jest znacznie słabszy, gdy już wezmę prysznic i ubiorę się. Minusem jest to, że w południe czuję się tak niemrawa, że ledwie ruszam nogami. Przez większą część dnia jestem zawieszona między snem a jawą, leżę wyciągnięta na kanapie i oglądam telezakupy, bo nie mam siły zmienić kanału. Czasem, jak przez mgłę, słyszę, że dzwoni telefon, ale z trudem przebija się to do mojej świadomości, a ponieważ nie podnoszę słuchawki, telefony są coraz rzadsze. Chociaż ten człowiek wciąż dzwoni, jak gdyby chciał pokazać, że o mnie nie zapomniał, ale z przyjemnością myślę, jak musi być sfrustrowany tym, że nie odbieram.

Żyje się łatwo. Tabletki, mimo że silne, pozwalają mi funkcjonować w określonym obszarze: pranie jest zrobione, naczynia są załadowane do zmywarki, w domu panuje porządek. Wykonuję różne czynności, w ogóle tego nie pamiętając, co powinno mnie głęboko martwić, gdyż oznacza, że leki sieją spustoszenie w mojej i tak już szwankującej głowie. Rozsądny człowiek zmniejszyłby dawkę o połowę. Ale gdybym była rozsądna, w ogóle nie musiałabym zażywać tych tabletek. Może gdybym więcej jadła, nie działałyby na mnie tak silnie. Widać jednak, że razem z rozumem tracę apetyt. Śniadanie, które przynosi mi Matthew, ląduje w pojemniku na śmieci; w porze lunchu jestem zbyt otumaniona, żeby cokolwiek jeść. W rezultacie moim jedynym posiłkiem jest kolacja, którą szykuję dla Matthew.

A on nie ma pojęcia, jak spędzam dzień. Ponieważ tabletki przestają działać na jakąś godzinę przed jego powrotem do domu, mam czas, żeby oprzytomnieć, przyczesać się, podmalować i zrobić coś na kolację. Gdy pyta, co robiłam, opowiadam o posprzątanych szafkach albo wymyślam jakieś inne prace.

Chcę odizolować się od świata, który mnie otacza. Dostaję mnóstwo SMS-ów – od Rachel, Mary, Hannah, z zaproszeniami na kawę, również od Johna, z propozycją pogadania o konspektach lekcji. Nie zareagowałam na żaden z nich, ponieważ nie mam siły spotykać się z ludźmi, a tym bardziej gadać o konspektach lekcji. Gdy narasta presja z zewnątrz, dochodzę do wniosku, że najlepiej będzie zapodziać gdzieś komórkę. Jeśli ją zgubię, nie będę musiała nikomu odpowiadać. Zresztą i tak niewiele z niej pożytku, bo marnie działa w domu.

Idę po komórkę. Widzę, że mam kilka wiadomości głosowych i kolejne trzy SMS-y. Wyłączam aparat, nie sprawdzając, co zawierają. Schodzę do salonu i rozglądam się, gdzie by ją schować. Wzrok pada na storczyki – wyjmuję kwiaty z doniczki, kładę na dnie komórkę i wsadzam je z powrotem.

Gdybym na skutek leków zapomniała, że mam demencję, rozmaite drobiazgi przypominają mi, że mój mózg funkcjonuje coraz gorzej. Już nie umiem obsługiwać mikrofalówki – któregoś dnia chciałam zrobić sobie gorącą czekoladę, ale musiałam ją podgrzać w garnku, ponieważ nic mi nie mówiły przyciski na urządzeniu. Poczta wciąż dostarcza rzeczy, które widziałam w telezakupach, ale za nic nie mogę sobie przypomnieć, że cokolwiek zamawiałam.

Wczoraj znowu przyniesiono paczkę. Matthew zobaczył ją pod drzwiami, wracając z pracy.

– Leżało na progu – oznajmił spokojnie, choć była to już druga przesyłka w ciągu trzech dni. – Kupiłaś coś?

Odwróciłam się, żeby nie widział mojego zakłopotania. Powinnam zamówić coś mniejszego, co weszłoby przez otwór na listy i mogłabym schować przed powrotem Matthew. Było mi wstyd, że zaledwie we wtorek dostarczono krajalnicę spiralną, a już pojawia się następny produkt.

– Otwórz i zobacz – powiedziałam, żeby zyskać na czasie.

– To dla mnie? – Potrząsnął pudełkiem. – Czyżby jakieś narzędzie?

Przyglądałam się, jak rozpakowywał przesyłkę, i rozpaczliwie szukałam w pamięci, co takiego zamówiłam tym razem.

– Maszynka do krojenia ziemniaków. – Spojrzał na mnie pytająco.

– Zabawny gadżet – rzuciłam lekkim tonem, przypominając sobie, jak szybko ziemniak zamienił się we frytki.

– Nie mów mi, że to ma stanowić komplet z tym czymś do krojenia warzyw w spiralę, co przyszło w poniedziałek. Gdzie, u licha, ty to wszystko znajdujesz?

Wyjaśniłam, że w niedzielnym dodatku do gazety była reklama tych sprzętów – lepsze to niż przyznanie się do oglądania telezakupów. Na przyszłość, żeby nie ulegać pokusie, będę zostawiać torebkę w sypialni. Od jakiegoś czasu zabierałam ją, idąc rano na dół, bo chciałam mieć przy sobie kartę kredytową, gdybym musiała szybko wyjść z domu. Teraz jednak, nawet gdybym dostała głuchy telefon, nie dałabym rady uciec zbyt daleko. Po tabletkach nie mogę jeździć samochodem, więc najwyżej wyszłabym do ogrodu, co na niewiele by się zdało.

Czasem myślę, że ten typ się pojawił. Nagle budzę się, serce wali mi jak młotem, jestem pewna, że on obserwuje mnie przez okno. Ponieważ odruchowo ratuję się ucieczką, unoszę się z krzesła, ale zaraz opadam na nie z powrotem, przestaję się przejmować i mówię sobie, że jeśli on tam jest, przynajmniej to wszystko się skończy. Mam świadomość, że tabletki utrzymują mnie przy życiu, ale również doprowadzą do śmierci, albo jedno, albo drugie. A co najmniej zabiją moje małżeństwo, no bo jak długo Matthew będzie znosił moje dziwaczne zachowanie?

Czuję, że poranne tabletki zaczynają mącić mi w głowie, więc biorę szybki prysznic i wkładam swój codzienny mundurek: luźne dżinsy i T-shirt – już wiem, że w tym stroju będę wyglądać w miarę porządnie po całym dniu leżenia na kanapie. Któregoś razu ubrałam się w sukienkę, a kiedy wstałam, była tak wymięta, że Matthew zapytał w żartach, czy przedzierałam się przez krzaki w ogrodzie.

Nie ruszam torebki, tylko zabieram na dół tacę, kruszę grzankę i wysypuję ptakom w ogrodzie. Chętnie posiedziałabym trochę na słońcu, ale czuję się bezpiecznie jedynie w domu, za zamkniętymi drzwiami. Od czasu, gdy zażywam tabletki regularnie, nie jeżdżę do miasta. Wyjmuję produkty z zamrażarki, żeby przygotowywać posiłki na wieczór, i naruszam żelazne zapasy kartonów mleka o przedłużonej trwałości. Wczoraj wieczorem Matthew napomknął, że lodówka jest prawie pusta, więc liczę na to, że jutro zaproponuje wyjazd na zakupy.

Mam tak ciężkie ręce i nogi, że wracam do domu. Grzebię w zamrażarce i wyciągam jakieś kiełbaski, potem grzebię w głowie, co by tu zrobić na wieczór. Wiem, że gdzieś jest kilka cebul, a w szafce na pewno stoi słoik pomidorów. Kwestia kolacji załatwiona. Z ulgą idę do salonu i opadam na kanapę.

Prowadzący telezakupy są niczym dobrzy znajomi. Dzisiaj proponują kupno zegarków wysadzanych małymi kryształami. Na szczęście jestem zbyt zmęczona, żeby iść do sypialni po torebkę. Dzwoni telefon stacjonarny. Zamykam oczy i daję się przenieść w sen. Uwielbiam to uczucie, jak z wolna wciąga mnie otchłań, a po kilku godzinach, gdy tabletki przestają działać, jestem delikatnie sprowadzana do rzeczywistości. Dzisiaj, gdy dryfuję między jawą a snem, wyczuwam czyjąś obecność, tuż-tuż. Mam wrażenie, że on jest w pokoju – wcale nie za oknem – stoi obok i patrzy na mnie. Leżę bez ruchu, z każdą chwilą wyostrzają mi się zmysły, oddech jest coraz płytszy, ciało się napina. Gdy już nie mogę wytrzymać, raptownie otwieram oczy, spodziewając się, że zobaczę mężczyznę, który zamierza się na mnie nożem, i serce bije mi tak mocno, że aż dudni w piersi. Nikogo tu nie ma. Odwracam głowę do okna i tam też nie ma nikogo. Godzinę później, kiedy Matthew wraca do domu, zapiekanka z kiełbasą już dochodzi w piekarniku, stół jest nakryty i stoi na nim otwarta butelka wina jako rekompensata za brak deseru.

– Wygląda nieźle – mówi Matthew. – Ale najpierw napiję się piwa. Podać ci coś? – Gdy otwiera lodówkę, nawet ja krzywię się na widok pustych półek. – O, nie byłaś na zakupach?

– Pomyślałam, że pojedziemy jutro.

– Mówiłaś, że zrobisz zakupy, wracając ze szkolenia. – Wyjmuje piwo i zamyka lodówkę. – A właśnie, jak przebiegło?

Zerkam ukradkiem na kalendarz na ścianie i pod dzisiejszą datą widzę słowo „szkolenie". Oblewam się potem.

– Nie poszłam. Stwierdziłam, że to bezcelowe, skoro nie wracam do pracy.

Matthew nie kryje zdziwienia.

– Kiedy tak zdecydowałaś?

– Rozmawialiśmy o tym, pamiętasz? Powiedziałam, że nie czuję się na siłach, by wracać do szkoły, a ty zaproponowałeś, żebyśmy porozmawiali z doktorem Deakinem.

– Postanowiliśmy wtedy poczekać i zobaczyć, jak się będziesz czuła po kilku tygodniach brania leków. Ale jeżeli chcesz... – Wyciąga z szuflady otwieracz do butelek i zdejmuje kapsel. – Czy w tak krótkim czasie Mary znajdzie kogoś na zastępstwo?

Odwracam głowę, żeby ukryć twarz.

– Nie wiem.

Matthew pije piwo prosto z butelki.

– Jak zareagowała na tę wiadomość?

– Czy ja wiem… – bąkam.

– Coś musiała powiedzieć – naciska Matthew.

– Jeszcze jej nie mówiłam. Dopiero dzisiaj podjęłam decyzję.

– Ale przecież powinna wiedzieć, że cię nie będzie na szkoleniu.

Od odpowiedzi wybawia mnie dzwonek do drzwi. Pozostawiam Matthew sprawdzenie, kto przyszedł. Siadam przy stole i obejmuję rękami głowę, nie pojmując, jak mogłam zapomnieć o szkoleniu. Gdy dolatują mnie gorące przeprosiny Matthew, uprzytamniam sobie, że rozmawia z Mary, i modlę się, żeby nie zaprosił jej do domu.

– To była Mary. – Podnoszę głowę. Matthew stoi przede mną i czeka na jakąś moją reakcję, jakieś słowo, ale nie mam siły i już nie wiem, co robić. – Poszła. – Po raz pierwszy, odkąd go znam, jest na mnie rozzłoszczony. – Dlaczego nie odpowiadałaś na jej SMS-y?

– Nie widziałam ich. Zgubiłam komórkę. – Udaję zmartwioną. – Nigdzie nie mogę jej znaleźć.

– Kiedy miałaś ją przy sobie ostatnio?

– Chyba tamtego wieczoru, gdy poszliśmy na kolację. Potem właściwie z niej nie korzystałam i dopiero dzisiaj zauważyłam, że jej nie ma.

– Pewnie jest gdzieś w domu.

– Szukałam wszędzie, w samochodzie też. Dzwoniłam do restauracji, ale jej nie znaleźli.

– A komputer? Komputer też zgubiłaś? Dlaczego nie odbierasz telefonu domowego? Podobno dzwonili do ciebie wszyscy ze szkoły: Mary, Connie, John. Początkowo myśleli, że w ostatniej chwili wyjechałaś na wakacje, ale jak nie przyszłaś dziś na szkolenie, Mary uznała, że powinna zajrzeć i sprawdzić, czy wszystko w porządku.

– To te tabletki – mamroczę pod nosem. – Kompletnie mnie rozwalają.

– W takim razie musimy powiedzieć doktorowi Deakinowi, żeby zmniejszył dawkę.

– Nie. – Kręcę głową. – Nie chcę.

– Składasz zamówienia w czasopiśmie, a nie możesz zadzwonić do ludzi z pracy, zwłaszcza do szefowej. Mary okazała dużo wyrozumiałości, ale bez wątpienia jest wściekła.

– Przestań na mnie naskakiwać!

– Ja naskakuję? Właśnie uratowałem ci skórę!

Wiedząc, że ma rację, ustępuję z pola.

– Co mówiła Mary?

Matthew sięga po piwo, które odstawił na blat, gdy szedł otworzyć drzwi.

– Niewiele mogła powiedzieć. Poinformowałem ją, że w lecie miałaś trochę problemów ze zdrowiem, co wcale jej nie zaskoczyło. Okazuje się, że w zeszłym semestrze martwiła się o ciebie.

– Aha – bąkam przygaszona.

– Nic wtedy nie mówiła, sądząc, że twoje kłopoty z pamięcią wynikają ze zmęczenia i że po wakacjach wszystko wróci do normy.

Ogarnia mnie pusty śmiech.

– W takim razie pewnie się cieszy, że nie wrócę do szkoły – stwierdzam, zażenowana, że dostrzegła moje luki w pamięci.

– Wprost przeciwnie… Powiedziała, że będzie jej ciebie brakowało, i prosiła, żeby ją zawiadomić, jak już będziesz na siłach wrócić do szkoły.

– Miło z jej strony – mówię z poczuciem winy.

– Wszyscy się o ciebie troszczą, Cass.

Łzy stają mi w oczach.

– Wiem.

– Musisz wziąć zaświadczenie od doktora Deakina.

– Mógłbyś go o to poprosić?

Czuję na sobie jego wzrok.

– Dobrze.

– Nie zawiózłbyś mnie do supermarketu? Nie chcę prowadzić po tych tabletkach, a trzeba kupić coś do jedzenia.

– Czy one rzeczywiście tak silnie na ciebie działają?

Zastanawiam się, co powiedzieć. Jeśli potwierdzę, Matthew może poprosić doktora, żeby zmniejszył dawkę.

– Po prostu wolę nie ryzykować.

– Słusznie. Pojedziemy jutro.

– Nie sprawi ci to kłopotu?

– Skądże. Jeżeli mogę jakoś ułatwić ci życie, mów, a to zrobię.

– Wiem. – Przepełnia mnie wdzięczność. – Wiem.

WTOREK, 1 WRZEŚNIA

Z niecierpliwością czekam, kiedy Matthew przyniesie na górę śniadanie i znów tabletki. Zapomniałam, że wczoraj było święto bankowe, więc już trzy dni ich nie biorę. W weekend zawsze je odstawiam, żeby Matthew nie zorientował się, jak na mnie działają, i po prostu chowam je do szuflady. Poza tym, gdy jest w domu, w zasadzie i bez nich udaje mi się przetrwać cały dzień. Natomiast muszę je brać na noc, bo inaczej nie mogłabym zasnąć i rozmyślałabym o Jane, morderstwie i zabójcy, którego wciąż nie ujęto. I który nadal do mnie dzwoni.

Podczas weekendu przyłapałam się kilkakrotnie na tym, że zerkam na tabletki i zastanawiam się, czy nie wziąć jednej, po prostu dla uspokojenia. Pierwszy raz zdarzyło się to w sobotę rano, gdy przyjechaliśmy do domu z zakupami, od których pękał samochód. W mieście poszliśmy na kawę i cieszyłam się z powrotu do prawdziwego świata, choćby na krótko. Po powrocie, gdy rozpakowywałam zakupy, nie mogąc się nadziwić, że widok pełnej lodówki daje mi poczucie kontroli nad własnym życiem, Matthew otworzył butelkę piwa.

– I tak będę kontynuował, więc równie dobrze mogę zacząć teraz – oświadczył beztrosko.

– Co to znaczy? – spytałam zaniepokojona, czy nie chce się upić, żeby jakoś znieść coraz większe obciążenia, z którymi przeze mnie musi się zmagać.

– Jeśli Andy zrobi na kolację to swoje curry, zapewne będziemy pili do tego piwo.

Powoli wkładałam sery do lodówki, grając na zwłokę.

– Jesteś pewien, że dziś idziemy do Hannah i Andy'ego?

– Sobota przed świętem bankowym, tak powiedziałaś. Mam zadzwonić i upewnić się?

Ten termin z niczym mi się nie kojarzył, ale wolałam nie pokazywać, że znów o czymś zapomniałam.

– Nie trzeba.

Matthew upił łyk piwa i wyjął z kieszeni komórkę.

– Lepiej zadzwonię, na wszelki wypadek.

Hannah potwierdziła, że nas oczekują.

– Zdaje się, że masz przynieść deser – powiedział Matthew, gdy skończył rozmowę.

– A, tak – bąknęłam, usiłując nie wpaść w popłoch i licząc na to, że mam w domu potrzebne składniki, by upiec jakieś ciasto.

– Jeśli chcesz, przywiozę coś z cukierni Bértranda.

– Może tę ich tartę truskawkową – odrzekłam z wdzięcznością. – Gdybyś był taki miły.

– Naturalnie. Żaden kłopot.

Choć uniknęłam kolejnej wpadki, popsuł mi się nastrój. Zerknęłam na kalendarz i zauważyłam, że coś jest napisane w sobotnim okienku. Gdy Matthew wyszedł z kuchni, przeczytałam: „Hannah i Andy 19.00". Bardzo starałam się nie poddawać przygnębieniu.

W czasie kolacji Hannah zapytała, czy cieszę się z powrotu do pracy. Nie byłam przygotowana na to pytanie. Krępującą ciszę przerwał Matthew.

– Cass postanowiła zrobić sobie przerwę.

Hannah była zbyt taktowna, żeby się dopytywać dlaczego, ale przy kawie wdała się w poważną rozmowę z Matthew, podczas gdy Andy starał się zająć mnie oglądaniem ich zdjęć z niedawnego urlopu.

– O czym rozmawiałeś z Hannah? – zapytałam, gdy jechaliśmy do domu.

– Martwi się o ciebie – odparł Matthew. – Jesteście przyjaciółkami, więc nie ma w tym nic dziwnego.

Byłam zadowolona, że po powrocie od razu się położymy i będę miała uzasadniony powód do wzięcia leków.

Rano słyszę kroki Matthew na schodach i udaję, że śpię. Gdyby zobaczył, że się obudziłam, zacząłby gawędzić, a mnie w tej chwili zależy tylko na tym, żeby wziąć tabletki. Matthew stawia tacę i lekko całuje w mnie w czoło. Poruszam się jakby przez sen.

– Śpij, śpij – mówi cicho. – Do zobaczenia wieczorem.

Zanim jeszcze zejdzie ze schodów, już mam tabletki w ustach. Zmęczona trudem przetrwania minionych trzech dni, postanawiam zostać w łóżku, a nie jak zwykle ubrać się i usadowić w salonie.

Z niebytu wyrywa mnie uporczywe dzwonienie. W pierwszej chwili sądzę, że to telefon, ale gdy mija czas i nie włącza się sekretarka, dociera do mnie, że to ktoś raz po raz naciska dzwonek przy drzwiach wejściowych.

Leżę w łóżku, nie zważając na to, że ktoś stoi pod drzwiami. Po pierwsze jestem zbyt odurzona, żeby się przejmować, a po drugie morderca raczej nie będzie dzwonił do drzwi, gdy przyjdzie mnie zabić. Czyli to pewnie listonosz przyniósł zamówienia, o których zdążyłam już zapomnieć. Dopiero gdy dolatuje mnie wołanie przez otwór na listy, orientuję się, że to Rachel.

Wkładam szlafrok i idę otworzyć.

– Nareszcie – mówi z ulgą Rachel.

– Co tu robisz? – pytam, zdając sobie sprawę, że bełkoczę.

– Miałyśmy się dziś spotkać na lunchu w Sour Grapes.

Patrzę na nią przerażonym wzrokiem.

– Która godzina?

– Chwileczkę. – Sięga po komórkę. – Trzynasta dwadzieścia.

– Zasnęłam – tłumaczę się, co brzmi lepiej, niż przyznać, że zapomniałam.

– Za piętnaście pierwsza, kiedy ciągle cię nie było, zadzwoniłam na komórkę, ale nie odpowiedziałaś, więc zadzwoniłam na domowy, a potem zaczęłam się martwić, czy po drodze nie zepsuł ci się samochód albo nie miałaś wypadku. No bo przecież byś uprzedziła, że się spóźnisz. Pomyślałam, że dla pewności lepiej tu wpadnę. Nie masz pojęcia, jak się ucieszyłam na widok twojego samochodu przed domem!

– Przepraszam, że musiałaś przyjeżdżać – mówię ze skruchą.

– Wpuścisz mnie? – Nie czekając na odpowiedź, wchodzi do przedpokoju. – Mogę zrobić kanapkę?

Idę za nią do kuchni i siadam przy stole.

– Proszę, częstuj się.

– Kanapka jest dla ciebie, nie dla mnie. Wyglądasz, jakbyś od dawna nic nie jadła. – Wyjmuje chleb i otwiera lodówkę. – Co się dzieje, Cass? Wyjechałam do Sieny na trzy tygodnie, wracam i w ogóle cię nie poznaję.

– Miałam trudny okres.

Stawia na stole słoiczek z majonezem, wykłada pomidory i ser.

– Byłaś chora?

Wygląda pięknie: wspaniała opalenizna, biała luźna sukienka – a ja w piżamie. Szczelniej owijam się szlafrokiem.

– Na głowę.

– Nie mów tak. Ale rzeczywiście wyglądasz okropnie i jesteś rozkojarzona.

– To przez te tabletki. – Opieram głowę na stole, dotykając policzkiem chłodnego drewna blatu.

– Jakie tabletki?

– Od doktora Deakina.

– Po co je bierzesz? – pyta, marszcząc czoło.

– Żeby jakoś dawać sobie radę.

– Jak to? Coś się stało?

Podnoszę głowę.

– Wyłącznie to morderstwo.

Rachel patrzy na mnie, zdezorientowana.

– Masz na myśli Jane?

– A co? Zabito kogoś jeszcze?

– Cass, od jej śmierci minęły tygodnie!

Sprawia wrażenie nieco stropionej, więc mrugam gwałtownie, ale ona nadal jest stropiona, czyli to pewnie przeze mnie.

– Wiem, ale zabójca wciąż jest na wolności. – Dobitnie dźgam palcem powietrze.

Ściąga brwi.

– Chyba nie uważasz, że chce cię dopaść?

– Mhm. – Kiwam głową.

– Ale dlaczego?

Opadam z powrotem na blat stołu.

– Nadal dostaję głuche telefony.

– Mówiłaś, że już nie.

– Tak, mówiłam. Ale po prostu przestałam się nimi przejmować, po tabletkach. Nawet nie podnoszę słuchawki.

Kątem oka widzę, jak Rachel smaruje kromkę chleba majonezem, kroi pomidora i ser w plasterki.

– W takim razie skąd wiesz, że to on?

– Po prostu wiem.

Kręci bezradnie głową.

– Wiesz, że to jest bezpodstawny strach, prawda? Martwię się o ciebie, Cass. A jak praca? Czy to nie jutro zaczyna się rok szkolny?

– Robię przerwę w pracy.

Przestaje kroić pomidora.

– Na jak długo?

– Nie wiem.

– Jest aż tak źle?

– Gorzej niż źle.

Stawia przede mną talerz z kanapką.

– Jak zjesz, porozmawiamy.

– Lepiej poczekać do szóstej.

– Dlaczego?

– Tabletki przestaną działać i może zacznę mówić sensowniej.

Patrzy na mnie z niedowierzaniem.

– Chcesz powiedzieć, że tak funkcjonujesz przez cały dzień? Co ty, do diabła, bierzesz? Jakiś środek przeciwdepresyjny?

Wzruszam ramionami.

– Raczej tłumiący wyobraźnię.

– Co na to Matthew?

– Początkowo nie był zachwycony, ale zmienił zdanie.

Siada obok mnie i podsuwa mi talerz z przekrojoną na pół kanapką, której nie tknęłam.

– Jedz!

Po zjedzeniu całej kanapki opowiadam, co się działo przez ostatnie kilka tygodni: nóż w kuchni, człowiek czający się w ogrodzie, zabarykadowanie się w salonie, zgubienie samochodu na parkingu, kupno wózka dziecięcego, zamawianie mnóstwa rzeczy reklamowanych w telewizji. Widzę po minie Rachel, że nie wie, co powiedzieć, ponieważ nie może dłużej trzymać się teorii o wyczerpaniu organizmu.

– Tak mi przykro. – Troska maluje się na jej twarzy. – Jak przyjmuje to Matthew? Mam nadzieję, że cię wspiera.

– Tak, bardzo. Może dlatego, że nie wie, co go czeka za jakiś czas, gdy zapadnę na demencję, jak mama.

– Nie chorujesz na demencję – oświadcza zdecydowanym, nawet surowym tonem.

– Obyś miała rację. – Żałuję, że nie podzielam jej pewności.

Niedługo potem Rachel wychodzi, obiecując, że odwiedzi mnie po powrocie z kolejnej podróży służbowej do Nowego Jorku.

– Masz szczęście – mówię tęsknie, gdy już stoimy w progu. – Też bym wyjechała.

– Jedź ze mną – proponuje spontanicznie.

– Chyba nie byłabym najlepszą towarzyszką podróży.

– Świetnie by ci to zrobiło! W czasie gdy ja siedziałabym na konferencji, ty odpoczywałabyś w hotelu, a wieczorem byśmy szły na kolację. – Bierze mnie za rękę, oczy lśnią jej z podekscytowania. – Zgódź się, Cass, proszę, będziemy się świetnie bawić! Po konferencji wzięłam kilka dni wolnego, więc możemy spędzić je razem.

Przez chwilę jestem równie podekscytowana jak ona, jakbym istotnie mogła z nią wyjechać. Ale zaraz dopada mnie rzeczywistość i wiem, że nie dam rady.

– Nie mogę – mówię cicho.

Obrzuca mnie stanowczym spojrzeniem.

– Nie znam takiego słowa.

– Przykro mi, Rachel, naprawdę nie mogę. Innym razem.

Zamykam za nią drzwi, bardziej nieszczęśliwa niż zazwyczaj. Jeszcze niedawno byłabym zachwycona, mogąc spędzić z Rachel tydzień w Nowym Jorku. Teraz przerasta mnie perspektywa lotu samolotem, a nawet wyjścia z domu.

Marzę, by zapaść się w niebyt. Idę do kuchni i biorę jeszcze jedną tabletkę. Ścina mnie z nóg tak skutecznie, że przytomnieję dopiero, gdy woła mnie Matthew.

– Przepraszam – mamroczę, zawstydzona, że zastał mnie otępiałą na kanapie. – Przysnęłam.

– Nie szkodzi. Może zacznę szykować kolację, a w tym czasie weźmiesz prysznic i rozbudzisz się?

– Dobry pomysł.

Chwiejnym krokiem człapię na górę, biorę zimny prysznic, narzucam coś na siebie i idę do kuchni.

– Ładnie pachniesz – mówi Matthew, zerkając na mnie i wyjmując naczynia ze zmywarki.

– Przepraszam, nie zdążyłam tego zrobić.

– W porządku. A włączyłaś pralkę? Na jutro będzie mi potrzebna biała koszula.

– Już włączam – mówię szybko.

– Leniuchowaliśmy cały dzień, prawda? – drażni się ze mną.

– Trochę tak.

Idę do pomieszczenia gospodarczego, wyjmuję z brudów koszule i pakuję je do pralki. Gdy mam ją włączyć, ręką zawisa mi nad przyciskami, ponieważ z przerażeniem stwierdzam, że nie wiem, które trzeba wcisnąć.

– Tę też dorzuć. – Zaskoczona, odwracam się i widzę nagiego do pasa Matthew z koszulą w ręce. – Wybacz, przestraszyłem cię?

– Nie, nie. – Jestem podenerwowana.

– Wyglądałaś tak, jakbyś była w innym świecie.

– Nie, skądże.

Wkładam przyniesioną koszulę do pralki. Zamykam drzwi i stoję. Mam pustkę w głowie.

– Wszystko w porządku?

– Nie – odpowiadam ze ściśniętym gardłem.

– Ponieważ powiedziałem o leniuchowaniu? To był tylko żart – kaja się.

– Nie o to chodzi.

– A o co?

Płonę ze wstydu.

– Nie umiem włączyć pralki.

Cisza zalega przez kilka sekund, ale wydaje mi się, że mijają minuty.

– Nie ma sprawy, ja to zrobię. – Wychyla się zza moich pleców.

– Oczywiście, że jest sprawa! – krzyczę, rozzłoszczona. – Skoro nie pamiętam, jak się włącza pralkę, to znaczy, że mózg mi szwankuje!

– Już dobrze, dobrze. – Chce mnie objąć, ale odtrącam jego rękę.

– Nie! – Wybucham płaczem. – Mam dość udawania, że jest dobrze! Jest źle!

Przeciskam się koło niego, maszeruję do kuchni i dalej do ogrodu. Chłodne powietrze studzi emocje, ale jestem zszokowana nasilającym się zanikiem pamięci.

Matthew daje mi trochę czasu, bym ochłonęła, a potem wychodzi za mną do ogrodu.

– Powinnaś przeczytać list od doktora Deakina – mówi cicho.

Robi mi się zimno.

– Jaki list?

– Przyszedł w zeszłym tygodniu.

– Nie widziałam go.

Nim dokończę zdanie, mętnie przypominam sobie, że widziałam list ze stemplem gabinetu lekarskiego na kopercie.

– Na pewno widziałaś… leżał na blacie razem z innymi listami do ciebie, których nie przeczytałaś.

Mam przed oczami stos zaadresowanych do mnie listów, który rósł przez ostatnie parę tygodni, ponieważ nie chciało mi się ich otwierać.

– Jutro je przejrzę. – Nagle ogarnia mnie strach.

– Kilka dni temu, gdy o nich wspomniałem, powiedziałaś to samo. Właściwie to… – urywa i robi zakłopotaną minę.

– Co?

– Otworzyłem ten list.

Patrzę na niego z osłupieniem.

– Otworzyłeś adresowaną do mnie korespondencję?

– Tylko ten jeden list – rzuca szybko. – Wyłącznie dlatego, że sama się tym nie zajęłaś. Pomyślałem, że to może być ważne, może doktor chce cię zobaczyć albo zmienić leki.

– Nie miałeś prawa – mówię ze złością. – Gdzie jest ten list?

– Tam gdzie go położyłaś.

Reaguję gniewem, żeby zamaskować strach. Zdecydowanym krokiem idę do kuchni i wygrzebuję list ze stosu korespondencji. Trzęsą mi się ręce, gdy wyjmuję pojedynczą kartkę z rozciętej koperty. Słowa tańczą mi przed oczami: „rozmawiałem ze specjalistą o Pani niedomaganiach”, „skierować Panią na badania”, „wczesna postać demencji”, „jak najszybciej umówić się na wizytę”.

Kartka leci mi z rąk. Wczesna postać demencji. Powtarzam te słowa na okrągło, badam ich ciężar. Przez otwarte drzwi wylatują na dwór, gdzie ptaki wychwytują je i świergoczą: „Wczesna postać demencji, wczesna postać demencji, wczesna postać demencji".

Matthew bierze mnie w objęcia, ale stoję sztywna ze strachu.

– Teraz już wiesz. – Głos mi się łamie, łzy zbierają się w gardle. – Zadowolony?

– Skądże! Jak możesz tak mówić? Jest mi przykro. I jestem zły.

– Że się ze mną ożeniłeś?

– W żadnym wypadku.

– Jeśli chcesz mnie zostawić, proszę bardzo. Mam dość pieniędzy, żeby zamieszkać w najlepszym domu opieki.

Lekko mną potrząsa.

– Nie mów takich rzeczy. Powtarzam raz jeszcze: nie opuszczę cię, nigdy. A doktor Deakin chce tylko, żebyś zrobiła badania.

– A jeśli okaże się, że jestem chora? Wiem, co się będzie działo. Wiem, że to będzie dla ciebie absolutnie frustrujące.

– Wtedy razem stawimy temu czoła. Przed nami są lata życia, Cass, może bardzo dobre lata, nawet jeśli okaże się, że cierpisz na demencję. Poza tym są leki, które spowalniają postępowanie choroby. Nie martw się na zapas, proszę cię. Wiem, że to trudne, ale trzeba myśleć pozytywnie.

Jakoś udaje mi się przetrwać resztę wieczoru, ale strach mnie nie opuszcza. Jak tu myśleć pozytywnie, jeżeli nie pamiętam, jak działa mikrofalówka czy pralka? Przypominam sobie, jak mama stała wpatrzona w czajnik, i gorące łzy znów cisną mi się do oczu. Kiedy dojdzie do tego, że nie będę umiała zrobić sobie herbaty? Że przestanę ubierać się sama? Widząc moje przygnębienie, Matthew mówi, że są gorsze rzeczy na tym świecie. „Co może być gorszego – pytam – niż popadanie w obłęd?" Gdy nie znajduje odpowiedzi, jest mi przykro, że przyparłam go do muru. Wiem, że stara się myśleć pozytywnie, i nie powinnam złościć się na niego. Ale to jest tak jak z posłańcem, który przynosi złe wieści – trudno jest zdobyć się na wdzięczność wobec człowieka, który odebrał mi resztki nadziei, że to nie z powodu demencji tracę pamięć.

NIEDZIELA, 20 WRZEŚNIA

Jestem w kuchni, wolno mieszam risotto, które robię na lunch, i nie odrywam oczu od Matthew, pielącego rabatki w ogrodzie. Nie znaczy to, że go obserwuję. Po prostu jest obiektem, na którym skupiam wzrok, kiedy mam mętlik w głowie – tak się ze mną dzieje, gdy nadchodzi weekend i odstawiam tabletki.

Minęły dwa miesiące od śmierci Jane. Ostatnie kilka tygodni przeszło niezauważalnie. Na skutek tabletek wszystko bezboleśnie zamazało mi się w pamięci. Niemrawo liczę dni wstecz, zastanawiając się, kiedy dostałam list od doktora Deakina z wezwaniem na badania, i okazuje się, że to było trzy tygodnie temu. Trzy tygodnie – a ja wciąż nie pogodziłam się z faktem, że prawdopodobnie cierpię na demencję we wczesnej postaci. Może któregoś dnia zdołam stawić temu czoła – badania są zaplanowane na koniec następnego miesiąca – tymczasem nie chcę się z tym mierzyć.

Przychodzi mi na myśl Jane. Przez dłuższą chwilę widzę jej twarz, niewyraźną, tak jak wtedy w lesie, i ze smutkiem uprzytamniam sobie, że ledwie pamiętam, jak wyglądała. Mam wrażenie, że to wszystko działo się dawno temu. Typ od głuchych telefonów nadal gdzieś krąży. W dzień powszedni, gdy jestem sama w domu, dociera do mnie dzwonienie, w regularnych odstępach, od rana do wieczora. Do mojego zamroczonego umysłu przebija się niekiedy głos Hannah, Connie czy Johna, którzy zostawiają wiadomość na sekretarce. Ale gdy dzwonienie ustaje, zanim włączy się sekretarka, wiem, że to on.

Ciągle zamawiam jakieś rzeczy reklamowane w telezakupach, tyle że przeniosłam zabawę na wyższy poziom i zamiast sprzętu kuchennego zamawiam biżuterię. W piątek, wracając z pracy, Matthew wniósł kolejną przesyłkę, którą listonosz zostawił pod drzwiami, i zrobiło mi się ciężko na sercu, że znów będę zgadywać, co zamówiłam.

– Czuję zapach mojego ulubionego dania – powiedział Matthew z uśmiechem.

Podszedł i mnie pocałował, a ja tymczasem głowiłam się nad zawartością paczki.

– Chciałam przyjemnie rozpocząć weekend.

– Świetnie. – Podał mi pudełko. – Jeszcze jeden gadżet do kuchni?

– Nie – odparłam, mając nadzieję, że to prawda.

– A co?

– Prezent.

– Dla mnie?

– Nie.

– Mogę zobaczyć?

– Jak chcesz.

Nożyczkami rozciął opakowanie.

– Noże? – zapytał, wyjmując dwa płaskie pudełka z czarnej skóry.

– Otwórz, to się przekonasz. – Nagle przypomniało mi się. – Perły. To są perły.

Uniósł wieczko.

– Bardzo ładne.

– Prezent dla Rachel – oświadczyłam z przekonaniem.

– Zdaje się, że niedawno kupiłaś jej kolczyki.

– To prezent na Gwiazdkę.

– Ale jest dopiero wrzesień, Cass.

– Chyba nie ma nic złego w kupowaniu prezentów zawczasu.

– Raczej nie. – Wyjął rachunek i cicho gwizdnął. – Od kiedy to wydajesz czterysta funtów na swoich przyjaciół?

– To moje pieniądze i mogę z nimi zrobić, co zechcę – powiedziałam obronnym tonem, stwierdzając w duchu, że słusznie nie wspomniałam mu o domu na Île de Ré dla Rachel.

– Oczywiście, że możesz. A te drugie perły dla kogo?

Była tylko jedna możliwość: wyleciało mi z pamięci, że już raz je zamówiłam.

– Pomyślałam, że dasz mi je na urodziny.

Zmarszczył brwi, trochę zniechęcony tą grą pozorów.

– Zdaje się, że masz już naszyjnik z pereł.

– Ale nie taki – odparłam zdecydowanie, mając tylko nadzieję, że nie dostanę trzeciego pudełka.

– No dobrze.

Poczułam na sobie baczny wzrok Matthew. Ostatnio często tak na mnie spogląda.

*

Gdy risotto jest gotowe, wołam Matthew i siadamy do stołu. Ledwie kończymy lunch, rozlega się dzwonek do drzwi. Matthew idzie otworzyć.

– Nie wspominałaś, że przyjdzie Rachel – mówi, wprowadzając ją do kuchni.

Uśmiecha się, ale widzę, że nie jest zbyt ucieszony jej wizytą. Ja się cieszę, ale jestem również kompletnie zaskoczona, nie wiem, czy Rachel miała przyjść, czy wpadła bez zapowiedzi.

– Cass się mnie nie spodziewała. Wpadłam pogadać. – Wybawia mnie z kłopotu. – Jeżeli przeszkadzam, mogę się ulotnić. – Patrzy na mnie pytająco.

– Nie, skądże – wtrącam szybko. Nie mogę znieść, że Matthew zawsze traktuje ją jak nieproszonego gościa. – Jesteśmy po lunchu. Jadłaś już? Co mogę ci podać?

– Chętnie espresso.

Matthew ani drgnie, więc wyjmuję z szafki filiżanki.

– Też się napijesz? – zwracam się do niego.

– Tak, proszę.

Stawiam filiżankę na podstawce i wyjmuję kapsułkę z pudełka.

– Jak się miewasz? – pyta Rachel.

– Dobrze. A ty? Jak się udał wyjazd? – Celowo mówię ogólnikami, bo nie pamiętam, dokąd pojechała.

– Jak zwykle. Zgadnij, co kupiłam na lotnisku, jak wracałam.

Wkładam kapsułkę do pojemnika, ale nie chce się wsunąć.

– Co takiego? – Nadal zmagam się z kapsułką.

– Zegarek Omega.

Wyjmuję kapsułkę i próbuję jeszcze raz, czując na sobie spojrzenie Matthew.

– O rany. Pewnie jest wspaniały. – Kapsułka nie wchodzi.

– Cudowny. Pomyślałam, że zrobię sobie przyjemność.

Wpycham kapsułkę na siłę.

– Słusznie. Należy ci się.

– Musisz najpierw podnieść dźwignię – odzywa się półgłosem Matthew.

Oblewam się rumieńcem, podnoszę dźwignię i kapsułka wsuwa się gładko.

– Może ja się tym zajmę? – proponuje Matthew. – A wy usiądźcie w ogrodzie. Zaraz przyniosę wam kawę.

– Dzięki – mówię z wdzięcznością.

– Dobrze się czujesz? – pyta Rachel, gdy już siedzimy na tarasie. – Powinnam zadzwonić i cię uprzedzić, ale dziś rano byłam w Browbury i przyszło mi na myśl, że wpadnę.

– Spokojnie, chodzi nie o ciebie, tylko o mnie. Nie umiałam uruchomić ekspresu do kawy. Najpierw miałam kłopoty z mikrofalówką, potem z pralką, a teraz ten ekspres. Następnym razem nie będę umiała się ubrać. – Zawieszam głos, zbierając siłę na ważne oświadczenie. – Zdaje się, że mam początki demencji.

– Wiem, powiedziałaś mi o tym parę tygodni temu.

– Aha – bąkam, przygaszona.

– Nie zrobiłaś jeszcze badań, tak?

– Jeszcze nie.

– A tabletki? Wciąż je bierzesz?

– Tak. – Ściszam głos. – Ale nie w weekendy, żeby Matthew nie widział, jak na mnie działają. Udaję, że je biorę, a potem chowam do szuflady.

Słysząc to, Rachel marszczy czoło.

– Cass! Skoro tak na ciebie działają, nie powinnaś ich brać! A przynajmniej nie w takiej dawce.

– Możliwe, ale nie chcę ich odstawiać, bo wtedy nie przetrwałabym całego tygodnia. Dzięki nim zapominam, że jestem sama w domu, że on do mnie wydzwania.

– Wciąż masz głuche telefony?

– Od czasu do czasu.

Kładzie mi rękę na ramieniu.

– Musisz zawiadomić policję, Cass.

Podnoszę na nią wzrok.

– Po co? I tak nic nie poradzą.

– Tego nie wiesz. Może zdołają namierzyć, skąd są te telefony. Co na to Matthew?

– Myśli, że ustały.

– Matthew niesie nam kawę – mówi głośno, żeby mnie ostrzec. Gdy on stawia przed nią filiżankę, posyła mu słodkie spojrzenie. – Dziękuję.

– Wołajcie, jeśli będziecie chciały dolewkę.

– Dobrze.

Po godzinie Rachel odjeżdża, proponując, że w piątek zabierze mnie do miasta i spędzimy razem wieczór. Wie, że boję się usiąść za kierownicą, a ja nie mogę znieść, że muszę korzystać z pomocy innych, kiedy chcę wyjechać z domu. Niemożność prowadzenia takiego życia jak dawniej sprawia mi niemal fizyczny ból. Uświadamiam sobie jednak, że to nie demencja pozbawiła mnie samodzielności, choć być może tak się stanie pewnego dnia. To poczucie winy i strach dręczą mnie dzień w dzień od dwóch miesięcy, od tamtej tragicznej piątkowej nocy. Przytłaczają mnie i dobijają. Gdyby nie Jane, gdybym jej nie poznała, gdyby jej nie zamordowano, jakoś bym zniosła wiadomość o początkach demencji. Potrafiłabym stawić czoła chorobie i teraz zastanawiałabym się, jak sobie radzić, a nie przesypiała całe dnie na kanapie.

Uświadomienie sobie, kim się stałam i dlaczego do tego doszło, jest potężnym sygnałem alarmowym. Wyrywa mnie z letargu i nakłania do podjęcia konstruktywnych działań. Rozmyślam, jak odmienić swoje życie, a przynajmniej jak zacząć je przestawiać na właściwe tory. W końcu postanawiam znowu pojechać do Heston. Tylko Alex, mąż Jane, może pomóc mi odzyskać spokój ducha. Nie oczekuję, że uśmierzy moje poczucie winy – to niemożliwe, zawsze będzie mnie ono nękać. Sprawiał wrażenie człowieka życzliwego, pełnego współczucia, więc gdy przekona się, jak bardzo żałuję, że nie zatrzymałam się i nie pomogłam Jane tamtego wieczoru, może w dobroci serca mi wybaczy. A wtedy może, ale tylko może, ja powoli wybaczę sobie. Może nawet znajdę sposób na napady strachu, tak starannie podsycanego głuchymi telefonami. Nie jestem aż tak naiwna, by sądzić, że jedną podróżą do Heston rozwiążę wszystkie swoje kłopoty. Ale chociaż zacznę.

PONIEDZIAŁEK, 21 WRZEŚNIA

Tabletki, które Matthew przyniósł mi dziś rano, dokładam do stosiku w szufladzie. Skoro mam jechać do Heston, muszę mieć jasną głowę. Biorę długi prysznic pod mocnym strumieniem wody i czuję się po nim tak silna psychicznie, jak nie byłam od dawna. Prawie odrodzona. Może dlatego, gdy koło dziesiątej rozlega się dzwonek telefonu, postanawiam podnieść słuchawkę. Po pierwsze chcę się przekonać, czy głuche telefony nie były wytworami mojej wyobraźni, a po drugie nie chce mi się wierzyć, że ten typ wciąż do mnie dzwoni, choć nie odbierałam jego telefonów Bóg wie jak długo.

Raptowne wciągnięcie powietrza, które słyszę w słuchawce, świadczy o tym, że tego się nie spodziewał. Zadowolona, że zbiłam go z pantałyku, lepiej niż do tej pory radzę sobie z ciszą w słuchawce. Oddycham równo, już bez nerwowości i strachu.

„Brakowało mi ciebie". Wyszeptane jedwabistym tonem słowa uderzają we mnie jak cios wymierzony przez jakąś niewidzialną siłę. Strach odżywa, wywołuje gęsią skórkę, dławi swoim jadem. Rzucam słuchawkę. To nie znaczy, że on jest niedaleko – mówię sobie, starając się odzyskać choć trochę spokoju sprzed chwili. Nie zakładaj, że on cię obserwuje, tylko dlatego, że się do ciebie odezwał. Kilka razy oddycham głęboko i dochodzę do wniosku, że jego zaskoczenie, gdy odebrałam telefon, dowodzi, iż nie zna każdego mojego ruchu. Pokonanie starego strachu przychodzi mi z trudem. A jeśli on postanowi tu przyjść, skoro już wie, że wróciłam do żywych?

Idę do kuchni, odruchowo sprawdzając okna, a potem drzwi do ogrodu. Biorę za klamkę i napotykam pokrzepiający opór. Nikt nie dostanie się do środka, chyba że kogoś wpuszczę.

Chcę zaparzyć kawę, ale przypominam sobie wczorajsze zmagania z ekspresem, więc biorę tylko szklankę mleka, zastanawiając się, dlaczego ten typ się odezwał, skoro nie robił tego wcześniej. Może chciał wytrącić mnie z równowagi, ponieważ po raz pierwszy nie wyczuł we mnie strachu. Delektuję się sukcesem: coś się zasadniczo zmieniło między nami. Nie wyciągnęłam go na otwarte pole, ale jednak zmusiłam, żeby trochę się ujawnił, choćby szeptem.

Nie chcę przyjechać do Heston za wcześnie, więc robię małe porządki, żeby odwrócić swoją uwagę od tego, że jestem sama w domu. Ale trudno mi opanować myśli. Zaparzam sobie herbatę miętową, z nadzieją, że podziała uspokajająco, i siadam z kubkiem przy stole w kuchni. Czas się dłuży; siłą woli wytrzymuję do jedenastej i wychodzę z domu, włączając alarm. Gdy przejeżdżam przez Browbury, przypomina mi się, jak byłam tu ostatnio i spotkałam Johna, około pięciu tygodni temu, jak wyliczam. Tamtego dnia szalałam ze strachu, bo wydawało mi się, że morderca czyha w ogrodzie. Teraz jestem autentycznie zła, że jakiś człowiek tak mnie zaszczuł. Te pięć tygodni mi uciekło. Lato też.

Jestem w Heston, parkuję przy tej samej ulicy co poprzednio i przechodzę na drugą stronę, do parku. Nie widzę męża Jane ani ich dzieci, ale nie zakładałam, że pójdzie mi tak łatwo.

Wolę nie myśleć, że Alex nie zjawi się dziś w parku ani co zrobię, jeżeli nie będzie chciał mnie wysłuchać. Siadam na pustej ławce i wystawiam twarz na promienie wrześniowego słońca.

Koło dwunastej trzydzieści idę do pubu, po drodze kupując gazetę w wiejskim sklepiku. Zamawiam kawę przy barze i wychodzę z nią do ogródka. Ku mojemu zdziwieniu całkiem sporo gości już je tam lunch. Mam wrażenie, że przyciągam ich wzrok, bo nie dość, że jestem sama, to chyba wszyscy się tu znają, a przynajmniej są stałymi bywalcami.

Siadam przy małym stoliku pod drzewem, trochę na uboczu, i rozkładam gazetę. Nagłówki są nieciekawe, więc zaglądam na drugą stronę. Moją uwagę od razu przykuwa tytuł artykułu: „Dlaczego nikogo jeszcze nie aresztowano?". Bez czytania wiem, że chodzi o zabójstwo Jane.

Do artykułu dołączono zdjęcie młodej kobiety, przyjaciółki Jane, przygnębionej, tak jak ja, przedłużającym się śledztwem. „Ktoś musi wiedzieć, kim jest morderca" – mówi w rozmowie z dziennikarzem, który przytacza i analizuje jej słowa. „Dwa miesiące temu została brutalnie zamordowana młoda kobieta. Ktoś gdzieś musi coś wiedzieć" – tak kończy się artykuł.

Składam gazetę, zbiera mi się na mdłości. Z tego, co wiem, policja przestała prosić, by zgłosili się ludzie, którzy widzieli Jane żywą w jej samochodzie tamtego wieczoru, ale artykuł może na nowo rozbudzić zainteresowanie tą sprawą. Jestem zbyt zdenerwowana, żeby usiedzieć na miejscu. Wychodzę z pubu i krążę po ulicach w poszukiwaniu męża Jane, bo teraz, kiedy przeczytałam ten artykuł, tym bardziej nie chcę wyjechać z niczym. Nie mam pojęcia, gdzie on mieszka – czy w samej wiosce, czy na nowo wybudowanym osiedlu na obrzeżach – ale gdy mijam szereg kamiennych wiejskich domów, w jednym z ogródków widzę dwa takie same trójkołowe rowerki.

Nie pozwalając sobie na chwilę wahania, idę ścieżką do drzwi frontowych i pukam.

Widzę, że Alex sprawdza przez okno, kto przyszedł, lecz zanim dojdzie do drzwi, upływa tyle czasu, że zastanawiam, czy w ogóle zamierza je otworzyć. W końcu staje na progu i patrzy na mnie z wysokości kilku stopni.

– O, pani z chusteczką – mówi ani przyjaznym, ani nieprzyjaznym tonem.

– Tak, to ja. – Jestem zadowolona, że mnie pamięta. – Przepraszam za najście, ale chciałabym porozmawiać.

– Pod warunkiem że nie jest pani dziennikarką.

Kręcę głową.

– Nie jestem.

– Ani kimś w rodzaju medium.

Lekko się uśmiecham, niemal żałując, że nie z takiego powodu tu przyszłam.

– Nie, nic z tych rzeczy.

– Niech zgadnę... pani i Jane kiedyś się znałyście i teraz chciałaby pani mi powiedzieć, jak bardzo żałuje, że straciła z nią kontakt.

– Niezupełnie.

– Więc dlaczego chce pani ze mną porozmawiać?

– Jestem Cass.

– Cass?

– Tak. Kilka tygodni temu napisałam do ciebie list. Byłyśmy z Jane na lunchu, zanim... – Milknę, bo nie wiem, co powiedzieć.

– No tak, oczywiście! – Marszczy brwi. – Dlaczego nic mi nie powiedziałaś wtedy w parku?

– Sama nie wiem. Może nie chciałam, żebyś pomyślał, że się narzucam. Tamtego dnia przejeżdżałam przez Heston i przypomniałam sobie, że Jane wspomniała o parku, więc postanowiłam się zatrzymać. Nie sądziłam, że wpadnę na ciebie.

– Wydaje mi się, że w tym parku upływa mi większa część życia – mówi z kwaśną miną. – Dziewczynki go uwielbiają. Chcą tam chodzić codziennie, nawet w deszcz.

– Jak sobie radzą?

– Naprawdę nieźle. – Otwiera szerzej drzwi. – Wejdź. Dziewczynki śpią, więc mam trochę czasu. – Idę za nim do salonu, gdzie walają się na podłodze zabawki, a Jane spogląda na mnie z mnóstwa zdjęć rodzinnych. – Napijesz się herbaty?

– Nie, dziękuję. – Nagle zaczynam się denerwować.

– Mówiłaś, że chcesz porozmawiać.

– Tak.

Ni stąd, ni zowąd łzy napływają mi do oczu. Zła na siebie, grzebię w torebce, szukając chusteczki.

– Usiądź. Najwyraźniej coś cię dręczy.

– Tak – powtarzam jak automat i siadam na kanapie.

Alex przysuwa sobie krzesło i siada naprzeciwko mnie.

– Spokojnie, nie śpiesz się.

– Tamtego wieczoru widziałam Jane – mówię, mnąc chusteczkę w dłoniach.

– Wiem, na przyjęciu. Jane mi o tym opowiadała.

– Nie, nie wtedy. Tamtego wieczoru, gdy ona została… – Słowo „zamordowana" nie przechodzi mi przez gardło. – Gdy zginęła. Jechałam Blackwater Lane. Minęłam jej samochód, zaparkowany w zatoczce.

Milczy bardzo długo, jakby doznał szoku.

– Powiedziałaś o tym policji? – odzywa się w końcu.

– Tak. To ja dzwoniłam z informacją, że widziałam ją żywą.

– Widziałaś coś poza tym?

– Nie, jedynie Jane. Ale nie miałam pojęcia, że to ona. W tej ulewie trudno było rozpoznać. Zorientowałam się tylko, że widzę kobietę. Dopiero później usłyszałam, że to była Jane.

Głośno wypuszcza powietrze.

– Nie zauważyłaś, żeby w samochodzie był ktoś jeszcze?

– Nie. Gdyby był, powiedziałabym policji.

– I nie zatrzymałaś się, tak?

Nie mogąc spojrzeć mu w oczy, pochylam głowę.

– Sądziłam, że zepsuł jej się samochód, więc stanęłam przed nią. Myślałam, że wysiądzie, ale tego nie zrobiła... lało jak z cebra. Czekałam, żeby mrugnęła światłami albo zatrąbiła, dała znak, że potrzebuje pomocy. Ponieważ nie zareagowała, uznałam, że już zadzwoniła do kogoś i pomoc jest w drodze. Wiem, że powinnam wysiąść i sprawdzić, czy nic jej nie jest, ale bałam się, że to jakaś pułapka, i stwierdziłam, że najlepiej zadzwonię na policję albo pomoc drogową, gdy dotrę do domu, bo stamtąd miałam zaledwie kilka minut jazdy, i poproszę, żeby się zorientowali w sytuacji. Ale kiedy dojechałam do domu, coś mi przeszkodziło od razu zadzwonić, a potem o wszystkim zapomniałam. Następnego ranka usłyszałam, że zamordowano młodą kobietę, i poczułam się... brak mi słów, żeby to wyrazić... Nie mieściło mi się w głowie, że zapomniałam zadzwonić... Nie opuszczała mnie myśl, że gdyby nie to, ona wciąż by żyła. Tak dręczyły mnie wyrzuty sumienia, że nie śmiałam nikomu powiedzieć, nawet mężowi, bo myślałam, że jeśli to wyjdzie na jaw, ludzie będą mnie wytykać palcami i winić za jej śmierć, no bo przecież nie zrobiłam nic, żeby jej pomóc. I mieliby rację. Potem, gdy dowiedziałam się, że to była Jane, poczułam się koszmarnie. – Połykam łzy. – Może nie jestem morderczynią, ale obwiniam siebie w równym stopniu jak mordercę.

Przygotowuję się na wybuch gniewu, lecz Alex tylko kręci głową.

– Nie możesz tak myśleć.

– Wiesz, co jest najgorsze? – mówię dalej. – Potem nie mogłam pozbyć się myśli, że gdybym wysiadła z samochodu, mnie też by zamordował. Więc byłam zadowolona, że nie wysiadłam. Co ze mnie za człowiek?

– Na pewno nie zły. Po prostu człowiek.

– Dlaczego jesteś dla mnie taki miły? Dlaczego się nie gniewasz?

Wstaje z krzesła.

– Tego chcesz? – pyta, z góry patrząc na mnie. – Po to tu przyjechałaś? Chcesz, żebym ci powiedział, że jesteś odpowiedzialna za śmierć Jane, że jesteś potwornym człowiekiem? Jeśli tak, to trafiłaś pod zły adres.

Kręcę głową.

– Nie po to tu przyjechałam.

– Więc po co?

– Nie wiem, jak długo jeszcze zniosę te wyrzuty sumienia.

– Musisz przestać się obwiniać.

– Nigdy nie przestanę.

– Posłuchaj, Cass, jeśli potrzebne ci moje przebaczenie, chętnie ci go udzielę. Nie winię cię za to, że nie podeszłaś do samochodu Jane. Gdyby odwróciły się role, wątpię, czy Jane wysiadłaby, żeby pomóc tobie. Też by się bała, tak jak ty.

– Ale przynajmniej pamiętałaby wezwać kogoś, żeby sprawdził, co się dzieje.

Alex bierze do ręki zdjęcie bliźniaczek, uśmiechniętych, z blond loczkami.

– Życie zbyt wielu osób już zniszczyła śmierć Jane – mówi cicho. – Nie pozwól, żeby zniszczyła również twoje.

– Dziękuję. – Znów mam łzy w oczach. – Bardzo dziękuję.

– Jest mi zwyczajnie przykro, że przeżywasz takie męczarnie. Może teraz poczęstuję cię chociaż herbatą?

– Nie chcę sprawiać ci kłopotu.

– Szedłem zaparzyć, gdy zapukałaś do drzwi, więc to żaden kłopot.

Gdy wraca z herbatą, już opanowałam emocje. Pyta, czym się zajmuję. Odpowiadam, że jestem nauczycielką, ale nie wspominam o przerwie w pracy. Rozmawiamy o jego córeczkach; przyznaje, że trudno być tatą na pełny etat, że brak mu życia zawodowego; mówi, że gdy w zeszłym tygodniu koledzy zaproponowali, żeby poszedł z nimi na lunch, po raz pierwszy od śmierci Jane miał ochotę spotkać się z ludźmi.

– Jak się udało?

– Nie poszedłem, bo nie miałem z kim zostawić dzieci. Dziadkowie z obu stron mieszkają za daleko, żeby wpadać ot tak, w razie potrzeby, natomiast są fantastyczni w weekendy. Jednak rodzicom Jane jest ciężko, rozumiesz, gdy widzą dziewczynki. Są tak do niej podobne.

– Nie masz kogoś w okolicy, kto mógłby ci pomóc?

– Raczej nie.

– Chętnie ich popilnuję, w każdej chwili. – Na twarzy Alexa maluje się zaskoczenie. – Przepraszam, to było głupie… nie znasz mnie i oczywiście nie powierzyłbyś mi dzieci.

– Ale dziękuję za gotowość.

Dopijam herbatę, wyczuwając wzajemne skrępowanie.

– Czas na mnie. – Wstaję z kanapy. – Dziękuję, że zgodziłeś się porozmawiać.

– Jeśli tylko poczułaś się lepiej.

– O, tak.

Gdy odprowadza mnie do drzwi, nagle odczuwam silną potrzebę opowiedzenia mu o głuchych telefonach.

– Coś jeszcze cię dręczy? – pyta.

– Nie, nic takiego – mówię, bo nie chcę dłużej się narzucać.

– W takim razie do widzenia.

– Do widzenia.

Wolnym krokiem zmierzam do furtki, zastanawiając się, czy nie straciłam okazji. W żadnym wypadku nie pojawię się znów na jego progu bez zaproszenia.

– Może spotkamy się kiedyś w parku?! – woła za mną.

– Możliwe. – Uprzytamniam sobie, że odprowadza mnie wzrokiem. – Do zobaczenia.

Gdy dojeżdżam do domu, jest czwarta po południu, za późno, żeby wziąć tabletkę, więc postanawiam nie wchodzić do środka, tylko posiedzieć w ogrodzie, dopóki Matthew nie wróci. Nie zamierzam mówić mu, że byłam poza domem, bo zacznie wypytywać, co robiłam, i będę musiała skłamać, a jeśli naopowiadam mu kłamstw, później może się to obrócić przeciwko mnie, gdy nie będę mogła sobie przypomnieć, co wymyśliłam. Jest gorąco, chce mi się pić. Wobec tego niechętnie wchodzę do domu i pamiętając wyłączyć alarm, idę do kuchni. Otwieram drzwi i bezwiednie zatrzymuję się w progu. Wodzę wzrokiem dokoła i dreszcz przechodzi mi po plecach. Wszystko wygląda jak należy, ale wiem, że coś jest nie tak, inaczej niż przed wyjściem.

Powoli idę z powrotem do przedpokoju i staję nieruchomo, nasłuchując. W domu jest absolutnie cicho, ale to nie oznacza, że nikogo nie ma. Biorę telefon z bazy na stoliku, wyślizguję się frontowymi drzwiami i zamykam je za sobą na zatrzask. Odchodzę od domu, ale tylko do bramy, żeby telefon miał zasięg, i drżącymi palcami wystukuję numer do Matthew.

– Mogę oddzwonić? – odzywa się. – Jestem na spotkaniu.

– Myślę, że ktoś był w domu – mówię oględnie.

– Poczekaj chwilę.

Słyszę, jak się tłumaczy, szura krzesłem, i po paru sekundach wraca do rozmowy.

– Co się stało?

– Ktoś był w domu. – Staram się nie okazać niepokoju. – Wyszłam na spacer. Po powrocie zorientowałam się, że ktoś był w kuchni.

– Na jakiej podstawie?

– Nie wiem. – Dobija mnie to, że znowu mówię jak osoba niespełna rozumu.

– Czegoś brakuje? Ktoś się włamał? Czy to chcesz mi powiedzieć?

– Nie wiem, czy było włamanie. Wiem tylko tyle, że ktoś był w domu. Możesz przyjechać, Matthew? Nie wiem, co robić.

– Włączyłaś alarm, wychodząc z domu?

– Tak.

– No to jak ktoś mógł wejść, nie uruchamiając systemu?

– Nie wiem.

– Są jakieś ślady włamania?

– Nie wiem. Szybko wyszłam, nie sprawdzałam. Słuchaj, marnujemy czas. A jeśli on wciąż tam jest? Nie uważasz, że powinniśmy wezwać policję? – Po chwili dodaję: – Morderca Jane nadal jest na wolności.

Matthew milczy. Zdaję sobie sprawę, że głupio zrobiłam, wspominając o mordercy.

– Jesteś całkowicie pewna, że ktoś był w domu? – pyta Matthew.

– Całkowicie. Nie wymyśliłabym czegoś takiego. Może wciąż tam jest.

– Wobec tego trzeba wezwać policję. – Wyczuwam w jego głosie niechęć. – Przyjadą szybciej niż ja.

– Ale przyjedziesz?

– Tak. Zaraz ruszam.

– Dziękuję.

Dzwoni za minutę, informując mnie, że wkrótce zjawi się policja. Przyjeżdżają szybko, ale bezgłośnie, więc domyślam się, że Matthew nie wspomniał o mordercy. Wóz policyjny zatrzymuje się przed bramą. Rozpoznaję policjantkę, która zjawiła się tutaj, gdy uruchomiłam alarm.

– Pani Anderson? – pyta, idąc w moją stronę podjazdem. – Posterunkowa Lawson. Pani mąż chciał, żebym tu przyjechała. Mówił, że pani zdaniem ktoś jest w domu.

– Tak – potwierdzam szybko. – Poszłam na spacer. Gdy wróciłam, zorientowałam się, że ktoś był w kuchni.

– Zauważyła pani jakieś oznaki włamania… rozbite szkło na podłodze, coś w tym rodzaju?

– Weszłam tylko do kuchni, więc trudno mi powiedzieć.

– I uważa pani, że on wciąż tam jest?

– Nie wiem. Nie sprawdzałam. Od razu wyszłam na zewnątrz i zadzwoniłam do męża.

– Mogę wejść od frontu? Ma pani klucz do drzwi?

– Tak. – Podaję jej klucz.

– Proszę tu zaczekać, dopóki nie powiem pani, że nie ma niebezpieczeństwa.

Otwiera drzwi wejściowe. Słyszę wołanie, czy ktoś tam jest, a potem na jakieś pięć minut zapada cisza. W końcu policjantka wychodzi i mówi:

– Dokładnie obejrzałam cały dom i nie znalazłam nic, co by świadczyło o obecności włamywacza. Nie widać, żeby ktoś wdarł się do domu, wszystkie okna są zamknięte i wszystko wydaje się w porządku.

– Na pewno? – pytam niespokojnie.

– Może wejdzie pani do środka, rozejrzy się i sprawdzi, czy czegoś nie brakuje.

Idę za nią do domu, przechodzimy od jednego pomieszczenia do drugiego i choć wszystko jest na swoim miejscu, wiem, że ktoś tu był. Gdy pyta, skąd to wiem, odpowiadam bezradnie:

– Po prostu czuję.

Schodzimy do kuchni.

– Może napijemy się herbaty – proponuje posterunkowa Lawson, siadając przy stole.

Już mam wstawić wodę, ale zastygam w bezruchu.

– Mój kubek – mówię półgłosem i odwracam się w stronę policjantki. – Zostawiłam swój kubek na blacie i wyszłam z domu. Teraz go tu nie ma. Stąd wiedziałam, że ktoś tu był. Kubka nie ma tam, gdzie go zostawiłam.

– Może jest w zmywarce.

Otwieram zmywarkę i w górnym koszu widzę kubek.

– Wiedziałam, że nie wariuję! – wołam triumfalnym tonem. Policjantka patrzy na mnie z powątpiewaniem. – Nie włożyłam go do zmywarki. Zostawiłam na blacie – zapewniam ją.

W drzwiach staje Matthew.

– Wszystko w porządku? – pyta, obrzucając mnie nerwowym spojrzeniem.

Wolę, żeby rozmawiała z nim policjantka. Intensywnie zastanawiam się, czy na pewno się nie mylę i może rzeczywiście włożyłam kubek do zmywarki. Wiem jednak, że tak nie było.

Skupiam uwagę na posterunkowej Lawson, która właśnie mówi Matthew, że nie znalazła śladów włamania ani nie stwierdziła obecności nikogo obcego w domu.

– Ale ktoś tu był – upieram się. – Kubek nie zawędrował sam do zmywarki.

– Nie rozumiem – wtrąca Matthew.

– Przed wyjściem zostawiłam kubek na blacie, po powrocie był w zmywarce – wyjaśniam mu.

Patrzy na mnie z przygnębieniem.

– Prawdopodobnie nie pamiętasz, że go włożyłaś, i tyle. – Odwraca się do policjantki. – Moja żona ma niekiedy kłopoty z pamięcią, zapomina różne rzeczy.

– No tak. – Kobieta posyła mi współczujące spojrzenie.

– Nie o to chodzi! – protestuję wzburzona. – Nie jestem idiotką, wiem, co zrobiłam, a czego nie zrobiłam!

– Czasem nie wiesz – mówi łagodnie Matthew.

Już mam powiedzieć coś w swojej obronie, ale zamykam usta. Gdyby chciał, mógłby przytoczyć setki sytuacji, kiedy nie pamiętałam, co zrobiłam. Zalega cisza. Wiem, że nawet gdybym upierała się przy swoim do upadłego, i tak mi nie uwierzą, że zostawiłam kubek na blacie.

– Przepraszam, że niepotrzebnie panią fatygowałam – rzucam chłodnym tonem.

– Żaden kłopot. Lepiej dmuchać na zimne – wyrozumiale stwierdza policjantka.

– Położę się na chwilę.

– Odpocznij. – Matthew uśmiecha się pokrzepiająco. – Zaraz do ciebie przyjdę.

Po wyjściu posterunkowej Lawson czekam na Matthew w sypialni. Nie pojawia się tak długo, że w końcu idę na dół. Siedzi w ogrodzie, z kieliszkiem wina, jakby nigdy nic. Ogarnia mnie gniew.

– Cieszę się, że tak spokojnie podchodzisz do tego, że ktoś obcy był w naszym domu. – Patrzę na niego, nie wierząc własnym oczom.

– Daj spokój, Cass. Skoro ten intruz tylko wstawił kubek do zmywarki, to nie jest szczególnie groźny, prawda?

Nie wiem, czy mówi z sarkazmem, bo nie znałam go od tej strony. Wewnętrzny głos ostrzega mnie: „Ostrożnie! Nie posuwaj się za daleko!". Nie potrafię jednak pohamować gniewu.

– Pewnie przyznasz mi rację dopiero wtedy, gdy znajdziesz mnie tutaj z poderżniętym gardłem!

Stawia kieliszek na stole.

– Naprawdę myślisz, że tak może się stać? Ktoś tu przyjdzie i cię zabije?

Tracę nad sobą panowanie.

– Nieważne, co myślę, bo i tak nikt nie słucha, co mówię.

– Dziwisz się? Twoje obawy są bezpodstawne, absolutnie bezpodstawne.

– On się do mnie odezwał!

– Kto?

– Morderca!

– Cass – jęczy Matthew.

– Naprawdę! On był w domu! Nie rozumiesz? Wszystko się zmieniło!

Kręci bezradnie głową.

– Jesteś chora, Cass. Zaczynasz mieć demencję i wpadasz w paranoję. Nie możesz się z tym pogodzić?

Jestem zaszokowana jego okrucieństwem. Nie wiem, co powiedzieć, więc odwracam się i idę do domu. W kuchni przystaję, biorę dwie tabletki i czekam, dając Matthew czas, żeby przyszedł do mnie. Nie robi tego. Idę na górę, rozbieram się i kładę do łóżka.

WTOREK, 22 WRZEŚNIA

Gdy otwieram oczy, jest już ranek i natychmiast opadają mnie wspomnienia wczorajszego dnia. Spoglądam na drugą stronę łóżka i zastanawiam się, czy Matthew, kładąc się spać, próbował mnie obudzić i przeprosić za swoje krzywdzące słowa. Widzę puste łóżko. Zegar wskazuje ósmą trzydzieści. Taca ze śniadaniem leży na stoliku, co oznacza, że Matthew już poszedł do pracy.

Siadam i rozglądam się, licząc na to, że zobaczę kartkę opartą o szklankę z sokiem, ale na tacy widzę jeszcze tylko miseczkę z płatkami, dzbanuszek z mlekiem i moje dwie tabletki. Zbiera mi się na mdłości ze strachu. Choć Matthew wielokrotnie powtarzał, że nigdy mnie nie opuści, że zostanie ze mną na zawsze, ten jego nowy, ostry rys zbija mnie z tropu. Rozumiem, że z przerażeniem słucha, jak jego żona ciągle gada o prześladującym ją mordercy, ale czy nie powinien podjąć wysiłku i dotrzeć do źródła jej lęków, a nie z miejsca je negować? Po zastanowieniu stwierdzam, że Matthew ani razu tak naprawdę nie usiadł ze mną i nie zapytał, dlaczego uważam, że prześladuje mnie morderca. Gdyby to zrobił, być może wyznałabym, że tamtej nocy widziałam samochód Jane.

Samotność doprowadza mnie do łez. Biorę tabletki i popijam sokiem, żeby zagłuszyć rozżalenie. Ale nie mogę pohamować płaczu, nawet zapadając w sen, ponieważ przepełnia mnie bezgraniczna rozpacz i koszmarny strach przed tym, co niesie mi przyszłość. Jeżeli mam demencję i Matthew odejdzie, nie czeka mnie nic innego niż wieloletni pobyt w domu opieki, urozmaicony wizytami garstki przyjaciół, poczuwających się do tego, dopóki będę ich rozpoznawać. Zalewam się łzami, szlocham udręczona, a gdy po jakimś czasie budzi mnie przeokropny jęk, czuję, że zaraz pęknie mi głowa, jak gdyby ból duszy przemienił się w ból ciała. Próbuję otworzyć oczy, ale nie mogę. Mam wrażenie, że skóra pali mnie żywym ogniem. Dotykam ręką głowy: jestem zlana potem.

Zdaję sobie sprawę, że dzieje się coś bardzo złego. Gdy próbuję wstać z łóżka, nogi uginają się pode mną i upadam na podłogę. Czuję, że z powrotem wciąga mnie sen, ale jakiś szósty zmysł podpowiada mi, że nie mogę się poddać, więc całą wolę kieruję na to, żeby się poruszyć. Nie daję rady. W moim otumanionym umyśle kołacze się jedna myśl: mam udar. Włącza się instynkt samozachowawczy i wiem, że moja nadzieja tylko w tym, by jak najszybciej wezwać pomoc. Dźwigam się i na czworakach pełznę do szczytu schodów, z których po części zsuwam się, po części spadam na sam dół. Z bólu niemal tracę przytomność, lecz jakimś nadludzkim wysiłkiem czołgam się do stolika, na którym stoi telefon. Chcę zadzwonić do Matthew, ale ważniejszy jest telefon na pogotowie. Wystukuję trzy dziewiątki i mówię dyspozytorce, że potrzebuję pomocy. Bełkoczę, plącze mi się język, boję się, czy ta kobieta mnie zrozumie. Pyta, jak się nazywam, więc mówię: „Cass”. Pyta, skąd dzwonię, więc podaję nasz adres, jednak w tej samej chwili słuchawka wyślizguje mi się z ręki i uderza o podłogę.

*

– Cass, Cass, słyszysz mnie?

Głos jest taki cichy, że łatwo go zignorować. Powraca jednak z taką natarczywością, że w końcu otwieram oczy.

– Jest z nami. Budzi się – mówi ktoś.

– Cass, słuchaj mnie, mam na imię Pat, chcę, żebyś została ze mną, rozumiesz? – Widzę twarz, nad sobą, coraz wyraźniej. – Zaraz zawieziemy cię do szpitala, ale najpierw powiedz mi, czy to połknęłaś. – Pokazuje opakowanie tabletek od doktora Deakina, a ja kiwam lekko głową.

Jacyś ludzie dotykają mnie, podnoszą, przez krótką chwilę czuję powiew chłodnego powietrza, gdy niosą mnie do karetki.

– Matthew? – mamroczę.

– Zobaczysz go w szpitalu – mówi jakiś głos. – Cass, powiedz mi, ile wzięłaś.

Już mam zapytać, o co jej chodzi, ale dostaję silnych torsji i gdy dojeżdżamy do szpitala, jestem taka słaba, że nawet nie mogę uśmiechnąć się do Matthew, który stoi nade mną, blady z niepokoju.

– Później pan ją zobaczy – rzuca stanowczo pielęgniarka.

– Ale nic jej nie będzie, prawda? – pyta zrozpaczony, a ja bardziej martwię się o niego niż o siebie.

Robią mi masę badań, potem lekarka zaczyna zadawać mi pytania i dopiero wtedy uświadamiam sobie, że według niej przedawkowałam leki.

– Przedawkowałam? – powtarzam przerażona.

– Tak.

Kręcę głową.

– Nie, nigdy bym tego nie zrobiła.

Spojrzenie lekarki świadczy o tym, że mi nie wierzy. Oszołomiona, proszę, żeby wpuszczono do mnie Matthew.

– Dzięki Bogu, że już wszystko w porządku. – Bierze mnie

za rękę i obrzuca zbolałym wzrokiem. – To przeze mnie, Cass? Przez to, co powiedziałem? Jeśli tak, bardzo cię przepraszam. Nie przyszło mi do głowy, że możesz zrobić coś takiego. Byłem wobec ciebie zbyt ostry.

– Nie przedawkowałam leków – mówię ze łzami w oczach. – Dlaczego każdy ciągle mi to powtarza?

– Przecież sama tak powiedziałaś ratowniczce medycznej.

– Skądże. – Próbuję usiąść. – Dlaczego miałabym mówić nieprawdę?

– Proszę się uspokoić, pani Anderson. – Lekarka spogląda na mnie surowo. – Pani stan nadal jest poważny. Na szczęście nie musieliśmy robić płukania żołądka, ponieważ większość tabletek zwróciła pani w karetce. Mimo to trzeba panią monitorować przez najbliższe dwadzieścia cztery godziny.

Łapię Matthew za ramię.

– Ona mnie źle zrozumiała. Pokazała mi opakowanie lekarstwa od doktora Deakina i zapytała, czy wzięłam te tabletki. Powiedziałam, że tak, bo przecież je biorę. To nie oznaczało, że wzięłam za dużo.

– Wyniki badań potwierdziły, że pani przedawkowała – oświadcza lekarka.

Patrzę błagalnie na Matthew.

– Połknęłam te dwie, które przyniosłeś mi ze śniadaniem. Potem ani jednej, przysięgam. W ogóle nie schodziłam na dół.

– Te dwa opakowania ratownicy znaleźli w domu. – Lekarka wręcza Matthew plastikową torebkę. – Może pan powiedzieć, ile brakuje? Sądzimy, że zażyła nie tak dużo, może ze dwanaście.

Matthew otwiera pierwsze opakowanie.

– To otworzyła dwa dni temu. Brakuje ośmiu tabletek i to się zgadza, bo bierze cztery dziennie, dwie rano i dwie wieczorem. – Pokazuje zawartość lekarce. – Drugie – sprawdza dalej – jest nienapoczęte. Nie wiem, skąd w takim razie miała te tabletki.

– Czy pana żona mogła je gdzieś odkładać?

Jestem zirytowana, że pomijają mnie w rozmowie, i chcę zaznaczyć swoją obecność, gdy nagle przypominam sobie o stosiku tabletek w szufladzie.

– Nie. Zauważyłbym, gdyby ich brakowało – mówi Matthew. – Zwykle to ja podaję jej lek, co rano, przed wyjściem do pracy. Wtedy mam pewność, że nie zapomniała go wziąć. – Zawiesza na chwilę głos. – Nie wiem, czy pani wiadomo… mówiłem o tym jednej z pielęgniarek… że żona być może cierpi na demencję we wczesnej postaci.

Kiedy rozmawiają o mojej ewentualnej demencji, zastanawiam się, czy mogłam zażyć schowane w szufladzie tabletki, nie zdając sobie z tego sprawy. Nie chcę w to wierzyć, ale przypomina mi się, jaka byłam zrozpaczona, jaka udręczona, jak pragnęłam pogrążyć się w niebycie, więc być może po wzięciu dwóch tabletek, które naszykował mi Matthew, sięgnęłam do szuflady i połknęłam te schowane. Czy podświadomie chciałam zakończyć życie, które stało się nie do zniesienia?

Już osłabiona dzisiejszymi przeżyciami, tracę resztki energii. Wyczerpana, opadam na poduszkę i zamykam oczy, z których sączą się łzy.

– Cass, jak się czujesz?

– Jestem zmęczona – mamroczę.

– Najlepiej zrobi jej teraz sen – mówi lekarka.

Czuję na policzku dotyk ust Matthew.

– Przyjdę jutro – obiecuje.

PONIEDZIAŁEK, 28 WRZEŚNIA

Koniec końców musiałam potwierdzić, że wzięłam te tabletki, bo dowód na to znaleziono w moim krwiobiegu. Przyznałam, że połknęłam tabletki schowane w szufladzie, ale uparcie powtarzałam, że gromadziłam je nie z zamiarem popełnienia samobójstwa, lecz tylko dlatego, że w dni, gdy Matthew był w domu, nie odczuwałam potrzeby, by je zażywać. Gdy zapytano mnie, dlaczego ukrywałam to przed mężem, spontanicznie odparłam, że nie chciałam, by się dowiedział, że tabletki ścinają mnie z nóg do tego stopnia, że nie jestem zdolna niczym się zająć. Matthew zauważył ze sceptyczną miną, że to nie do końca prawda, ponieważ jego zdaniem nadal funkcjonowałam w sposób do przyjęcia. Wobec tego przedstawiłam inną wersję: że nie wiedziałam, co robię. Jedyną dobrą rzeczą jest to, że ponieważ zażyłam niewiele tabletek, uznano, że było to wołanie o pomoc, a nie próba samobójcza.

Kiedy Matthew przywiózł mnie do domu następnego wieczoru, natychmiast poszłam na górę do sypialni i zajrzałam do szuflady. Tabletek nie było. Wiem, że nie wierzy, iż wzięłam je bezwiednie, choć głośno tego nie powiedział. Mam jednak wrażenie, że koniec naszego małżeństwa jest coraz bliżej. Nie z winy Matthew – nie umiem sobie wyobrazić, jak znosi to, że na początku lata jego żona była lekko roztargniona, a pod koniec lata ma demencję, paranoję i skłonności samobójcze.

Uparł się, że weźmie wolne na resztę tygodnia, choć zapewniłam go, że nie trzeba. W gruncie rzeczy wolałabym, żeby chodził do pracy, ponieważ chcę się zastanowić, dokąd zmierzam. Przypadkowe przedawkowanie leków pozwoliło mi docenić wartość życia i postanowiłam odzyskać nad nim kontrolę, dopóki jeszcze mogę to zrobić. Zaczęłam od tego, że odmówiłam brania nowych niebieskich tabletek, które mi przepisano. Powiedziałam Matthew, że spróbuję dać sobie radę bez nich, bo chciałabym znowu żyć w realnym świecie.

Te wszystkie wydarzenia spowodowały, że zapomniałam o spotkaniu z Rachel – a może i tak bym zapomniała – i byłam niewyszykowana, gdy zjawiła się w piątek wieczorem.

– Daj mi dziesięć minut – poprosiłam, ciesząc się, że ją widzę. – Tymczasem Matthew na pewno poczęstuje cię herbatą.

Matthew popatrzył na mnie ze zdziwieniem.

– Chyba nie myślisz poważnie o wyjeździe do miasta?

– Dlaczego nie? Nie jestem inwalidką.

– No tak, ale po tym, co się stało… – Odwrócił się do Rachel. – Cass trafiła do szpitala, chyba wiesz o tym?

– Nie, nie miałam pojęcia. – Rachel była wstrząśnięta. – Dlaczego? Kiedy?

– Opowiem ci przy kolacji – wtrąciłam szybko. Spojrzałam bojowo na Matthew: niech tylko spróbuje mi zabronić. – Nie przeszkadza ci to, że posiedzisz sam w domu, prawda?

– Nie, skądże, ale…

– Nic mi nie jest.

– Na pewno, Cass? – spytała z wahaniem Rachel. – Jeżeli byłaś chora…

– Kolacja w mieście, właśnie tego mi potrzeba – oświadczyłam stanowczo.

Dziesięć minut później już jechałyśmy do Browbury. Podczas jazdy opowiedziałam jej o swoim niezamierzonym przedawkowaniu tabletek. Była przerażona, że mimo woli mogłam wyrządzić sobie taką krzywdę, i ucieszyła się, gdy ją zapewniłam, że nie zamierzam dłużej brać leków. Na szczęście zrozumiała, że nie mam ochoty rozmawiać o tym, co się wydarzyło, i przez resztę wieczoru gawędziłyśmy o czymś innym.

Potem, w sobotę – dziesięć tygodni po tym, jak zawaliło mi się życie – Matthew podał mi herbatę w kubku, który wywołał tyle zamieszania w poniedziałek po południu, i musiałam przeżywać to wszystko od nowa. W głowie miałam wyraźny obraz stojącego na blacie kubka i choć wiem, że nie mogę bezwzględnie polegać na swoim umyśle, byłam całkiem pewna, że nie wstawiłam go do zmywarki. W takim razie kto to zrobił? Oprócz mnie tylko Matthew ma klucze do domu, ale on nie mógł tego zrobić, ponieważ jest bardzo staranny i zawsze ładuje naczynia od tyłu do przodu, a zmywarka była prawie pusta. Zresztą gdyby wpadł do domu w ciągu dnia, powiedziałby o tym. Faktem jest, że to ja ładuję zmywarkę od przodu. Jeśli mogłam nieświadomie przedawkować leki, to nietrudno przypuścić, że mogłam też włożyć kubek do zmywarki i w ogóle tego nie pamiętać.

Jakoś przetrwaliśmy weekend. Matthew chodził koło mnie na paluszkach, jakbym była bombą zegarową, która nie wiadomo kiedy wybuchnie. Dziś rano może nie odetchnął z ulgą na myśl, że ucieknie do biura, ale wiem, że opiekowanie się mną było dla niego dużym obciążeniem, choć bez tabletek zachowuję się bardziej racjonalnie. Ten incydent z przedawkowaniem podziałał mu na nerwy. Ciągle mu się wydaje, że zrobię coś głupiego, i dlatego nie może się przy mnie odprężyć.

Po jego wyjściu do pracy natychmiast wstaję z łóżka, bo nie chcę być w domu, gdy zadzwoni ten typ od głuchych telefonów. Mogę nie zwracać na nie uwagi, ale wiem, że on będzie dzwonił tak długo, aż odbiorę, i to w końcu zaburzy moją równowagę. A dziś muszę być opanowana i spokojna, ponieważ wybieram się do Heston na spotkanie z mężem Jane.

Zamierzam przyjechać tam wczesnym popołudniem, kiedy bliźniaczki najprawdopodobniej będą spały. Mam więc czas, żeby po drodze zatrzymać się w Browbury, bez pośpiechu zjeść śniadanie i przez resztę poranka pochodzić po sklepach w poszukiwaniu nowych ubrań, bo stare już na mnie nie pasują.

Alex nie jest szczególnie zaskoczony, znów widząc mnie w drzwiach swojego domu.

– Przypuszczałem, że tu wrócisz – mówi, wpuszczając mnie do środka. – Czułem, że coś jeszcze chodzi ci po głowie.

– Możesz mnie wyprosić. Mam jednak nadzieję, że tego nie zrobisz, bo jeśli od ciebie nie uzyskam pomocy, to już nie wiem od kogo.

Proponuje mi herbatę, ale ze zdenerwowania tym, co chcę powiedzieć, odmawiam. Prowadzi mnie do salonu i zaprasza, bym usiadła na kanapie.

– Co mogę dla ciebie zrobić?

– Pewnie pomyślisz, że zwariowałam. – Próbuję uprzedzić jego reakcję. Nic nie mówi, więc biorę głęboki wdech. – No dobrze, do rzeczy. Tego samego dnia, kiedy zadzwoniłam na policję, że widziałam Jane żywą, w mediach poproszono, żeby dzwoniący ponownie skontaktował się z policją. Następnego dnia miałam głuchy telefon. Z początku mało mnie to obeszło, ale gdy dzień później był kolejny, a potem jeszcze kilka, zaczęłam świrować. To nie był zboczeniec, który dyszy w słuchawkę, z czymś takim bym sobie poradziła… po drugiej stronie panowała po prostu cisza, choć na pewno ktoś tam był. Gdy powiedziałam o tym mężowi, stwierdził, że to pewnie zwykły telemarketing. Wkrótce na dzwonek telefonu zaczęłam wpadać w popłoch, bo... podejrzewałam, że dzwoni zabójca Jane.

Alex wydaje jakiś dźwięk, pomruk zaskoczenia, ale nie przerywa mi, więc mówię dalej:

– Bez trudu mógł mnie namierzyć, sprawdzając tablicę rejestracyjną. Gdy minęłam samochód Jane, zatrzymałam się na dobre kilka minut i mimo ulewy mógł odczytać numery. Z każdym jego telefonem stresowałam się coraz bardziej. Sądziłam, że przypuszcza, iż go widziałam, i chce mnie nastraszyć, żebym nie kontaktowała się z policją. Ale ja widziałam tylko Jane. Próbowałam nie podnosić słuchawki, a wtedy on dzwonił i dzwonił, dopóki nie odebrałam telefonu. Któregoś dnia zorientowałam się, że on nigdy nie dzwoni, jak jest mój mąż, i przyszło mi na myśl, że obserwuje nasz dom. Ze strachu uparłam się, żebyśmy zainstalowali w domu alarm, ale ten typ mimo to wchodził do domu, zostawiał w kuchni wizytówkę albo duży nóż kuchenny, dokładnie taki jak na zdjęciach, które opublikowała policja. Potem wydawało mi się, że czyha w ogrodzie, więc zabarykadowałam się w salonie. Lekarz przepisał mi tabletki, po których stałam się wrakiem człowieka, fizycznie i psychicznie, ale tylko one pozwalały mi znieść te telefony. W zeszły poniedziałek, gdy wróciłam do domu po wizycie u ciebie, zorientowałam się, że podczas mojej nieobecności ten typ wszedł do domu. Nic nie zniknęło ani nie zostało uszkodzone, ale czułam, że był w środku. Miałam całkowitą pewność, więc zgodziłam się, żeby mąż wezwał policję. Nie znaleźli śladów włamania, jednak w pewnej chwili zauważyłam, że kubek, który zostawiłam na blacie, jest w zmywarce. To była moja chwila triumfu, dowód, że ktoś wdarł się do domu. Ale kiedy to powiedziałam, wszyscy spojrzeli na mnie jak na wariatkę.

Milknę na chwilę, żeby złapać oddech.

– Chodzi o to, że mam początki demencji. Luki w pamięci pojawiają się tak często, że ludzie przestali mi wierzyć. Wiem jednak, że on był w naszym domu w zeszły poniedziałek. A teraz trzęsę się ze strachu, że będę jego następną ofiarą. Chcę wiedzieć, co powinnam zrobić. Policja już jest zdania, że mam urojenia, więc jeśli powiem im, że prześladuje mnie morderca, nie uwierzą, tym bardziej że nie potrafię udowodnić, iż w ogóle dostawałam głuche telefony. Gadam jak wariatka, prawda? – dodaję na koniec, kompletnie zrezygnowana.

Alex nie odzywa się. Przypuszczam, że kombinuje, jak się mnie pozbyć, nie robiąc mi przykrości.

– Naprawdę miałam głuche telefony – mówię. Podnoszę na niego wzrok. Stoi oparty o regał, rozważając to, co mu opowiedziałam. – Musisz mi uwierzyć, że tak było.

– Wierzę ci, całkowicie.

Patrzę na niego nieufnie: może po prostu nie chce mi się sprzeciwiać.

– Dlaczego? Tylko ty i nikt inny…

– Intuicja. Zresztą w jakim celu miałabyś wymyślić tę historię? Nie wyglądasz na osobę, która chce być w centrum zainteresowania. Gdybyś nią była, już poszłabyś na policję albo do mediów.

– To mogą być wytwory mojej wyobraźni.

– Mało prawdopodobne, skoro sama mi to mówisz.

– Więc naprawdę wierzysz, że te głuche telefony wykonywał zabójca Jane? – pytam, bo chcę usłyszeć od niego potwierdzenie.

– Nie. Wierzę, że dostajesz głuche telefony, ale nie od zabójcy.

– Tylko mi nie mów, że dzwonią z telemarketingu. – Nie kryję zawodu.

– Oczywiście, że nie. Tu chodzi o coś więcej. Ktoś cię niewątpliwie prześladuje.

– Dlaczego to nie może być morderca?

– Bo to nielogiczne. Pomyśl tylko, co konkretnie zobaczyłaś, przejeżdżając obok samochodu Jane. Gdybyś ją widziała wyraźnie, tobyś ją rozpoznała. A mówiłaś mi, że jej nie rozpoznałaś.

– Nie widziałam wyraźnie rysów – przytakuję. – Miałam wrażenie, że jest blondynką, nic ponadto.

– A więc gdyby ktoś siedział obok Jane, mogłabyś co najwyżej stwierdzić, że miał jasne albo ciemne włosy.

– Tak, ale zabójca tego nie wie. Może sądzić, że widziałam go wyraźnie.

Alex siada przy mnie na kanapie.

– Nawet gdyby siedział z przodu, na miejscu pasażera? Policja uważa, że Jane zabrała tego człowieka, zanim dojechała do zatoczki. Skoro tak, to raczej nie usiadłby z tyłu, prawda?

– Raczej nie. – Zastanawiam się, jak on znosi te wszystkie plotki o kochanku swojej żony.

– Jest jeszcze jeden słaby punkt w twoim rozumowaniu. Jeśli zabójca rzeczywiście sądzi, że przekażesz policji ważne informacje na jego temat, dlaczego zostawia cię przy życiu? Dlaczego cię po prostu nie zabije? Już raz zabił, więc może to zrobić ponownie.

– No dobrze, ale jeśli nie on do mnie wydzwania, to kto? – pytam zaskoczona.

– Tego musisz się dowiedzieć. Zaręczam ci jednak, że to nie jest człowiek, który zabił Jane. – Bierze mnie za rękę. – Uwierz mi.

– Nie masz pojęcia, jak bardzo bym chciała. – Łzy napływają mi do oczu. – Czy wiesz, że we wtorek rano przedawkowałam leki? Nie zrobiłam tego celowo, nawet nie zdawałam sobie sprawy, że połykam garść tabletek, myślę jednak, że podświadomie nie mogłam dłużej znieść takiego życia.

– Gdybym mógł oszczędzić ci tych przeżyć... Ale nie przyszło mi do głowy, że śmierć Jane może wstrząsnąć kimś jeszcze poza naszą rodziną.

– Dziwna rzecz – mówię powoli. – Wcale nie zrobiło mi się lżej na myśl, że to nie morderca do mnie wydzwania. Do tej pory przynajmniej sądziłam, że wiem, kto to jest, teraz widzę, że to może być ktokolwiek.

– Powiem coś, czego wolałabyś nie usłyszeć: najprawdopodobniej jest to ktoś, kogo znasz.

Przerażona, wbijam w niego wzrok.

– Ktoś, kogo znam?

– Tatusiu?

Jedna z córeczek Alexa staje w drzwiach, w koszulce, z pieluchą w majtkach, trzymając pluszowego królika. Alex wstaje z kanapy i bierze dziecko na ręce, a ja szybko ocieram łzy.

– Louise jeszcze śpi? – pyta, dając jej całusa.

– Loulou śpi. – Mała kiwa głową.

– Pamiętasz panią, która w parku dała ci chusteczkę?

– Kolanko już nie boli? – odzywam się. Dziewczynka wyciąga nogę, żebym sama zobaczyła. – Wspaniale. Nie ma śladu. – Uśmiecham się do dziewczynki i przenoszę wzrok na męża Jane. – Nie będę już przeszkadzać. Jeszcze raz dziękuję.

– Mam nadzieję, że na coś się przydałem.

– O, tak. – Zwracam się do dziewczynki: – Do widzenia, Charlotte.

– Pamiętasz – zauważa z zadowoleniem.

Alex odprowadza mnie do drzwi.

– Przemyśl to, co powiedziałem.

– Oczywiście.

– Uważaj na siebie.

Targa mną tyle najróżniejszych emocji, że nie mogę prowadzić samochodu. Idę do parku i przez dłuższą chwilę siedzę na ławce. Strach, który nosiłam w sobie przez ostatnie dziesięć tygodni, od pierwszego głuchego telefonu, w pewnej mierze mnie opuścił. Choć i Matthew, i Rachel powtarzali mi, że to nielogiczne zakładać, iż wydzwania do mnie morderca, nie wiedzieli, że widziałam Jane tamtej nocy, więc nie potrafili zrozumieć, dlaczego tak się boję. Natomiast mąż Jane znał wszystkie fakty i gdy przyglądam się jego rozumowaniu – argumentom, dlaczego to nie morderca do mnie dzwoni – trudno mi je podważyć. Ale jak mam potraktować inne jego stwierdzenie, że wydzwania do mnie ktoś bliski?

Strach wraca, z podwójną mocą, osiada we mnie, nabrzmiewa do tego stopnia, że brakuje mi tchu w piersiach. Mam sucho w ustach, imiona kłębią mi się w głowie. To może być ktokolwiek. Mąż jednej z moich znajomych, uroczy człowiek, który przychodzi co kilka miesięcy, żeby umyć okna. Pracownik firmy alarmowej. Nasz nowy sąsiad. Ojciec ucznia z mojej szkoły. Robię w pamięci przegląd wszystkich mężczyzn, jakich znam, i każdy budzi moje podejrzenia. Nie zadaję sobie pytania, dlaczego którykolwiek z nich miałby tak postępować. Mówię sobie: A niby dlaczego nie? Każdy z nich może być psychopatą.

W końcu wychodzę z parku, bo nie chcę, żeby zastał mnie tu Alex, jak przyjdzie z dziewczynkami – jeszcze pomyśli, że uprawiam stalking. Powinnam wracać do domu, ale co będzie, jeżeli znowu stwierdzę, że ktoś tam był? Już raz ominął alarm. Tylko jak? Zapewne znał się na tym. Pracownik Superior Security Systems? Przypomina mi się, że po jego wyjściu zauważyłam otwarte okno. Może przy nim majstrował, żeby dostać się do domu, kiedy zechce. A jeśli to właśnie on wydzwania?

Ociągam się z powrotem do domu. Jadę do Browbury i szukam salonu fryzjerskiego, gdzie mogą mnie od razu przyjąć. Dopiero gdy siedzę przed lustrem i nie mam nic innego do roboty, niż patrzeć na swoją twarz, uprzytamniam sobie, ile kosztowały mnie te ostatnie miesiące. Wyglądam mizernie. Fryzjerka pyta, czy przypadkiem niedawno nie chorowałam, bo mam osłabione włosy. Nie mówię jej, że zapadam na demencję i zaledwie przed kilkoma dniami przedawkowałam leki.

Wizyta u fryzjera zajmuje mi sporo czasu. Gdy wracam do domu, widzę samochód Matthew na podjeździe. Idę do drzwi wejściowych, a one gwałtownie się otwierają.

– Dzięki Bogu! Gdzieś ty była? – gorączkuje się Matthew. – Tak się o ciebie martwiłem.

– Pojechałam do Browbury na zakupy i do fryzjera – wyjaśniam spokojnie.

– Następnym razem zostaw kartkę albo zadzwoń, że wychodzisz. Nie możesz ot tak sobie gdzieś powędrować.

To mnie boli.

– Nigdzie nie powędrowałam.

– Wiesz, o co mi chodzi.

– W zasadzie nie wiem, Matthew. Nie zamierzam opowiadać się z każdego kroku. Nie robiłam tego wcześniej i nie będę robiła teraz.

– Wcześniej nie miałaś demencji. Kocham cię, Cass. To oczywiste, że się o ciebie martwię. Przynajmniej spraw sobie nową komórkę, żeby był z tobą kontakt.

– Dobrze. – Próbuję postawić się w jego sytuacji. – Jutro kupię, masz moje słowo.

WTOREK, 29 WRZEŚNIA

Gdy następnego ranka dzwoni telefon, przychodzi mi na myśl to, co powiedział Alex: że wydzwania do mnie znajoma mi osoba – i podnoszę słuchawkę.

– Kim jesteś? – pytam, bardziej zaciekawiona niż wystraszona. – Nie jesteś tym, za kogo cię brałam. Więc kim?

Odkładam słuchawkę z poczuciem, o dziwo, triumfu, ale on natychmiast znowu dzwoni i ogarnia mnie niepokój. Stoję przy aparacie i nie wiem, czy powinnam odebrać, choć jeśli nie odbiorę, będzie dzwonił do skutku. Nie chcę jednak, by jego było na wierzchu, nie chcę stać tu posłusznie i w milczeniu, już nie. I tak straciłam zbyt wiele tygodni swojego życia. Jeżeli nie zamierzam stracić ani jednego więcej, muszę mu się oprzeć.

W obawie, że się załamię, idę do ogrodu, byle nie słyszeć dzwonienia. Przychodzi mi na myśl, że odłożę na bok słuchawkę, wtedy nie będzie mógł się połączyć, ale nie chcę rozdrażniać go bardziej, niż już rozdrażniłam. Druga możliwość to gdzieś pojechać i zjawić się, dopiero jak Matthew wróci z pracy. Ale mam dość tego, że muszę uciekać z własnego domu. Jest mi potrzebne jakieś zajęcie.

Rozglądam się i widzę sekator, tam gdzie go zostawiłam dwa miesiące temu, w dniu, gdy Hannah i Andy przyszli na grilla; leży na parapecie razem z rękawicami. Postanawiam przyciąć róże. Po godzinie krzewy nabierają kształtu, więc zabieram się do pielenia i pracuję bez przerwy aż do lunchu, nie mogąc się nadziwić, że ten, kto do mnie dzwoni, przeznacza tyle czasu na takie bezowocne działanie, bo przecież musiał się już domyślić, że nie zamierzam podnieść słuchawki. Główkuję, co to może być za człowiek. Wiem, że gdybym zaszufladkowała go jako samotnika, który ma trudności w budowaniu relacji z ludźmi, popełniłabym błąd. Możliwe, że jest filarem społeczności, ma rodzinę, wielu przyjaciół i masę zainteresowań. Wiem o nim tylko to, że go znam, i dlatego boję się go nie aż tak, jak może powinnam.

Otrzeźwia mnie myśl, że gdyby nie zostało popełnione morderstwo, w ogóle nie dręczyłabym się tymi telefonami. Wyśmiałabym faceta, powiedziała, że jest żałosny, zagroziłabym pójściem na policję. Nie postąpiłam tak, ponieważ uznałam go za mordercę i zupełnie sparaliżował mnie strach. Nie mogę ścierpieć, że to wszystko tak długo uchodziło mu na sucho, i postanawiam go wykryć.

Około trzynastej telefony, już nie tak częste, nagle ustają, jakby dzwoniący zrobił sobie przerwę na lunch. A może naciągnął sobie ścięgno na skutek wielokrotnego wybierania mojego numeru. Idę w ślady tego faceta i szykuję sobie lunch, zadowolona, że tak długo wytrzymałam sama w domu. Ale kiedy mija czternasta trzydzieści, a on nadal nie dzwoni, zaczynam tracić pewność siebie. Mimo że postanowiłam go wykryć, jeszcze nie jestem na to gotowa.

Żeby móc się bronić, gdyby złożył mi wizytę, idę do szopy i biorę motykę, grabie, a przede wszystkim nożyce do cięcia żywopłotu, po czym przenoszę się do ogrodu od frontu, gdzie czuję się bezpieczniej. Kiedy usuwam zwiędłe kwiaty na rabacie, obok płotu przechodzi mężczyzna – ten emerytowany pilot, który sprowadził się do domu na początku drogi – i tym razem mówi „dzień dobry". Mierzę go wzrokiem. Po wczorajszej rozmowie z Alexem zdecydowanie poprawił mi się nastrój i uznaję, że mężczyzna wygląda wcale nie złowieszczo, tylko smutno, więc odpowiadam na powitanie.

Kolejną godzinę pracuję w ogrodzie, nasłuchując, czy nie dzwoni telefon, a potem rozkładam łóżko ogrodowe przy bocznej ścianie domu, żeby do powrotu Matthew trochę wypocząć. Nie potrafię się jednak odprężyć. Chcę wrócić do dawnego życia, ale wiem, że nie zdołam, dopóki się nie dowiem, kim jest mój prześladowca. A żeby go znaleźć, będę potrzebowała pomocy.

Wchodzę do przedpokoju i dzwonię do Rachel.

– Nie spotkałabyś się ze mną po pracy?

– Wszystko w porządku? – pyta.

– Jak najbardziej. Chciałabym tylko, żebyś mi pomogła w pewnej sprawie.

– Zaciekawiasz mnie! Możemy się spotkać w Castle Wells, jeśli chcesz, najwcześniej o wpół do siódmej. Pasuje ci?

Chwilę się zastanawiam, bo nie byłam w Castle Wells od tamtego dnia, gdy szukałam swojego samochodu na parkingu. Nie mogę jednak oczekiwać, że Rachel przyjedzie aż do Browbury, skoro jej biuro mieści się zaledwie dziesięć minut drogi od Castle Wells.

– W Spotted Cow?

– Dobrze. Widzimy się wieczorem.

Zostawiam Matthew kartkę z wiadomością, że pojechałam po nową komórkę do Castle Wells. Nie chcę ryzykować i znów zostawiać samochodu na parkingu wielopoziomowym. Znajduję miejsce na jednym z mniejszych parkingów i udaję się do głównej galerii handlowej. Mijając Spotted Cow, zaglądam przez szybę do środka, żeby zobaczyć, czy już jest tłoczno, i przy stoliku w połowie sali widzę Rachel. Gdy zastanawiam się, dlaczego przyszła godzinę wcześniej, niż zapowiadała, ktoś siada przy jej stoliku. Wlepiam wzrok w Johna.

Zaszokowana, szybko opuszczam głowę i pośpiesznie się oddalam, idę z powrotem tą samą drogą, co przyszłam. Na szczęście żadne z nich mnie nie dostrzegło. Rachel z Johnem. W głowie mi się kręci, wyłącznie z zaskoczenia, nie spodziewałam się ich zobaczyć. To rzeczywiście prawda? Są razem? Próbuję przypomnieć sobie ich mowę ciała, gdy przed chwilą patrzyłam na nich – zdecydowanie wskazywała na zażyłość. Ale żeby byli parą? Im dłużej o tym myślę, tym bardziej wydaje mi się to logiczne. Oboje są inteligentni, urodziwi i zabawni. Mogę sobie wyobrazić, jak wesoło, przy alkoholu, spędzają wieczory w mieście, i robi mi się smutno. Dlaczego nic nie powiedzieli? Zwłaszcza Rachel.

Zwalniam kroku, uprzytamniając sobie, że bez entuzjazmu patrzę na ten związek. Choć kocham Rachel z całego serca, John jest tak łagodną istotą, że chyba nie byłby z nią naprawdę szczęśliwy. I jest sporo młodszy. Nie podoba mi się mój krytycyzm, ale cieszę się, że dowiedziałam się o tej sprawie zawczasu i będę przygotowana, na wypadek gdyby Rachel postanowiła powiedzieć mi o tym, gdy się spotkamy. Oczywiście istnieje możliwość, że nie są parą. Może są po prostu ekskochankami, a tego Rachel na pewno mi nie powie. Jak się nad tym zastanowić, właściwie nigdy nie była skłonna do zwierzeń na temat mężczyzn, z którymi się umawiała – pewnie dlatego, że z każdym chodziła dość krótko.

Nagle uświadamiam sobie, że tam, dokąd się kieruję, nie znajdę sklepu z telefonami. Wobec tego idę z powrotem, ale już po drugiej stronie ulicy, żeby nie przechodzić pod oknami Spotted Cow. Kawałek dalej widzę Baby Boutique i oblewam się rumieńcem zażenowania na wspomnienie, jak udawałam, że jestem w ciąży. Gdy jestem przy sklepie, mimo woli otwieram drzwi i ku własnemu zdumieniu idę wyznać ekspedientce tamto kłamstwo, że spodziewam się dziecka. Jeżeli chcę odzyskać swoje życie, muszę je uporządkować. Zbliżam się do lady, zadowolona, że w sklepie nie ma klientów i że widzę tę samą młodą kobietę co wtedy.

– Nie wiem, czy pani mnie pamięta – odzywam się. Ekspedientka obrzuca mnie pytającym spojrzeniem. – Byłam tu parę miesięcy temu i kupiłam śpioszki.

– Oczywiście, pamiętam panią – odpowiada z uśmiechem. – Będziemy rodzić mniej więcej w tym samym czasie. – Patrzy na mój płaski brzuch i skonsternowana mówi cicho: – Tak mi przykro.

– Nic się stało – zapewniam ją pośpiesznie. – Nie byłam wtedy w ciąży. Tak mi się wydawało.

Na jej twarzy maluje się współczucie.

– Urojona ciąża?

Czując, że nabieram szacunku do samej siebie, zgodnie z prawdą wyznaję ekspedientce, że prawdopodobnie był to efekt pobożnych życzeń.

– Wkrótce się urzeczywistnią, jestem przekonana.

– Miejmy nadzieję.

– Moim zdaniem… proszę nie mieć mi tego za złe… kupowanie wózka było trochę przedwczesne. Nie wiem, co konkretnie zrobimy w tej sytuacji, ale zapytam kierowniczkę i myślę, że zgodzi się, by pani zwróciła wózek z niewielką stratą.

– Nie dlatego tu jestem. Chętnie zatrzymam wózek – zapewniam ją. – Chciałam się tylko przywitać.

– Miło, że pani do nas zajrzała.

Zmierzam do wyjścia, zdumiona, że czuję się tak wspaniale.

– Dla pewności zapytam... O ten wózek chodziło, prawda? Biało-granatowy.

– Tak – odpowiadam z uśmiechem.

– Całe szczęście. Klient by mnie zabił, gdybym coś pokręciła.

Gdy wychodzę na ulicę, te słowa wciąż pobrzmiewają mi w głowie. „Klient". Przesłyszałam się? Czy ona miała na myśli parę, która też wtedy coś kupowała? Może po moim wyjściu ze sklepu nie była pewna, który wózek zamówiłam, i zapytała ich, czy na pewno ten biało-granatowy. Ale przecież powiedziała: „klient", a nie „klienci", a poza tym wiedziała, że przypadkiem znaleźli się w sklepie razem ze mną. To o kim ona mówiła?

Prawda bije w oczy, ale nie chcę dać temu wiary. Tylko John wiedział, że tamtego dnia byłam w tym sklepie. Nie wierzę, że to on zlecił wysłanie do mnie wózka – jaki miałby w tym cel? Znowu kręci mi się w głowie. Przechodzę przez ulicę i idę do Costas, gdzie wstąpiliśmy z Johnem, kiedy natknęłam się na niego po wyjściu z Baby Boutique. Zamawiam kawę i siadam przy oknie. Wpatrzona w witrynę sklepu po drugiej stronie, próbuję rozwikłać tę zagadkę.

Być może jest to całkiem niewinna sprawa. John zawsze miał do mnie słabość, więc gdy był w sklepie, wspomniał, że podsunęłam mu pomysł kupna śpioszków dla swoich znajomych, wtedy sprzedawczyni spontanicznie powiedziała mu o mojej rzekomej ciąży, a on tak się ucieszył, że postanowił kupić mi prezent. Ale chyba nie wykosztowałby się na wózek, a poza tym, jeśli chciał mi coś ofiarować, dlaczego wysłał to anonimowo? No i dlaczego, gdy jakiś czas później spotkaliśmy się w Browbury, nie napomknął ani o ciąży, ani o prezencie? Był zakłopotany tym, co zrobił? To nie ma sensu.

Inna wersja – że jednak wcale nie było to niewinne – przyprawia mnie o przyśpieszone bicie serca. Czy John wtedy mnie śledził, czy śledził mnie tamtego dnia w Browbury, gdy zapukał w szybę samochodu? Czy to nie dziwne, jak się nad tym zastanowić, że wpadliśmy na siebie dwa razy w ciągu zaledwie dziesięciu dni? Nie mógł przypuszczać, że uznam, iż sama wysłałam sobie ten wózek, ponieważ wówczas nic nie wiedział o mojej demencji. Powiedziałam mu o chorobie dopiero na lunchu w Browbury. I w ogóle dlaczego miałby to zrobić? „Bo cię kocha" – szepcze mi wewnętrzny głos, przez co serce kołacze mi jeszcze mocniej. Kocha tak, że aż nienawidzi?

Gdy uprzytamniam sobie, że wszystko wskazuje na to, iż za tymi głuchymi telefonami kryje się John, robi mi się niedobrze. Wiedział, jaka byłam zdenerwowana od śmierci Jane, a gdy wspomniałam, że nasz dom stoi na uboczu, zauważył, że w pobliżu są jeszcze jakieś domy. Skąd to wiedział? Przecież nigdy u nas nie był. Ogarnia mnie taka złość na niego, że ledwie powstrzymuję się, by nie pójść natychmiast do Spotted Cow i nie wygarnąć mu, w obecności Rachel. Ale zanim to zrobię, chcę mieć absolutną pewność.

Rozważam sprawę pod różnymi kątami. Choć nie chcę tego zaakceptować, wszystkie fakty świadczą dobitnie, że znalazłam swojego prześladowcę. Wracam myślą do lipca, kiedy krzyknęłam do słuchawki, żeby dał mi spokój, a John się odezwał i udał zaskoczenie. Od początku to był on. Wtedy przeprosiłam go, wyjaśniając, że dostaję głuche telefony z jakiegoś telemarketingu. Ależ musiał być ubawiony, gdy udawał, że zaprasza mnie na drinka z Connie i innymi. Odparłam, że nie wiem, czy dam radę przyjść, ponieważ Matthew właśnie wziął dwa dni wolnego. I przez te dwa dni nie miałam żadnych telefonów. Nawet zgadza się wszystko w czasie; po zakończeniu roku szkolnego mógł mnie nękać przez całe lato. Ale to zakrawa na obłęd. Gdyby dziś rano ktoś mi powiedział, że te głuche telefony wykonuje John, roześmiałabym mu się prosto w twarz.

Nagle czuję, jakbym dostała obuchem w głowę. Wieczorem, gdy zamordowano Jane, John nie pojechał do Connie. On i Jane grywali razem w tenisa, sam mi to mówił. Czyżby byli kochankami? Czy to on spotkał się z nią tamtego wieczoru? Czy to możliwe, że zabił Jane? Nie, na pewno nie. Ale potem przypomina mi się, jak powiedział, że jego dziewczyna, której nikt z nas nie poznał, zniknęła z pola widzenia.

A co z Rachel? Jeśli spotyka się z Johnem, może jej grozić wielkie niebezpieczeństwo. Ale równie dobrze może wiedzieć, co on zrobił. Nagle brak mi tchu. Tyle scenariuszy krąży mi po głowie, że najchętniej pojechałabym prosto do domu, omijając szerokim łukiem Spotted Cow. Patrzę na zegarek: mam pięć minut na podjęcie decyzji.

W końcu postanawiam jednak spotkać się z Rachel. Po drodze przygotowuję się na każdą ewentualność: że John i Rachel są ze sobą albo nie są, że ona opowie mi o związku z Johnem albo nie opowie. Jeśli nie, to czy powinnam dzielić się z nią swoimi obawami? Nawet mnie samej wydają się nonsensowne i wyolbrzymione.

Gdy wchodzę do pubu, jest tam tyle ludzi, że na pewno nie miałybyśmy gdzie usiąść, gdyby Rachel nie przyszła godzinę wcześniej.

– Nie mogłaś wybrać stolika w cichszym miejscu? – pytam żartobliwym tonem, widząc, że wokół nas roi się od francuskich studentów.

– Dopiero weszłam – mówi, ściskając mnie na powitanie. – Powinnyśmy się cieszyć, że w ogóle mamy stolik.

Słyszę, jak kłamie, i coś się we mnie gotuje.

– Pójdę zamówić. Co byś chciała?

– Poproszę mały kieliszek wina. Jestem samochodem.

Czekając w kolejce przy barze, zastanawiam się, jak wytłumaczyć Rachel moją prośbę o spotkanie, skoro już nie potrzebuję jej pomocy w wytropieniu autora głuchych telefonów. Chyba że to nie jest John; chyba że całą tę skomplikowaną historię wysnułam ze słów ekspedientki.

– O czym chcesz pogadać? – pyta, gdy siadam przy stoliku.

– O Matthew.

– A w czym problem?

– Nie ma żadnego problemu, po prostu myślę o Bożym Narodzeniu. Chciałabym mu podarować coś specjalnego. Ostatnio nie miał lekko, z różnych powodów, i chcę mu to wynagrodzić. Pomyślałam, że może coś ci przyjdzie do głowy. W takich sprawach zawsze masz tyle pomysłów.

– Do świąt jest jeszcze kilka miesięcy – odpowiada, marszcząc czoło.

– Wiem, ale teraz jakoś nie potrafię być ze wszystkim na bieżąco. Gdybyśmy coś razem zaplanowały, potem mogłabyś mi przypomnieć, co to było.

Rachel parska śmiechem.

– No dobrze. Co wchodzi w rachubę? Weekend poza domem? Przejażdżka balonem na ogrzane powietrze? Skok ze spadochronem? Kurs gotowania?

– Wspaniałe pomysły, może oprócz kursu gotowania.

Przez następne pół godziny Rachel podsuwa mi jedną propozycję po drugiej i każdą przyjmuję, ponieważ myślami jestem zupełnie gdzie indziej.

– Nie zdołasz podarować mu wszystkiego – stwierdza zniecierpliwiona – choć mogłabyś, zważywszy, że nie jest to kwestia kosztów.

– Dzięki tobie niewątpliwie mam nad czym się zastanawiać – mówię z wdzięcznością. – Co u ciebie? Wydarzyło się coś nowego od niedzieli?

– Po staremu. – Krzywi się.

– Nie opowiedziałaś mi o tym gościu z Sieny, no wiesz, tym szwagrze.

– O Alfiem. – Wstaje z krzesła. – Przepraszam, pójdę do kibelka. Zaraz wracam.

W tym czasie postanawiam, że jakoś wspomnę o Johnie i zobaczę, co będzie. Rachel podchodzi do stolika, ale nie siada.

– Będziesz miała mi za złe, jeśli cię opuszczę? – pyta. – Jutro czeka mnie pracowity dzień i muszę już jechać do domu.

– Skądże. Wyszłabym z tobą, ale mam ochotę na kawę, zanim ruszę z powrotem.

Pochyla się i obejmuje mnie na pożegnanie.

– Odezwę się w tygodniu – obiecuje.

Patrzę, jak przeciska się przez tłum francuskich studentów. Odprowadzam ją wzrokiem, zaintrygowana, bo nigdy dotąd nie widziałam, żeby tak się śpieszyła. Może umówiła się z Johnem? Może on czeka gdzieś na nią, w innym pubie? Gdy jest już przy drzwiach, jedna z Francuzek woła za nią:

– *Madame, madame!*

Rachel znika za drzwiami.

Dziewczyna szamocze się ze stojącym obok niej chłopakiem. Tracę zainteresowanie studentami i zatrzymuję przechodzącą akurat kelnerkę, żeby zamówić kawę.

– Przepraszam. – Unoszę głowę. Przy moim stoliku stoi

tamta Francuzka i ma w ręce mały czarny telefon. – Bardzo przepraszam, ale mój kolega wyjął to z torebki pani znajomej.

– To nie jest jej komórka. Ona ma iPhone'a.

– *Si* – upiera się. – Mój kolega, ten tam... – odwraca się i wskazuje chłopaka, z którym się szamotała – wyjął go z jej torebki.

– Ale dlaczego? – Marszczę brwi.

– To było *défi*, wyzwanie. Zły uczynek. Chcę jej oddać, ale on trzyma. Teraz już mam, więc oddaję pani.

Przenoszę wzrok na chłopaka. Posyła mi szeroki uśmiech, składa dłonie i lekko się kłania.

– Bardzo niedobry chłopak, co?

– Tak, niedobry. Ale to nie jest telefon mojej znajomej. Chyba zabrał go komuś innemu.

Dziewczyna krzyczy coś do chłopaka, wymieniają parę zdań po francusku, a wszyscy wokoło kiwają głowami na potwierdzenie. Potem odwraca się w moją stronę.

– *Si* – powtarza. – Tak. Ona przecisnęła się koło niego, a wtedy on wyjął jej z torebki telefon. – Spogląda na mnie ze zniecierpliwieniem. – Jeśli pani woli, zostawię w barze.

– No dobrze. – Biorę od niej aparat. – Dziękuję. Oddam go mojej znajomej. Mam nadzieję, że pani kolega nie zabrał nic, co należy do mnie – dodaję surowo.

– Nie, nie.

– Dziękuję.

Dziewczyna wraca do swoich przyjaciół, a ja obracam telefon w dłoni, nadal powątpiewając, czy należy do Rachel. Jest to aparat na kartę, z podstawowymi funkcjami, najprostszy model. Dostała go od Johna? Mam wrażenie, że wokół mnie wszystko się wali i nie mogę ufać nikomu, nawet sobie. Włączam telefon i szukam listy kontaktów. Znajduję tylko jeden numer. Jestem w rozterce, nie wiem, czy go wystukać. Czuję się jak stalker. Nie mam pewności, czy to komórka Rachel, ale nie muszę przecież nic mówić, po prostu sprawdzę, kto się odezwie.

Niepewnie wybieram numer i natychmiast słyszę głos:

– Dlaczego, do diabła, dzwonisz? Zdaje się, że mieliśmy tylko esemesować.

Nawet gdybym chciała coś powiedzieć, nic nie przeszłoby mi przez gardło. Bo nagle czuję, że nie mogę złapać tchu.

Dopiero rejwach wychodzących z pubu studentów sprowadza mnie do rzeczywistości. Spoglądam na telefon i stwierdzam, że po tym wstrząsie zapomniałam się rozłączyć. Rozmowa i tak została przerwana. W głowie mam gonitwę myśli: czy podczas tych paru minut połączenia słychać było coś obciążającego? Człowiek po drugiej stronie mógł co najwyżej usłyszeć gwar prowadzonych dokoła rozmów, a nie gorączkowe bicie mojego serca. Zapewne rozłączył się dużo wcześniej, bo musiał się zorientować, że coś jest nie w porządku.

Dostaję zamówioną kawę i wypijam duszkiem, uprzytamniając sobie, że Matthew będzie się zastanawiał, gdzie jestem. Na kartce nie wspomniałam o spotkaniu z Rachel, napisałam tylko, że jadę kupić komórkę. Wracam czym prędzej do samochodu i chowam telefon Rachel głęboko w schowku. Chcę być w domu jak najszybciej, ale za żadne skarby nie pojadę Blackwater Lane, wobec tego naciskam gaz, główkując, co powiem Rachel, gdy zadzwoni, a to jest pewne.

– Przeczytałem twoją kartkę, ale nie przypuszczałem, że wrócisz tak późno – burczy Matthew, gdy staję w drzwiach kuchni, i daje mi całusa.

– Przepraszam, poszłam z Rachel na szybkiego drinka.

Wewnątrz jest chłodniej niż na dworze, unosi się lekki zapach grzanki.

– Aha, rozumiem. Kupiłaś komórkę?

– Nie. Nie mogłam się zdecydować, który model wybrać. Ale na pewno kupię jutro.

– Możemy poszukać w internecie, jeśli chcesz – deklaruje pomoc. – Poza tym dzwoniła Rachel. Prosiła, żebyś się odezwała.

Serce mi zamiera.

– Za chwilę. Jest tak gorąco, że muszę najpierw wziąć prysznic.

– Zdaje się, że to coś pilnego.

– No dobrze.

Biorę z przedpokoju telefon i wracam do kuchni.

– Wina? – pyta Matthew, gdy wystukuję cyfry.

Butelka jest otwarta, więc kiwam głową, trzymając przy uchu słuchawkę.

– Cześć, Cass.

Po raz pierwszy słyszę Rachel tak zdenerwowaną, choć stara się to ukryć.

– Matthew mówił, że dzwoniłaś.

– Tak, posłuchaj, nie wiesz, czy po moim wyjściu z pubu ktoś znalazł komórkę? Chyba tam ją zgubiłam.

– Nie mogłaś zgubić, bo przecież dzwonię na twoją komórkę – odpowiadam logicznie.

– To nie był mój telefon. Ktoś ze znajomych dał mi go na przechowanie. Musiał mi wypaść z torebki.

Ktoś ze znajomych! Te słowa mnie przygniatają.

– Dzwoniłaś do pubu? Może go oddano.

– Dzwoniłam. Nie mają.

– Zaraz, zaraz… Taki mały, czarny?

– Tak, to ten. Wiesz, gdzie jest?

– Prawdopodobnie w połowie drogi przez kanał La Manche. Pamiętasz tych francuskich studentów, którzy siedzieli niedaleko nas? Po twoim wyjściu zaczęli się wygłupiać, rzucali jeden do drugiego taki mały aparat, wyrywali go sobie z rąk. Właściwie nie przyglądałam się, myślałam, że należy do któregoś z nich.

Zapada pełne strachu milczenie.

– Jesteś pewna?

– Tak. Żartowali sobie, bo to był taki najprostszy model. Dlatego nie wydaje mi się, że należał do kogoś z twoich znajomych – dodaję z powątpiewaniem. – Nikt już z takich nie korzysta.

– Myślisz, że oni wciąż tam są? Ci studenci.

Na myśl, że pędzi aż do Castle Wells, odczuwam dziką przyjemność.

– Byli, jak wychodziłam. Wyglądało na to, że zamierzają spędzić tam wieczór. – Mogę ją spokojnie o tym zapewnić, ponieważ na moich oczach zbierali się do wyjścia i gdy dotrze na miejsce, ich już dawno nie będzie.

– W takim razie pojadę tam i może go odzyskam.

– Mam nadzieję, że ci się uda.

Odkładam słuchawkę, zadowolona, że jakoś z tego wybrnęłam.

– O co chodziło? – pyta nieco stropiony Matthew.

– Rachel zgubiła w pubie telefon, który wpadł w ręce jakichś francuskich studentów. Jedzie tam teraz, żeby go odebrać.

– Rozumiem.

– Co zjadłbyś na kolację? Może stek?

– Dzwonił Andy, żebym poszedł z nim na piwo do pubu. Nie sprawię ci zawodu?

– Nie, skądże. Zjesz tam coś?

– Tak. Mną się nie przejmuj.

Unoszę ręce nad głowę, przeciągam się i ziewam.

– No to położę się wcześniej.

– Postaram się być cicho i cię nie budzić – obiecuje, wyjmując z kieszeni kluczyki.

Odprowadzam go wzrokiem, gdy idzie do drzwi.

– Kocham cię! – wołam za nim.

– Ja ciebie bardziej! – Odwraca się z uśmiechem.

Czekam, aż wyjedzie za bramę, a potem, na wszelki wypadek, jeszcze chwilę. Biegnę do samochodu po komórkę, tę, którą Rachel, jak mówiła, dostała na przechowanie od kogoś ze swoich znajomych.

Wracam do domu i siadam w salonie, tak roztrzęsiona, że ledwie udaje mi się włączyć aparat. Wchodzę w funkcję wiadomości i otwieram ostatniego SMS-a, którego Rachel musiała odebrać w Spotted Cow tuż przed naszym pożegnaniem.

Wt., 19.51
Wytrzymaj.
Koniec w polu widzenia, daję słowo.

Przewijam do poprzedniej wiadomości, którą Rachel wysłała prawdopodobnie z toalety.

Wt., 19.50
Fałszywy alarm. Nie powiedziała nic ciekawego.
Wychodzę, mam dość.
Czy to się kiedyś skończy? ☺

I jeszcze wcześniejsze, z dzisiejszego popołudnia.

Wt., 18.25
Po spotkaniu z nią napisz, jak było.

Wt., 18.24

Załatwione, ziarno kompromitacji zasiane.

Poprosiłam go, żeby zawiadomił dyrektorkę, więc mam nadzieję, że zakiełkuje.

Czekam na nią.

Następnie reszta dzisiejszych SMS-ów, zaczynając od pierwszego z rana.

Wt., 10.09

Mamy kłopot.

Jak dzisiaj zadzwoniłem, powiedziała, że wie, że nie jestem mordercą.

Wt., 10.09

Ożeż kurwa.

Wt., 10.10

I nie była wystraszona.

Wt., 10.10

Co zrobisz?

Wt., 10.10

Będę dzwonił.

Męczył ją, jak do tej pory.

Wt., 10.52

Jak idzie?

Wt., 10.53

Nie odbiera.

Wt., 10.53

Jesteś pewny, że nie wyszła z domu?

Wt., 10.53

Całkiem pewny.

Wt., 10.53

Dzwoń dalej.

Wt., 10.54

Dobrze.

Wt., 16.17

Nie zgadniesz! Właśnie zadzwoniła, chce pogadać.
Jak myślisz, o czym?

Wt., 16.19

Może o moich telefonach dziś rano.
Wyciągnij z niej jak najwięcej.

Wt., 16.21

Umówiłam się z nią w CW.
Będę tam, żeby się spotkać z J, więc upiekę dwie pieczenie przy jednym ogniu.

Dochodzę do wniosku, że szybciej dotrę do sedna sprawy, jeżeli zacznę czytać SMS-y od pierwszego. Został wysłany siedemnastego lipca, tego wieczoru, gdy wracałam do domu Blackwater Lane i zobaczyłam Jane w samochodzie.

17 lipca, 21.13

Odbiór bez zakłóceń?

17 lipca, 21.13

Tak. ☺

17 lipca, 21.13

Świetnie. Pamiętaj, żadnych telefonów. SMS-y tylko jak jestem w pracy albo jak wiesz, że jej nie ma w pobliżu. Ważne, żebyś zawsze miała ten telefon przy sobie. Będę się kontaktować co wieczór, gdy ona zaśnie.

17 lipca, 21.18

Trudno będzie wytrzymać bez ciebie przez te kilka miesięcy.

17 lipca, 21.18

Myśl o pieniądzach.
Gdyby ci dała część, nie doszłoby do tego.
Teraz dostaniemy wszystko.

17 lipca, 21.18

Uda się, prawda?

17 lipca, 21.19

Pewnie. Popatrz, jak dobrze zaczęliśmy.
Ona już myśli, że ma kłopoty z pamięcią.
Teraz to są drobne sprawy, zobaczysz, co będzie, gdy zaczniemy porządnie mącić jej w głowie.

17 lipca, 21.19
Oby. Za jakiś czas wyślę jej SMS-a o prezencie dla Susie.
Jeżeli się nabierze, jesteśmy w domu.

*

18 lipca, 10.46
Dzień dobry!
Daję ci tylko znać, że już wyjechała na spotkanie z tobą.

18 lipca, 10.46
Czekam w gotowości.
Wspomniała o prezencie dla Susie?

18 lipca, 10.47
Nie, ale wygląda na podenerwowaną.

18 lipca, 10.47
Miejmy nadzieję, że mój SMS poskutkował.
Słyszałeś, że zamordowano w okolicy kobietę?

18 lipca, 10.47
Tak, coś okropnego.
Daj znać, jak poszło.

18 lipca, 12.56
O rany, poszło jak po maśle!
Uprzedzam, że ona jest w drodze do domu.

18 lipca, 12.56
Już? Miałyście iść na lunch.

18 lipca, 12.56

Straciła apetyt. ☺

18 lipca, 12.57

Aż tak poskutkowało?

18 lipca, 12.57

Nie mogło lepiej. Kompletnie się załamała.

18 lipca, 12.58

Naprawdę uwierzyła, że miała kupić prezent?

18 lipca, 12.58

Powiedziałam, że sama wpadła na ten pomysł. Fantastycznie było patrzeć, jak udaje, że sobie przypomina.
Pieniądze są na miejscu? Bo na pewno sprawdzi.

18 lipca, 12.58

160 w szufladzie.

18 lipca, 12.59

Super!

Chyba z godzinę zajmuje mi przeczytanie wszystkich SMS-ów, na koniec jeszcze raz tego, który Rachel wysłała z toalety w Spotted Cow. Większość czytam przez łzy. Niektóre tkwią mi długo w pamięci, nawet gdy mam już przed oczami następne. One same wystarczą, żebym doszła do prawdy, z którą trochę boję się zmierzyć, bo wiem, że mnie zniszczy. Ale gdy pomyślę, że mimo tego, co przeżyłam przez ostatnie trzy miesiące, wciąż trzymam się na nogach, wiem, że jestem silniejsza, niż się wydaje.

Zamykam oczy i zastanawiam się, kiedy Matthew i Rachel zaczęli romansować. Wracam myślą do dnia, gdy się poznali, mniej więcej miesiąc po tym, jak Matthew pojawił się w moim życiu. Już byłam w nim zakochana i bardzo chciałam, żeby Rachel go polubiła, ale to nie wypaliło. Przynajmniej tak wtedy sądziłam. Może od razu się porozumieli, a ich wzajemny chłód miał to tylko maskować. Może zostali kochankami niedługo potem, jeszcze przed naszym ślubem. To okropne, że moje małżeństwo z Matthew prawdopodobnie było fikcją, podstępem, żeby położyć łapę na moich pieniądzach. Chcę wierzyć, że naprawdę mnie kochał i że żądza zysku rozwinęła się w nim później, że Rachel zasiała to ziarno w jego głowie. Ale tego jeszcze nie wiem.

Dźwigam się ociężale, jakbym w ciągu ostatnich kilku godzin postarzała się o sto lat. Wciąż mam w ręce telefon Rachel. Wiem, że muszę go schować, zanim wróci Matthew. Wcale nie jest z Andym, spotyka się z Rachel, pomaga jej szukać małej czarnej komórki, w której jest tyle obciążających dowodów. Rozglądam się po pokoju i zatrzymuję wzrok na storczykach stojących rzędem na parapecie. Moja komórka wciąż leży pod którąś z roślin. Podchodzę do okna, wyjmuję storczyka z innej doniczki, kładę na dnie aparat i z powrotem wsadzam kwiat. Potem idę do łóżka.

*

Dopiero gdy słyszę, że Matthew wjeżdża na podjazd, uprzytamniam sobie, w jakim jestem niebezpieczeństwie. Jeśli Rachel i Matthew zdołali odnaleźć francuskich studentów, to wiedzą, że mam ten telefon. Odrzucam na bok pościel i wyskakuję z łóżka, wprost nie mogąc uwierzyć, że położyłam się, zamiast iść z telefonem prosto na policję. Ale z tej rozpaczy i oszołomienia przestałam myśleć logicznie. Teraz jest za późno. Nie mam swojej komórki, telefon stacjonarny jest na dole – w żaden sposób nie mogę skontaktować się z policją.

Gdy słyszę trzask zamykanych drzwi samochodu, lecę do łazienki, licząc, że znajdę coś, czym będę mogła się bronić. Jednym ruchem otwieram szafkę. Mój wzrok pada na nożyczki do paznokci, ale to marna broń. W zamku chrobocze klucz Matthew. W popłochu chwytam lakier do włosów i pędzę z powrotem do sypialni. Wskakuję do łóżka, wsuwam pojemnik pod poduszkę i ściągam nasadkę. Leżę twarzą do drzwi, z zamkniętymi oczami, udając, że śpię. Zaciskam dłoń na pojemniku z lakierem. Jak na pasku z wiadomościami przesuwają mi się w głowie przeczytane SMS-y.

20 września, 11.45
Nudzę się.

20 września, 11.51
Może wpadniesz zobaczyć, jak działa ekspres do kawy. Mamy nowy.

20 września, 11.51
Poważnie?
A mieliśmy się nie spotykać.

20 września, 11.51
Jestem skłonny zrobić wyjątek.
Poza tym chcę, żebyś powęszyła.

20 września, 11.51
Za czym?

20 września, 11.52
Dowiedz się, dlaczego nic jej nie jest w weekendy, a w tygodniu jest rozbita.

20 września, 11.52
Dobrze. O której?

20 września, 11.53
14.00

20 września, 23.47
Dużo ryzykowałeś tym pocałunkiem dziś na korytarzu.

20 września, 23.47
Było warto.
Dowiedziałaś się czegoś?

20 września, 23.47
W weekendy nie bierze tabletek.
Nie chce, żebyś wiedział, jak na nią działają.
Chowa je w szufladzie.
Czyli bierze tylko 2, które podajesz jej w soku pomarańczowym.

20 września, 23.49
Powiedziała, w której szufladzie?

20 września, 23.49
W szafce nocnej.

20 września, 23.49
Poczekaj, sprawdzę.

20 września, 23.53
Zgadza się. Znalazłem 11.
Mam znakomity pomysł.

20 września, 23.53
Intrygujesz mnie.

20 września, 23.54
Wykorzystamy je, pozorując przedawkowanie.

20 września, 23.54
Nie!!! Nie możesz tego zrobić!

20 września, 23.54
Będzie wyglądało jak próba samobójcza, brak równowagi psychicznej.

20 września, 23.55
A jeśli ona umrze?

20 września, 23.55
To mamy rozwiązany problem.
Ale nie umrze. Dokładnie zbadam sprawę, nie martw się.

Słyszę, jak idzie cicho po schodach, z każdym jego krokiem serce wali mi coraz głośniej, jak werbel zwiastujący jego przybycie. Gdy staje w nogach łóżka, następuje crescendo – niewiarygodne, że on tego nie słyszy i że nie widzi, jak trzęsę się pod kołdrą. Z pewnością wyczuwa mój strach, tak jak ja czuję na sobie jego spojrzenie. Czy wie, że mam ten telefon? A może nic mi nie grozi, przynajmniej tej nocy? Wyczekiwanie jest nieznośne, nie do wytrzymania. Lekko się poruszam i unoszę powieki.

– Wróciłeś – mamroczę sennie. – Miło spędziłeś czas z Andym?

– Tak, przesyła pozdrowienia. Śpij. Idę pod prysznic.

Posłusznie zamykam oczy, a Matthew wychodzi z pokoju. Jego kroki cichną, a mnie nadal przesuwa się w głowie pasek z wiadomościami.

21 września, 16.11
Mamy kłopot.
Ona wie, że weszłaś do domu.

21 września, 16.11
Skąd wie?

21 września, 16.11
Nie mam pojęcia.
Wezwałem policję.

21 września, 16.12
Co? Dlaczego?

21 września, 16.12

Bo tak chciała.

Wyglądałoby podejrzanie, gdybym się nie zgodził.

Jadę do domu. Mam nadzieję, że będę mógł cię kryć.

21 września, 23.17

Odezwij się jak najszybciej.

Bardzo się martwię, muszę wiedzieć, co się działo po południu.

21 września, 23.30

Spokojnie. Wszystko w porządku.

21 września, 23.30

Skąd wiedziała, że tam byłam?

21 września, 23.30

Zauważyła, że włożyłaś jej kubek do zmywarki.

21 września, 23.31

Tak? Nie pamiętam.

21 września, 23.31

I kto tu ma demencję?

21 września, 23.31

Dopisuje ci humor, choć było blisko wpadki.

21 września, 23.31

Wszystko dobrze się skończyło.

21 września, 23.32
To znaczy?

21 września, 23.32
Po odjeździe policji powiedziałem jej, że ma demencję i paranoję.
Wściekła, wypadła z pokoju i wzięła dwie tabletki.

21 września, 23.33
No i?

21 września, 23.33
No i jutro rano wrzucę do soku pomarańczowego 13 tabletek z szuflady + 2, które bierze normalnie, równa się 15. Dwie wzięła wieczorem. W sumie powinno wystarczyć.

21 września, 23.34
Naprawdę tak będzie?

21 września, 23.34
Szkoda marnować taką okazję.
Teraz albo nigdy.

21 września, 23.34
Uda się?

21 września, 23.35
Zaświadczę, że się pokłóciliśmy.
Ty powiedz, że była przygnębiona, jak się widziałyście wczoraj po południu, i mówiła ci o tabletkach

w szufladzie, ale nigdy byś nie przypuszczała, że je zażyje.

21 września, 23.36
Nie umrze od 15 tabletek, prawda?

21 września, 23.36
Nie. Tylko się pochoruje.
Przyjadę do domu w porze lunchu, pod pretekstem, że chcę się pogodzić. Miejmy nadzieję, że będzie nieprzytomna, i wtedy wezwę karetkę.

*

22 września, 8.08
Właśnie to zrobiłem.
Jadę do biura, ale wrócę za parę godzin.

22 września, 8.09
A jeśli ona nie wypije soku?

22 września, 8.09
Podejmie kolejną próbę samobójczą.

22 września, 11.54
Przed chwilą dzwonili do mnie ze szpitala.
Jadę tam.

22 września, 11.54
Rozumiem, że się udało, tak?

22 września, 11.55

Na to wygląda. Sama wezwała pogotowie.

Będę cię informować.

Nagle uprzytamniam sobie, że nie leci woda z prysznica – Matthew nie poszedł do łazienki. Serce wali mi ze strachu. Gdzie on jest? W mrocznej ciszy wytężam słuch: z sypialni od frontu dolatuje jego szept. Oboje są zapewne przerażeni, że komórka dostanie się w ręce policji i gra skończona. Czy wpadną w popłoch i będą chcieli mnie zabić? A może poprzestaną na wmuszeniu we mnie tabletek i upozorowaniu następnej próby samobójczej, tyle że tym razem udanej? Gdy tak leżę i czekam na Matthew, ściskając w ręce pojemnik z lakierem, przepełnia mnie nieznany mi dotąd strach. Zapewne dlatego, że już wiem, jak było z nożem.

8 sierpnia, 23.44

U lekarza poszło jak z płatka.

8 sierpnia, 23.44

Leki?

8 sierpnia, 23.44

Tak, ale ona nie chce ich brać.

Muszę ją przekonać.

8 sierpnia, 23.45

Chyba mam coś odpowiedniego.

8 sierpnia, 23.45

Co?

8 sierpnia, 23.45

Przeogromny nóż kuchenny.

Taki, jakiego użył morderca.

8 sierpnia, 23.46

??? Skąd go masz?

8 sierpnia, 23.46

Z Londynu.

Mogłabym gdzieś go podrzucić.

Napędzić jej strachu.

8 sierpnia, 23.46

Kiepski pomysł, zadzwoni na policję.

No i odciski palców.

To się nie uda.

8 sierpnia, 23.47

Uda się, jeżeli dobrze to zaplanujemy.

8 sierpnia, 23.47

Pomyślę.

*

9 sierpnia, 0.15

Już to przemyślałem.

9 sierpnia, 0.17

Jesteś tam?

9 sierpnia, 0.20
Teraz tak! Masz plan?

9 sierpnia, 0.20
Mam. Będzie prościej, jeżeli zadzwonię i ci wyjaśnię.

9 sierpnia, 0.20
Przecież ustaliliśmy, że to za duże ryzyko.

9 sierpnia, 0.21
No wiesz, w podbramkowej sytuacji człowiek podejmuje ryzyko.

9 sierpnia, 20.32
Drzwi do ogrodu nie są zamknięte na klucz.
Trzymaj się planu i szybko zwiewaj.
Mam nadzieję, że nie popełniamy błędu.

9 sierpnia, 20.33
Zaufaj mi, będzie dobrze ☺

9 sierpnia, 23.49
Cześć!

9 sierpnia, 23.49
Łaska boska! Słyszałam jej wrzask. Umieram z ciekawości, jak było.

9 sierpnia, 23.50
Nie do wiary, udało się, wpadła w histerię.

9 sierpnia, 23.50
Szczęście, że obyło się bez policji.

9 sierpnia, 23.51
Przekonałem ją, że ma przywidzenia.

9 sierpnia, 23.51
A nie mówiłam?
Musiałam zostawić ten nóż w szopie. Okay?

9 sierpnia, 23.52
W porządku. Nigdy nie wiadomo, czy się jeszcze nie przyda.

A jeśli Rachel właśnie teraz namawia Matthew, żeby poszedł do szopy, wziął nóż i mnie zabił? Jeśli poderżnie mi gardło, wszyscy pomyślą, że morderca Jane znów zaatakował. Matthew zaświadczy, że miałam głuche telefony, i będzie załamywał ręce z rozpaczy, że nie wierzył w istnienie prześladującego mnie mordercy. Rachel da mu alibi na dzisiejszą noc, powie, że chciała się z nim zobaczyć, ponieważ po spotkaniu ze mną w pubie była zaniepokojona moim stanem. Nóż zaginie, tak jak zaginął ten, którym zabito Jane. A ja zostanę zapamiętana jako Cass Anderson, druga ofiara mordercy z lasu.

Drzwi do pokoju gościnnego otwierają się z cichym trzaskiem. Wstrzymuję oddech, nasłuchując, którędy pójdzie Matthew: schodami na dół i do ogrodu czy przez podest, prosto do sypialni. Jeżeli wyjdzie na zewnątrz, to czy zdążę pobiec do salonu, wyjąć z doniczki komórkę Rachel i uciec z domu, zanim on wróci? Lepiej uciekać pieszo czy samochodem? Jeżeli samochodem, to ściągnie go warkot silnika. Jeżeli pieszo, to jak daleko zajdę, nim się zorientuje, że nie ma mnie w łóżku? Gdy słyszę zbliżające się kroki na podeście, czuję obezwładniającą ulgę, że nie muszę podejmować decyzji. Chyba że on już wcześniej wziął z szopy ten nóż.

Wchodzi do sypialni. Całą siłą woli powstrzymuję się, żeby nie wyskoczyć z łóżka i nie prysnąć mu lakierem w oczy, nie zaatakować pierwsza. Trzymając palec na rozpylaczu, tak się trzęsę, że chybabym nie wcelowała, i tylko myśl, że nie zdołam go obezwładnić, zanim on obezwładni mnie, każe mi nie ruszać się z miejsca. Rozbiera się, słyszę szelest ubrania, staram się oddychać miarowo, jakbym spała. Jeśli położy się do łóżka i poczuje, że drżę jak osika, nabierze podejrzeń. Tej nocy o moim życiu zdecyduje to, czy potrafię zachować spokój.

ŚRODA, 30 WRZEŚNIA

Gdy nadchodzi ranek, ledwie mogę uwierzyć, że wciąż żyję. Matthew koszmarnie długo szykuje się do pracy. Gdy wreszcie wyjeżdża, szybko się ubieram, idę do kuchni i tam czekam na jego telefon z pełną świadomością, że dzisiaj, właśnie dzisiaj, muszę rozegrać wszystko jak trzeba. Dzisiaj, bardziej niż kiedykolwiek, muszę się postarać i być taka, jaką on chce mnie widzieć.

Sądziłam, że przestanę się bać, kiedy się dowiem, kto wykonuje te głuche telefony. Ale świadomość, do czego zdolny jest ten człowiek, przeraża mnie jeszcze bardziej, co akurat jest korzystne, gdy koło dziewiątej rozlega się dzwonek telefonu. Ponieważ wczoraj odezwałam się do niego i zapytałam, kim jest, dzisiaj też muszę się odezwać, bo inaczej będzie się zastanawiał, gdzie z dnia na dzień przepadła moja ledwie odzyskana pewność siebie. Więc znowu pytam go, kim jest, po czym staram się nadać swojemu głosowi odpowiednio przerażony ton i tuż przed odłożeniem słuchawki proszę, żeby zostawił mnie w spokoju.

Czeka mnie dziś wiele pracy, jeżeli chcę rozplątać tę sieć kłamstw i oszustw. W pierwszej kolejności jadę do Hannah, mając nadzieję, że jeszcze nie wyszła z domu. Na szczęście jej samochód stoi na podjeździe.

Jest zaskoczona moją wizytą i dopiero gdy pyta, trochę skrępowana, czy czuję się lepiej, zaczynam podejrzewać, że Matthew poinformował ją o mojej próbie samobójczej. Ponieważ mi się śpieszy, nie pytam, co dokładnie mówił, i żeby zamknąć temat, zapewniam ją, że prawie całkowicie doszłam do siebie. Kiedy proponuje mi kawę, wymawiam się brakiem czasu i zapewne wzbudzam zaciekawienie powodem tej wizyty.

– Hannah, pamiętasz tego grilla u nas pod koniec lipca? – pytam.

– Oczywiście. Jedliśmy pyszne marynowane steki, które Matthew kupił w sklepie przy gospodarstwie rolnym. – Oczy jej rozbłyskują na samo wspomnienie.

– To pewnie zabrzmi głupio, ale chcę cię zapytać, czy zaprosiłam was tamtego dnia, gdy przypadkiem spotkałyśmy się w Browbury?

– Tak, powiedziałaś, żebyśmy wpadli na grilla.

– Zaproponowałam konkretny dzień? To znaczy niedzielę?

Zastanawia się przez chwilę, owijając szczupłe ręce wokół talii.

– Czy nie było to następnego dnia? Tak, pamiętam, Matthew powiedział, że jesteś zajęta w ogrodzie i poprosiłaś go, żeby zadzwonił.

– Teraz sobie przypomniałam. – Udaję, że rozjaśniło mi się w głowie. – Widzisz, od jakiegoś czasu mam kłopoty z pamięcią krótkotrwałą. Działy się różne rzeczy, co do których nie jestem pewna, czy wyleciały mi z pamięci, czy też przebiegały inaczej, niż mi się z początku wydawało. Wyrażam się dość mętnie, prawda?

– W okrężny sposób – mówi z uśmiechem.

– Na przykład, ta kolacja u was parę tygodni temu. Obwiniałam się, bo nie mogłam sobie przypomnieć, że nas zapraszałaś...

– Rozmawiałam o tym z Matthew – wchodzi mi w słowo. – Kilka razy zostawiałam ci wiadomość, na domowym i na komórce, ale nie odpowiadałaś, więc zadzwoniłam do Matthew.

– A potem on zapomniał mi przekazać, że chcesz, żebym przyniosła deser.

– Nie mówiłam o deserze – zapewnia mnie. – Sam to zaproponował.

Żeby uzasadnić te pytania, mówię jej, że być może mam początki demencji, i proszę, żeby tymczasem nie dzieliła się z nikim tą wiadomością, bo sama jeszcze nie przyzwyczaiłam się do tej myśli. Po tych słowach wychodzę.

24 lipca, 15.53
Chce się spotkać w Bb, chyba jest przygnębiona. Wiesz dlaczego?

24 lipca, 15.55
Zdenerwował ją człowiek od alarmów, może dlatego. Pojedziesz tam?

24 lipca, 15.55
Tak, umówiłyśmy się na 18.00.

24 lipca, 15.55
Daj znać, jeżeli dowiesz się czegoś, co może nas interesować.

24 lipca, 23.37
Cześć, jak było na spotkaniu?

24 lipca, 23.37
Dobrze. Nic ważnego do przekazania.
Powiedziała, że wystraszył ją człowiek od alarmów.

24 lipca, 23.37
Mówiła o spotkaniu z Hannah?

24 lipca, 23.38
Tak.

24 lipca, 23.38
Zaprosiła ich na grilla.
Nie powiedziała na kiedy, więc to wykorzystam.

24 lipca, 23.38
Jak?

24 lipca, 23.38
Jeszcze nie wiem.
Powiedziałem jej o moim wyjeździe na platformę.

24 lipca, 23.39
Jak to przyjęła?

24 lipca, 23.39
Z niezadowoleniem. Zaznaczyłem, że ją uprzedzałem.
Pewnie myśli, że zapomniała.
Zapisałem w kalendarzu ściennym, gdyby chciała sprawdzić. Świetnie podrabiam pismo.

24 lipca, 23.39
Dobrze wiedzieć!

*

25 lipca, 23.54
Cześć, jak minął dzień?

25 lipca, 23.54
W porządku, ale tęsknię za tobą. Ciężko mi. ☺

25 lipca, 23.54
Jeszcze tylko parę miesięcy.
Mam świetny pomysł co do grilla z H&A.
Zadzwoń na stacjonarny jutro o 10.00, a ja będę udawał, że to Andy.

25 lipca, 23.54
?

25 lipca, 23.55
Po prostu zadzwoń.

*

26 lipca, 10.35
Dzięki, Andy!

26 lipca, 10.35
Cha, cha. Udało się?

26 lipca, 10.35
Właśnie kupuję kiełbaski na grilla.

26 lipca, 10.36
Naprawdę sądzi, że ich zaprosiła?

26 lipca, 10.36
No!

26 lipca, 10.37
Wierzyć się nie chce, że to takie łatwe.

26 lipca, 10.37
☺

Po wizycie u Hannah jadę do firmy instalującej alarmy, która mieści się w dzielnicy usługowej. W recepcji, przy zabałaganionym biurku, siedzi kobieta.

– W czym mogę pomóc? – pyta z uśmiechem.

– Parę miesięcy temu zainstalowali państwo alarm u nas w domu. Czy mogłabym dostać kopię umowy? Gdzieś mi się zawieruszył oryginał.

– Oczywiście. – Patrzy na mnie pytająco.

– Anderson.

Wpisuje nazwisko do komputera. Drukarka zaczyna szumieć i wysuwa się z niej kartka.

– Proszę.

– Dziękuję.

Zerkam na umowę i widzę datę wykonania usługi: sobota, 1 sierpnia. I na dole podpis Matthew.

20 lipca, 23.33
Wiesz co? Przy kolacji powiedziała, że chce mieć w domu alarm. Już umówiła się z fachowcem na piątek.

20 lipca, 23.33
Przepraszam! To ja ględziłam, że mieszkacie na uboczu. Wspomniałam o alarmie, nie sądziłam, że ona to podłapie.

20 lipca, 23.34
Jeżeli go zamontujemy, będzie trudniej.

20 lipca, 23.34
Wcale nie. Wystarczy, że dasz mi kod. ☺

*

27 lipca, 8.39
Dzień dobry!

27 lipca, 8.40
Myślałam, że zadzwonisz. Jesteś w drodze na platformę?

27 lipca, 8.41
Nie, w dzielnicy usługowej, czekam na otwarcie firmy od alarmów.

27 lipca, 8.41
Po co?

27 lipca, 8.41
Podpiszę umowę na montaż alarmu i wmówię jej, że sama podpisała.

27 lipca, 8.42
Jak to zrobisz?

27 lipca, 8.42

Podrobię jej pismo na fikcyjnej umowie.

27 lipca, 8.43

Potrafisz?

27 lipca, 8.44

Łatwizna. Mówiłem ci, że jestem w tym świetny.
Zaraz otworzą firmę. Odezwę się później.

27 lipca, 10.46

Jadę pociągiem do Aberdeen. Umówiłem się, że zainstalują alarm w sobotę rano.
Muszę tam być, ale ją trzeba wyciągnąć z domu. Masz pomysł?

27 lipca, 10.47

Zastanowię się.
Szczęśliwej podróży.

*

29 lipca, 9.36

Te głuche telefony naprawdę napędzają jej strachu! Nie chce siedzieć sama w domu, więc zaproponowałem, żeby przeniosła się do hotelu.

29 lipca, 9.36

Niektórzy to mają dobrze.

29 lipca, 9.37

Dla nas też przyjdzie taki dzień, obiecuję.

Świetnie się składa. Podczas instalowania alarmu w sobotę nie będzie jej w domu.
Chcę, żebyś coś dla mnie zrobiła.

29 lipca, 9.38
OK

29 lipca, 9.38
Zadzwoń za jakiś czas na stacjonarny i zostaw wiadomość. Udaj, że jesteś z firmy od alarmów i potwierdzasz wykonanie usługi w piątek.

29 lipca, 9.39
A nie w sobotę?

29 lipca, 9.39
Nie, w piątek. Wiem, co robię, możesz być pewna.
Jutro zadzwoń jeszcze raz, z tą samą wiadomością.

29 lipca, 9.40
OK

*

31 lipca, 16.05
Cześć, wróciłeś z platformy?

31 lipca, 16.34
Dopiero co. Jestem w domu, zaraz jadę do hotelu. Powiedziałem jej, że zastałem faceta od alarmów pod drzwiami.
Biorę fikcyjną umowę na dowód, że zamówiła usługę.

31 lipca, 16.35
Mam nadzieję, że to kupi.

31 lipca, 16.35
Kupi.

31 lipca, 19.13
Kupiła.

31 lipca, 19.14
Pewnie myśli, że traci rozum!

31 lipca, 19.14
Taki był plan.

Po wyjściu z firmy instalującej alarmy jadę do Castle Wells. Ekspedientka w Baby Boutique właśnie obsługuje klientkę, więc muszę zdobyć się na cierpliwość i poczekać. Wreszcie przenosi na mnie wzrok.

– Chyba się pani nie rozmyśliła i nie zamierza zwrócić wózka? – odzywa się.

– Nie, skądże – zapewniam ją. – Ale chciałabym o coś zapytać. Gdy byłam tu wczoraj, powiedziała pani, że klient by panią zabił, gdyby wysłała pani niewłaściwy wózek.

– Zgadza się – przytakuje.

– A jak do tego doszło? Pytam z ciekawości, bo wózek spadł jak z księżyca, zupełnie nieoczekiwanie.

– Naprawdę starałam się namówić tę panią, żeby dostawa nastąpiła bliżej terminu porodu, bo... wiadomo, wszystko może się zdarzyć... ale ona życzyła sobie, żeby wysłać od razu.

– Jak to było? Powiedziała, że chce zrobić mi prezent i prosiła o radę, co kupić?

– Mniej więcej. Przyszła parę minut po pani wyjściu i powiedziała, że jest pani znajomą. Zapytała, czy pani rozglądała się za czymś konkretnym, więc powiedziałam jej, że kupiła pani śpioszki, a ci młodzi ludzie, którzy w tym samym czasie tu byli, dodali w żartach, że podobał się pani ten wózek, na co tamta pani stwierdziła, że to idealny prezent, i z miejsca złożyła zamówienie. – Ekspedientka patrzy na mnie z niepokojem. – Przyszło mi na myśl, że niepotrzebnie się wygadałam, bo tamta pani zrobiła zdumioną minę, gdy usłyszała, że obie będziemy rodzić prawie w tym samym czasie, ale zapewniła mnie, że już wie o tym, tylko jest zdziwiona, że pani mi to wyjawiła.

– Chodzi o to, że podekscytowana, podzieliłam się wiadomością o prawdopodobnej ciąży z dwiema przyjaciółkami. Nie wiem, która przysłała mi wózek, bo nie było przy nim liściku. Czy dałoby się odszukać nazwisko tej osoby? Inaczej nie będę mogła jej podziękować.

– Oczywiście, chwileczkę, sprawdzę w komputerze. Proszę mi przypomnieć, jak się pani nazywa.

– Cassandra Anderson.

– A tak, już znalazłam. Ojej, ta kobieta nie wpisała nazwiska, zostawiła pustą rubrykę.

– Pamięta pani, jak wyglądała?

Zastanawia się przez chwilę.

– Hm… dość wysoka, z ciemnymi kręconymi włosami. Przykro mi, chyba niewiele pani pomogłam.

– Wprost przeciwnie, już wiem, kto to. Doskonale, teraz mogę podziękować. – Po chwili pytam: – Jeszcze jedno, czy pani pamięta rozmowę z moim mężem?

– Z pani mężem? Nie wydaje mi się…

– Dzwonił w dniu, gdy dostarczono wózek… w czwartek… bo przypuszczał, że nastąpiła pomyłka.

– Niestety, w ogóle sobie nie przypominam. Na pewno rozmawiał ze mną? Chociaż w dni powszednie tylko ja tu pracuję.

– Musiałam coś pokręcić. – Uśmiecham się do niej. – Dziękuję, bardzo mi pani pomogła.

4 sierpnia, 11.43
Chce się ze mną spotkać w CW. Chyba jest przygnębiona.

4 sierpnia, 11.50
Znów wykonałem głuchy telefon.
Pojedziesz?

4 sierpnia, 11.51
Tak, ale mam dużo pracy, oby to trwało krótko.
Napiszę, jak było.

4 sierpnia, 14.28
Rewelacyjna wiadomość – uważa, że wydzwania do niej morderca.

4 sierpnia, 14.29
Co???
Może zwariowała.

4 sierpnia, 14.29
Ułatwi nam zadanie, jak sama wyśle się do wariatkowa.
Uwiarygodniłam historię o grillu.
Potwierdziłam, że mówiła mi o zaproszeniu H&A na niedzielę.

4 sierpnia, 14.30
Dobra robota

4 sierpnia, 14.31
Muszę wracać do biura. Skontaktujemy się później.

4 sierpnia, 14.38
Nie zgadniesz!

4 sierpnia, 14.39
Chyba śpieszyłaś się do biura?

4 sierpnia, 14.39
Jak szłam na parking, zauważyłam, że wychodzi ze sklepu dziecięcego.

4 sierpnia, 14.39
Skąd?! Co ona tam robiła?

4 sierpnia, 14.40
Nie mam pojęcia.

4 sierpnia, 14.40
Zorientuj się.

4 sierpnia, 14.40
Naprawdę nie mam czasu.

4 sierpnia, 14.40
To go znajdź.
Po co by szła do sklepu dziecięcego?
To może być coś, co nam się przyda.

4 sierpnia, 14.41
OK

4 sierpnia, 15.01
Nie uwierzysz!

4 sierpnia, 15.01
Nareszcie.
Dlaczego tak długo?

4 sierpnia, 15.02
Nie marudź.
Mam dobre wieści.

4 sierpnia, 15.02
No, mów.

4 sierpnia, 15.02
Będziesz tatą!

4 sierpnia, 15.03
Że co, kurwa???

4 sierpnia, 15.03
Na pewno miałeś wazektomię?

4 sierpnia, 15.03
No a jak!
O co chodzi?

4 sierpnia, 15.03
Skąd mam wiedzieć!
Powiedziała ekspedientce, że jest w ciąży.
No to zamówiłam dla was wózek dziecięcy.

4 sierpnia, 15.03
??

4 sierpnia, 15.04
Podobno się w nim zakochała.
Przekonaj ją, że go zamówiła, jak alarm.

4 sierpnia, 15.04
Wątpię, czy uda się drugi raz.

4 sierpnia, 15.04
Warto spróbować.
Jeśli się nie uda, zwalisz winę za bałagan na sklep.
Tylko bądź w domu w piątek, jak będzie dostawa.

4 sierpnia, 15.05
OK. Wezmę parę dni wolnego.
Udam zatroskanego męża.
Pomyślę, jak rozegrać hecę z wózkiem.

4 sierpnia, 15.06
Żałuję, że nie spędzisz paru dni ze mną. ☺

4 sierpnia, 15.06
Przyjdzie ten dzień.
Jeszcze jedno. Wskoczyłem do domu i zmieniłem kod.
Przy odrobinie szczęścia uruchomi alarm.

4 sierpnia, 15.07
Będzie miała absolutnie gówniany dzień.

4 sierpnia, 15.07
Jeden z wielu, miejmy nadzieję. ☺

4 sierpnia, 23.37
Udał się manewr z alarmem?

4 sierpnia, 23.38
Szkoda, że tego nie widziałaś.
Przyjechała policja.

4 sierpnia, 23.38
Naprawdę uwierzyła, że wstukała zły kod?

4 sierpnia, 23.38
Bez cienia wątpliwości.

4 sierpnia, 23.38
Dziecinna igraszka.

4 sierpnia, 23.39
Nie do wiary, prawda?

*

6 sierpnia, 23.45
Wszystko gotowe na odbiór wózka?

6 sierpnia, 23.47
☺

6 sierpnia, 23.47
Wykorzystasz wiadomość o ciąży?

6 sierpnia, 23.47
Jeśli się da.

*

7 sierpnia, 23.46
Dzięki za wózek.

7 sierpnia, 23.46
Miło, że ci się podoba.
Jak poszło?

7 sierpnia, 23.47
Kupa śmiechu.
Totalne zamieszanie.
Zrobiła mi niespodziankę i zamówiła szopę do ogrodu.
Myślała, że dostarczono szopę. Każde mówiło o czym innym.

7 sierpnia, 23.47
?

7 sierpnia, 23.47
Nie martw się. Poszło dobrze.
Twierdziła, że nie zamawiała wózka, więc udałem, że dzwonię do sklepu.
Potem wypaliłem o ciąży, powiedziałem, że sprzedawczyni mi pogratulowała.

7 sierpnia, 23.48
Co ona na to?

7 sierpnia, 23.48
Tłumaczyła się, że sprzedawczyni źle ją zrozumiała, a wyprowadzanie jej z błędu było zbyt skomplikowane.

7 sierpnia, 23.48
Dziwne! A co z wózkiem?

7 sierpnia, 23.49
Dała się przekonać, że sama go zamówiła.

7 sierpnia, 23.49
Nie mów!
Ona naprawdę jest popieprzona.

7 sierpnia, 23.49
Najważniejsze, że zgodziła się pójść do lekarza.
Wizyta jutro.

7 sierpnia, 23.50
Nie spodoba jej się, że już rozmawiałeś z nim o jej stanie.
A jeśli nie zapisze jej leków?

7 sierpnia, 23.50
Zapisze. Powiedziałem mu, że ma paranoję i jest bardzo spięta. Miejmy nadzieję, że jej zachowanie to potwierdzi.

Po wyjściu z Baby Boutique udaję się do swojej dawnej szkoły i przyjeżdżam akurat w czasie przerwy na lunch. Na myśl o Johnie rumienię się ze wstydu, że tak szybko go oskarżyłam, nawet o zabójstwo Jane. Nadal nie wiem jednak, czy jest całkowicie niewinny – przecież spotkał się z Rachel, tak? W wyobraźni widzę twarz Jane i jak zawsze, gdy tak się dzieje, ogarnia mnie smutek. Ale nie mogę teraz o niej myśleć, jeszcze nie.

Otwieram drzwi do holu. Idę pustymi korytarzami i czuję, jak bardzo stęskniłam się za tym wszystkim. Pod drzwiami pokoju nauczycielskiego nabieram głęboko powietrza i wchodzę do środka.

– Cass! – Connie zrywa się z krzesła, strącając na podłogę talerz z sałatką, i chwyta mnie w ramiona. – Boże drogi, jak dobrze cię widzieć! Nawet nie wiesz, jak nam ciebie brakowało.

Wszyscy tłoczą się wokół mnie, pytają, co się u mnie działo, cieszą się, że mnie widzą. Zapewniwszy ich, że mam się świetnie, pytam o Johna i Mary.

– John ma dyżur w stołówce, a Mary jest u siebie w gabinecie – mówi Connie.

Pięć minut później idę spotkać się z Mary. Tak jak pozostali jest uradowana, że mnie widzi, a to dodaje mi otuchy.

– Przepraszam, że sprawiłam ci zawód. Przede wszystkim, jeśli chodzi o szkolenie.

– Nic się nie stało – zapewnia mnie Mary, jak zawsze elegancka, w granatowym kostiumie i różowej bluzce koszulowej. – Twój mąż uprzedził nas dużo wcześniej, więc nie było kłopotu. Żałuję tylko, że nie mogłam się z tobą zobaczyć tamtego wieczoru, gdy wstąpiłam z kwiatami. Twój mąż powiedział, że śpisz.

– Powinnam napisać do ciebie i podziękować – przyznaję

ze skruchą, nie chcąc ujawniać, że Matthew nie przekazał mi kwiatów.

– Głupstwo. – Przygląda mi się z uwagą. – Dobrze wyglądasz, lepiej, niż się spodziewałam. Na pewno nie czujesz się na siłach, żeby do nas wrócić? Brakuje nam ciebie.

– Wróciłabym z ochotą – mówię tęsknym tonem – ale jak wiesz, byłam chora. Chyba sama zauważyłaś, że w zeszłym semestrze coś było ze mną nie w porządku.

Kręci głową.

– Niczego nie zauważyłam. Gdybym wiedziała, że jesteś pod taką presją, próbowałabym temu zaradzić. Szkoda, że ze mną nie porozmawiałaś.

– Ale przecież, jak mówiłaś mojemu mężowi, sama dostrzegłaś, że nie jestem w najwyższej formie.

– Gdy twój mąż zadzwonił z wiadomością, że nie wracasz do pracy, powiedziałam mu tylko jedno: że jesteś najbardziej zorganizowana i operatywna z całego grona pedagogicznego.

– Czy on wyjaśnił, dlaczego nie wracam do pracy?

Patrzy mi prosto w oczy.

– Powiedział, że przechodzisz załamanie nerwowe.

– Trochę przesadził.

– Też tak pomyślałam, zwłaszcza że w zaświadczeniu lekarskim stwierdzono napięcie nerwowe wywołane stresem.

– Chętnie bym je zobaczyła, mogę?

– Oczywiście. – Podchodzi do segregatora i szpera w skoroszytach. – Proszę.

Czytam, co napisał lekarz.

– Mogłabym dostać kopię?

Mary nie pyta o powód mojej prośby, a ja nic więcej nie wyjaśniam.

– Zaraz to skseruję.

16 sierpnia, 23.52

Dobre wiadomości.

Jak radziłaś, pojechałem do Chichester drogą przez las.

Kompletnie się załamała.

Wezwaliśmy lekarza. Powiedział jej, że musi brać regularnie tabletki.

16 sierpnia, 23.52

Nareszcie!

16 sierpnia, 23.52

To nie wszystko.

Nie chce wracać do pracy.

Moim zdaniem jesteśmy na ostatniej prostej.

16 sierpnia, 23.53

Bogu dzięki.

Pora na finał.

Myślisz, że mogę dostać się jutro do domu?

16 sierpnia, 23.53

Postaram się zamroczyć ją tabletkami.

Ale bądź ostrożna.

*

17 sierpnia, 10.45

Jestem w domu. Ona jest kompletnie zamroczona.

Ile jej dałeś?

17 sierpnia, 10.49

2 w soku + 2 przepisane

Zastanawiałem się, dlaczego nie odbiera telefonu.

Gdzie ona jest?

17 sierpnia, 10.49

Padła przed telewizorem.

Zamówiłam parę rzeczy z telezakupów.

17 sierpnia, 10.49

Po co?

17 sierpnia, 10.50

Pomyśli, że sama je zamówiła.

Mówiłeś, że kupiła mi kolczyki, więc czemu tego nie pociągnąć?

17 sierpnia, 10.50

Nie przeholuj.

17 sierpnia, 10.50

☺

*

20 sierpnia, 14.36

Jesteś u mnie w domu?

20 sierpnia, 14.36

Tak, trochę posprzątałam.

Daj Boże, pomyśli, że sama to zrobiła.

Jeśli nie, powiedz, że posprzątałeś przed pracą, będzie miała wyrzuty sumienia.

*

24 sierpnia, 23.49
Po południu zadzwoniłem do dyrektorki, powiedziałem o załamaniu nerwowym. Uprzedziłem, że nie wróci do pracy.

24 sierpnia, 23.49
Co ona na to?

24 sierpnia, 23.49
Było jej głupio, że niczego nie zauważyła. Chce mieć zaświadczenie lekarskie.

*

26 sierpnia, 15.09
Jak żyjesz?

26 sierpnia, 15.10
Wolałabym być w Sienie.
Powiedzieli, że pralkę dostarczą dopiero we wtorek.
Właśnie wyprasowałam ci kilka koszul.

26 sierpnia, 15.10
Dzięki.
Zabiorę cię do Sieny, jak będzie po wszystkim.
No i dzięki za ten gadżet do ziemniaków.

26 sierpnia, 15.11
Cieszę się, że ci się spodobał.
Za kilka dni znowu coś dostaniesz.

*

28 sierpnia, 17.21
Jak leci?

28 sierpnia, 17.37
Dyrektorka chce przyjść z kwiatami.

28 sierpnia, 17.38
Co jej powiedziałeś?

28 sierpnia, 17.38
Zgodziłem się. Powiem jej, że C czuje się tak źle, że nie może do niej wyjść, a kwiaty wyrzucę.
Aha, dostałem zaświadczenie od doktora, niestety pisze tylko o stresie.

28 sierpnia, 17.38
Niech to diabli.

28 sierpnia, 17.38
I ani słowa o załamaniu nerwowym.
Wobec tego sfałszuję skierowanie na badania.

28 sierpnia, 17.39
Jest taka łatwowierna, że na pewno ją przekonasz.
Przy okazji zamówiłam sobie perełki. Nie masz nic przeciwko?

28 sierpnia, 17.39
Zasługujesz na prezent.

*

31 sierpnia, 23.49
Jak minął dzień?

31 sierpnia, 23.50
Po staremu.
Nie mówiła o waszym jutrzejszym lunchu.

31 sierpnia, 23.50
Świetnie, czyli zapomniała.
Muszę czekać u ciebie w domu na dostawę pralki.
Więc udam, że wpadłam sprawdzić, dlaczego nie przyszła.

*

1 września, 15.17
Jak poszło?

1 września, 15.18
Pralkę przywieźli o 11.00, przespała dostawę.
Potem zadzwoniłam do drzwi, żeby zapytać, dlaczego nie przyszła.
Wieki trwało, zanim otworzyła.

1 września, 15.18
W jakim była stanie?

1 września, 15.18

Ledwie dało się ją zrozumieć.

Jest w rozsypce, gadała o morderstwie i o tym, że widziała nóż.

Kompletna wariatka.

1 września, 15.19

Świetnie.

Powiem jej to dzisiaj.

1 września, 23.27

Powiedziałeś jej?

1 września, 23.28

Tak. Jak wróciłem do domu, nadal była otumaniona. Skorzystałem z okazji, poprosiłem, żeby uprała w pralce parę rzeczy. Nie umiała włączyć. Pokazałem jej list od lekarza z info o skierowaniu na badania.

1 września, 23.29

Jak to przyjęła?

1 września, 23.29

A jak myślisz?

Niedługo potem żegnam się z Mary, obiecując, że będę w kontakcie. Gdy wychodzę z budynku, ktoś mnie woła i widzę biegnącego za mną Johna.

– Nie mów, że nie zamierzałaś się nawet przywitać – odzywa się z wyrzutem.

– Nie chciałam ci przeszkadzać podczas dyżuru w stołówce – kłamię, nie wiedząc, czy mam do czynienia z przyjacielem, czy wrogiem.

Przygląda mi się badawczo.

– Jak się czujesz?

– Świetnie.

– Cieszę się.

– Mówisz bez przekonania – stwierdzam.

– Po prostu nie myślałem, że tak szybko wrócisz do formy.

– Jak to?

– No wiesz, po tym wszystkim, przez co przeszłaś – bąka.

– To znaczy?

– Rachel mi powiedziała – wyjaśnia skrępowany.

– Co mianowicie?

– Że przedawkowałaś.

Powoli kiwam głową.

– Kiedy ci o tym mówiła?

– Wczoraj. Zadzwoniła do mnie do szkoły i zapytała, czy nie spotkałbym się z nią na drinka po lekcjach. Już miałem odmówić... myślałem, że znowu będzie się do mnie zalecać... ale wyjaśniła, że chce porozmawiać o tobie. Więc się zgodziłem.

– No i?

– Spotkaliśmy się w Castle Wells. Powiedziała, że w zeszłym tygodniu przedawkowałaś leki i zabrano cię do szpitala. Poczułem się okropnie. Żałowałem, że tak szybko dałem się spławić Matthew, gdy nie pozwolił mi ciebie odwiedzić.

– Kiedy to było? – pytam zaskoczona.

– Po tym, jak Mary poinformowała nas, że nie wracasz do pracy. Nie mogłem w to uwierzyć, bo gdy natknęliśmy się na siebie w Browbury, nawet o tym nie napomknęłaś, więc miałem wrażenie, że dziwnie to wygląda. Coś mi się nie zgadzało. Mary powiedziała, że stwierdzono u ciebie napięcie nerwowe wywołane stresem, a ja wiedziałem, jak bardzo przejęłaś się śmiercią Jane, i pomyślałem sobie... może głupio... że zdołam cię przekonać i zmienisz zdanie. Ale Matthew oznajmił mi, że jesteś zbyt chora, by się z kimkolwiek spotykać. A potem, gdy usłyszałem od Rachel, że przedawkowałaś, nie mogłem zrozumieć, że w tak krótkim czasie mogło ci się aż tak pogorszyć. – Milknie na chwilę. – Rzeczywiście przedawkowałaś, Cass?

Natychmiast kręcę głową.

– Nie zrobiłam tego celowo. Wzięłam za dużo tabletek, ale nieświadomie.

Widzę, że przyjmuje to z ulgą.

– Rachel prosiła, żebym powiadomił Mary. Jej zdaniem powinna wiedzieć o przedawkowaniu.

– I powiadomiłeś?

– Skądże! To nie moja sprawa. – Po krótkim wahaniu mówi dalej: – Wiem, że Rachel jest twoją dobrą przyjaciółką, ale nie mam przekonania, czy taką najlepszą. Sądzę, że zachowała się nielojalnie, mówiąc mi o tym przedawkowaniu. Uważaj, Cass.

– Postaram się. Jeżeli zadzwoni do ciebie w ciągu najbliższych kilku dni, nie wspominaj jej, że się widzieliśmy, dobrze?

– Nie powiem – zapewnia mnie. – Dbaj o siebie, Cass. Zobaczymy się znowu?

– Oczywiście – odpowiadam z uśmiechem. – Muszę się zrewanżować za tamten lunch.

Odjeżdżam spod szkoły w pełni zadowolona ze wszystkiego, co już udało mi się osiągnąć. Poszłabym jeszcze do doktora Deakina, lecz wątpię, czy szybko mnie przyjmie, a poza tym wystarczy mi, że wiem, iż stwierdził tylko napięcie nerwowe wywołane stresem. Mógłby zmienić tę diagnozę, gdyby wiedział, że niedawno przedawkowałam leki, ale SMS-y w telefonie Rachel dowodzą, że ukartował to Matthew.

Na razie wolę nie myśleć ani o tym, co by się ze mną stało, gdyby nie trafiła mi w ręce ta komórka, ani o tym, że zdradziły mnie dwie najukochańsze osoby. Boję się, że wpadnę w rozpacz i nie zdołam zrobić tego, co sobie postanowiłam już w Spotted Cow, gdy usłyszałam głos Matthew w słuchawce, czyli rozplątać tej sieci kłamstw. Nie musiałam widzieć się z Hannah, z kobietą w firmie instalującej alarmy, z ekspedientką w Baby Boutique ani z Mary, ponieważ wszystko jest zarejestrowane w telefonie. Ale gdy się obudziłam dziś rano, nie mogłam uwierzyć, co oni zrobili. Ponieważ tak namącili mi w głowie przez te ostatnie parę miesięcy, zaczęłam się zastanawiać, czy to mi się nie przywidziało albo czy nie odczytałam błędnie tych wiadomości. Nie miałam odwagi przeczytać ich jeszcze raz, bałam się, że niechcący je skasuję albo Rachel czy Matthew przyłapią mnie z telefonem w ręce. Rozmowy z tymi ludźmi potwierdziły, że jest tak, jak myślałam.

Pokazały mi również, jak bardzo ułatwiałam im obojgu to zadanie. Wprost nie do wiary, że niczego nie podawałam w wątpliwość: ani tego, że jakoby podpisałam umowę o zainstalowanie alarmu, ani zamówienia wózka czy nowej pralki, której nie umiałam uruchomić. Wszystko składałam na karb słabnącej pamięci. Nawet to, że nie mogłam znaleźć swojego samochodu na parkingu.

12 sierpnia, 23.37
Musimy się bardziej wysilić.

12 sierpnia, 23.39
A co?

12 sierpnia, 23.39
Wieczorem otworzyła butelkę szampana.
Stwierdziła, że czuje się znacznie lepiej, mówiła o dziecku.

12 sierpnia, 23.39
Biedny babsztyl.
Zadzwonię do niej jutro, zobaczymy, co powie.

*

13 sierpnia, 9.42
Przed chwilą dzwoniłam, nie odebrała.
Wykonałeś już głuchy telefon?

13 sierpnia, 9.42
Właśnie zamierzałem.
Mam nadzieję, że odleci tam, gdzie chcemy, żeby trafiła.

13 sierpnia, 9.42
Chcesz, żebym poszła później do twojego domu?

13 sierpnia, 9.43
Tak, ale uważaj.

13 sierpnia, 9.43
Zawsze uważam.

13 sierpnia, 14.31
Coś się tam dzieje?

13 sierpnia, 14.32
Nie. Padła przed telewizorem.

13 sierpnia, 14.32
Świetnie. Wystraszył ją mój telefon.

13 sierpnia, 15.30
Mogę się stąd wynieść? Muszę jechać do Castle Wells.

13 sierpnia, 15.54
Przepraszam, byłem na spotkaniu.
Możesz się stamtąd zabierać.
Tylko żeby nikt cię nie zobaczył, przecież masz być w Sienie.

13 sierpnia, 15.54
Nie zapominaj, że noszę blond perukę i spodnie do joggingu.

13 sierpnia, 15.54
Żałuję, że nie mogę cię zobaczyć.

13 sierpnia, 15.54
Nie ma czego żałować.

13 sierpnia, 16.48
Zgadnij, kto jest w Castle Wells.
Właśnie wyjeżdżałam, gdy zobaczyłam ją na parkingu wielopoziomowym.
Teraz chodzę za nią. Przyszedł mi do głowy pomysł.
Czy są gdzieś zapasowe kluczyki do jej samochodu?

13 sierpnia, 16.49
W domu. A co?

13 sierpnia, 16.50
Wiesz, że ona ciągle się boi, że nie znajdzie swojego samochodu.
Możemy jej to zafundować.

13 sierpnia, 16.51
Jak?

13 sierpnia, 16.51
Mógłbyś tu przyjechać i przestawić jej samochód na inny poziom.
Zaparkowała na 4.

13 sierpnia, 16.51
Jesteś genialna.
Już wyjeżdżam. Mam nadzieję, że zdążę.

13 sierpnia, 16.51
Będę cię informować.

13 sierpnia, 17.47
Przyjechałem. Gdzie ona jest?

13 sierpnia, 17.47
Kręci się po mieście.

13 sierpnia, 17.47
Mam przestawić samochód?

13 sierpnia, 17.48
Tak. Nie sądzę, że będzie tu jeszcze długo krążyć.
Zostaw go na samej górze.

13 sierpnia, 17.48
OK

13 sierpnia, 18.04
Wraca. Przestawiłeś samochód?
Właśnie spotkała koleżankę z pracy, Connie, chyba tak ma na imię.

13 sierpnia, 18.04
Samochód jest na najwyższym piętrze.
Pilnuj jej, żebym mógł przestawić samochód, jeśli pójdzie na górę.
Pisz, co się dzieje.

13 sierpnia, 18.14
Jaki to śmieszny widok.
Szuka go wszędzie. Teraz na poziomie 5.
Prawie jej współczuję.

13 sierpnia, 18.14
Myślisz, że tu przyjdzie?

13 sierpnia, 18.16
Nie, idzie na dół.

13 sierpnia, 18.19
Co się dzieje?

13 sierpnia, 18.21
Jest na parterze. Chyba idzie do dyżurki, żeby zgłosić brak samochodu.

13 sierpnia, 18.21
Mam przestawić na poziom 4?

13 sierpnia, 18.21
Tak!

13 sierpnia, 18.24
Przestawiłeś?
Idzie na górę ze strażnikiem. Czekają na windę.

13 sierpnia, 18.25
Tak, ale nie na to samo miejsce, kilka miejsc dalej.

13 sierpnia, 18.25
To bez znaczenia.
Zabieraj się stamtąd.

13 sierpnia, 18.26
Już mnie nie ma.
Zadzwonię do niej i zapytam, gdzie jest. Udam, że jestem w domu.

13 sierpnia, 23.48
Cześć, jak poszło?

13 sierpnia, 23.49

Ujmijmy to tak: w najbliższej przyszłości nie będzie otwierała szampana.

13 sierpnia, 23.49

☺

Nagle robię się głodna – nic nie jadłam od wczorajszego lunchu – więc zatrzymuję się na stacji benzynowej i kupuję kanapkę oraz coś do picia. Jem szybko, bo nie mogę się doczekać, kiedy będę w domu. Wjeżdżam na dwupasmówkę i zamierzam na niej pozostać, ale po pięciu minutach, w zasadzie nie wiedząc dlaczego, skręcam w lewo, w leśną drogę, która doprowadzi mnie do Blackwater Lane i dalej, do domu. Nie jestem zbytnio przejęta i zdaję się na los. W końcu sprawił, że wpadł mi w ręce ten telefon. Jakie było prawdopodobieństwo, że francuski student wyjmie go z torebki Rachel, gdy się obok niego przeciskała? Jakie były szanse, że jedna z jego koleżanek poczuje wyrzuty sumienia i mi go wręczy? Nigdy nie uważałam się za osobę o duchowym usposobieniu, ale wczoraj ktoś gdzieś czuwał nade mną.

Blackwater Lane wygląda zupełnie inaczej niż wtedy, gdy ostatnio nią jechałam. Wytyczające ją drzewa mienią się feerią jesiennych barw, a brak innych samochodów sprawia, że panuje tu kojąca cisza – nie czuje się żadnego zagrożenia. Gdy jestem przy zatoczce, gdzie stał samochód Jane, zwalniam i zatrzymuję się. Gaszę silnik, otwieram okno i siedzę przez chwilę, oddychając świeżym powietrzem. Mam wrażenie, że Jane jest ze mną. Choć mordercy nadal nie schwytano, po raz pierwszy od jej śmierci zaznaję spokoju.

Zamierzam pojechać do domu, wyjąć telefon Rachel z doniczki ze storczykiem i udać się na policję, ale nasuwa mi się myśl, że skoro znalazłam się w tym miejscu, to zapewne nie bez powodu. Zamykam oczy i myślę o Jane i o tym, jak Matthew i Rachel bez skrupułów wykorzystali jej śmierć, żeby mnie dopaść.

18 lipca, 15.15
Co u ciebie?

18 lipca, 15.16
W porządku. Jak to możliwe, że odzywasz się o tej porze?

18 lipca, 15.16
Jestem poza domem. Powiedziałem jej, że jadę na siłownię.
Muszę zachować pozory.
Nie chcę, żeby się zastanawiała, dlaczego przestałem tam chodzić.

18 lipca, 15.16
Wolałabym, żebyś jechał do mnie, jak do tej pory.

18 lipca, 15.16
Też bym wolał. Wiesz, jak bardzo za tobą tęsknię?

18 lipca, 15.16
Mogę się domyślić. ☺
Dziś wieczorem raczej się nie zobaczymy.

18 lipca, 15.16
To i lepiej. Chciałbym cię pocałować.
Ale dlaczego nie?

18 lipca, 15.17
Susie odwołała przyjęcie.
Słyszałeś o tej zamordowanej kobiecie? Pracowała w naszej firmie.

18 lipca, 15.17
Serio?

18 lipca, 15.17
Przed chwilą zadzwoniłam i powiedziałam o tym C.
Bardzo ją to przybiło.
Okazało się, że niedawno była z nią na lunchu.

18 lipca, 15.18
Co takiego? Jesteś pewna? Z tą zamordowaną kobietą?

18 lipca, 15.18
Tak. Poznały się na imprezie pożegnalnej, na którą zabrałam ją w zeszłym miesiącu.
I umówiły się na lunch.
Jane Walters.

18 lipca, 15.19
Przypominam sobie! Umówiłem się z Cass przy restauracji, po tym lunchu.
Wspomniała, że ma nową koleżankę, Jane.

18 lipca, 15.19
To ta.

18 lipca, 15.19

Boże, będzie jeszcze bardziej przygnębiona.
Już i tak denerwuje się, że morderca jest na wolności.

18 lipca, 15.20

No i dobrze. Może to wykorzystamy.

18 lipca, 23.33

Mówiła, że posprzeczałaś się z tą zabitą kobietą.

18 lipca, 23.34

Zajęła mi miejsce parkingowe.

18 lipca, 23.34

W takim razie zasłużyła na to, co ją spotkało.

18 lipca, 23.35

Boże, ależ ty jesteś zimny drań!

18 lipca, 23.35

Nie jestem, jak chodzi o ciebie.
Przecież wiesz, że tylko ty się dla mnie liczysz.

18 lipca, 23.35

☺

*

24 lipca, 23.40

Ona naprawdę przejęła się tym morderstwem, nie chce zostawać sama w domu.
Poradziłem jej, żeby zaprosiła ciebie.

24 lipca, 23.40
Wielkie dzięki!

24 lipca, 23.40
Muszę zachowywać się naturalnie.
Oczywiście odmówisz.

24 lipca, 23.41
Nie do wiary, że aż tak się wystraszyła.

24 lipca, 23.41
Dla nas to dobrze.

*

28 lipca, 9.07
Dzień dobry!

28 lipca, 9.07
Jesteś radosny jak skowronek. Co się dzieje?

28 lipca, 9.08
C pytała mnie przed chwilą, czy do niej dzwoniłem.
Była tak roztrzęsiona, że zaprzeczyłem, dla hecy.

28 lipca, 9.08
To wszystko?

28 lipca, 9.08
Tak samo było wczoraj, tylko że to nie ja dzwoniłem.
Powiedziałem, że to głupstwo, pewnie jakiś
telemarketing.

28 lipca, 9.08
Wciąż nie rozumiem.

28 lipca, 9.09
Pomyślałem, że jutro też tak zrobię. I pojutrze. Uzna, że ma stalkera.

28 lipca, 9.09
Genialne!

28 lipca, 9.09
Wiedziałem, że ci się spodoba.

*

5 sierpnia, 23.44
Miałaś udany dzień?

5 sierpnia, 23.57
Przepraszam, brałam prysznic.

5 sierpnia, 23.57
Śliczny obrazek.

5 sierpnia, 23.58
☺ Dzień był niezły. A co u ciebie?

5 sierpnia, 23.58
Nic ekscytującego.
Zastanawiam się, czy wykonać głuchy telefon, no bo jutro jestem w domu.

5 sierpnia, 23.58

Jak tego nie zrobisz, domyśli się, że to ty dzwoniłeś.

5 sierpnia, 23.59

Albo uzna, że ona/dom jest pod obserwacją.

5 sierpnia, 23.59

Paranoja się przyda. Spróbuj.

Gdy myślę o tych SMS-ach, ogarnia mnie taki gniew, że postanawiam w jakiś sposób pomścić śmierć Jane. Rozważam w najdrobniejszych szczegółach wszystko, co się wydarzyło od tamtego fatalnego wieczoru. I nagle już dokładnie wiem, co zrobić.

Odjeżdżam z zatoczki i szybko zmierzam do domu, modląc się, żebym nie zastała na podjeździe samochodu Matthew ani Rachel. Nikogo nie widzę, ale wysiadając, bacznie się rozglądam. Otwieram drzwi i wchodzę do domu. Gdy wyłączam alarm, dzwoni telefon. Na wyświetlaczu pokazuje się numer Matthew, więc podnoszę słuchawkę.

– Halo.

– Nareszcie! – Wyraźnie słychać, że jest zdenerwowany. – Pojechałaś gdzieś?

– Nie. Byłam w ogrodzie. A co? Dzwoniłeś?

– Tak. Kilka razy.

– Przykro mi. Postanowiłam uprzątnąć kraniec ogrodu pod żywopłotem. Właśnie weszłam do domu, żeby się napić herbaty.

– Ale chyba już nie wychodzisz?

– Nie zamierzałam. Dlaczego pytasz?

– Pomyślałem, żeby wziąć wolne popołudnie. Spędzilibyśmy razem trochę czasu.

Przyśpiesza mi puls.

– Wspaniale – odpowiadam ze spokojem.

– Do zobaczenia za godzinę.

Odkładam słuchawkę. W głowie mam gonitwę myśli: dlaczego on wziął wolne popołudnie? Może jedno z nich wytropiło studentów, którzy byli wczoraj w pubie, i już wiedzą, że telefon jest u mnie. Jeżeli ci studenci są zakwaterowani w college'u w Castle Wells, łatwo się dowiedzieć, gdzie teraz przebywają. Dotychczas dopisywało mi szczęście, ale – mimo że tak powiedziałam Rachel – nie mogę liczyć na to, że właśnie wracają do Francji.

Biegnę do ogrodu, mając nadzieję, że Matthew nie zabrał noża, który zostawiła tam Rachel. Poduszki na krzesła ogrodowe leżą złożone na stos w tyle szopy, już schowane na zimę. Gdy je odsuwam, mój wzrok pada nie na nóż, lecz na ekspres do kawy. Mija całe pięć sekund, zanim dociera do mnie fakt, że ten ekspres stał dawniej u nas w kuchni i że w nim kapsułkę wsuwa się bez podnoszenia dźwigni. Szperam głębiej i pod starym stolikiem ogrodowym, przykrytym prześcieradłem, znajduję pudło z obrazkiem mikrofalówki na przodzie; gdy je otwieram, widzę naszą starą mikrofalówkę, której nowszy model stoi teraz na ladzie w kuchni. Chce mi się wyć z wściekłości, że tak łatwo dałam się ogłupić Matthew, ale boję się, że jak zacznę, to nie będę mogła przestać i wszystkie uczucia, które nagromadziły się od wczorajszego popołudnia, kiedy trafił w moje ręce ten telefon Rachel, wyleją się ze mnie i nie wytrwam w swoim zamiarze. Wobec tego wyładowuję złość na mikrofalówce, waląc w nią kilkakrotnie najpierw jedną, potem drugą nogą. Pozostaje we mnie już tylko przeogromny smutek, którego przeżywanie odkładam na inny dzień, i wracam do tego, co muszę zrobić.

Po następnych kilku minutach znajduję w tyle szopy nóż, wetknięty w doniczkę i owinięty ściereczką, która bez wątpienia należy do Rachel, ponieważ taką samą przywiozła mi z Nowego Jorku. Możliwe, że nie tym nożem zamordowano Jane, ale na sam jego widok robi mi się niedobrze. Nie dotykając go, zawijam z powrotem w ściereczkę i odkładam na miejsce. Dziś wieczorem będzie po wszystkim – powtarzam sobie. Dziś wieczorem będzie po wszystkim.

Wracam do domu i przez chwilę stoję nieruchomo, zastanawiając się, czy na pewno dam radę to zrobić. Ponieważ jest tylko jeden sposób, żeby się o tym przekonać, idę do przedpokoju, podnoszę słuchawkę i dzwonię na policję.

– Czy ktoś mógłby tu przyjechać? Mieszkam niedaleko miejsca morderstwa i właśnie znalazłam w szopie duży nóż kuchenny.

Policja przyjeżdża szybciej niż Matthew – tak jak mi zależało – tym razem dwoje funkcjonariuszy: posterunkowa Lawson, którą już znam, i jej kolega, posterunkowy Thomas. Staram się zrobić wrażenie wstrząśniętej, ale nie rozhisteryzowanej. Gdy mówię im o nożu, posterunkowy Thomas natychmiast udaje się do szopy.

– Nie sądzi pani, że to jest narzędzie zbrodni, którego szukaliście w związku z zabójstwem Jane Walters? – zwracam się z zaniepokojeniem do policjantki, na wypadek gdyby nie przyszło jej to do głowy. – Zdaje się, że jeszcze nie zostało znalezione, prawda?

– Nie mogę o tym mówić – oświadcza posterunkowa.

– Chodzi o to, że ja ją w pewnym sensie znałam.

Nie kryje zdumienia.

– Znała pani Jane Walters?

– Bardzo słabo. Rozmawiałyśmy na przyjęciu, a potem umówiłyśmy się na lunch.

Wyjmuje notes.

– Kiedy to było?

– Niech pomyślę… ze dwa tygodnie przed jej śmiercią.

Posterunkowa Lawson marszczy czoło.

– Poprosiliśmy jej męża o zrobienie listy znajomych żony. Nie wymienił pani nazwiska.

– Jak wspomniałam, znałyśmy się dość krótko.

– Jakie wrażenie zrobiła na pani, gdy spotkałyście się na tym lunchu?

– Najzupełniej normalne.

Obie milkniemy na widok posterunkowego Thomasa, który ostrożnie, w rękawiczkach, niesie nóż częściowo owinięty ściereczką.

– To ten? – pyta.

– Tak.

– Jak go pani znalazła?

Biorę głęboki oddech.

– Pracowałam w ogrodzie. Chciałam zasadzić cebulki i potrzebne mi były donice. Wiedziałam, że są w szopie, bo tam trzyma je Matthew, mój mąż. Wzięłam tę dużą i zobaczyłam na dnie ściereczkę. Gdy ją wyjmowałam, poczułam, że coś jest pod spodem, zaczęłam odwijać ściereczkę i zobaczyłam ząbkowane ostrze. Kiedy się zorientowałam, że to nóż, byłam tak wystraszona, że szybko zawinęłam go z powrotem, bo… przypomniał mi się tamten nóż pokazywany w telewizji w związku ze śmiercią Jane Walters. Zostawiłam to wszystko na miejscu i zadzwoniłam do państwa.

– Widziała pani kiedyś tę ściereczkę? – pyta policjant.

Kiwam powoli głową.

– Taką samą przywiozła mi przyjaciółka z Nowego Jorku.

– Ale tego noża nie widziała pani wcześniej?

– Być może widziałam – odpowiadam z wahaniem.

– Nie tylko w telewizji – dodaje uprzejmie posterunkowa Lawson.

Nie dziwię się, że ma mnie za osobę trochę tępą, zważywszy na zamieszanie z alarmem i kubkiem. W tej chwili odpowiada mi to, bo jeśli wygadam się z informacjami, które mogą – no cóż – obciążać Matthew, nie będzie to wyglądało, że działam w złym zamiarze.

– Tak, nie tylko w telewizji – mówię. – To było z miesiąc temu, w niedzielę. Weszłam do kuchni, żeby przed pójściem spać włożyć naczynia do zmywarki, i zobaczyłam go na blacie.

– Ten nóż? – dopytuje się policjant.

– Możliwe. To była krótka chwila, bo gdy zawołałam męża, żeby go zobaczył, nóż zniknął.

– Zniknął?

– Tak, już go nie było. Zamiast niego leżał w tym samym miejscu nożyk kuchenny. Byłam pewna, że widziałam dużo większy nóż, i porządnie się wystraszyłam. Chciałam zadzwonić na policję, ale mąż powiedział, że umysł płata mi figle.

– Czy może pani dokładnie opowiedzieć, co widziała tamtego wieczoru? – Posterunkowa Lawson znowu otwiera notes.

Kiwam głową.

– Jak mówiłam, weszłam do kuchni, żeby włożyć naczynia do zmywarki, i gdy pochylałam się, wkładając talerze, zobaczyłam na blacie wielki nóż. Nigdy wcześniej go nie widziałam… nie mamy takich noży… tak się wystraszyłam, że niewiele myśląc, wybiegłam pędem z kuchni do przedpokoju i zaczęłam wołać Matthew…

– Gdzie przebywał wtedy pani mąż? – przerywa mi policjantka.

Obejmuję się ramionami, udając zdenerwowanie. Policjantka uśmiecha się zachęcająco, więc biorę głęboki oddech.

– Położył się przede mną, czyli był na górze. Przybiegł na dół i powiedziałam mu o nożu na blacie. Ale mi nie uwierzył. Prosiłam go, żeby wezwał policję, ponieważ widziałam zdjęcie noża, którym popełniono zbrodnię, a ten wyglądał dokładnie tak samo, i bałam się, że morderca jest gdzieś w ogrodzie albo nawet w domu. Matthew powiedział, że chce najpierw zobaczyć ten nóż, więc poszedł do kuchni, a potem zawołał mnie, żebym przyszła i sama zobaczyła. Gdy spojrzałam na blat, dużego noża tam nie było, a w tym samym miejscu leżał mały nożyk kuchenny.

– Czy mąż wszedł do środka, czy stanął w drzwiach kuchni?

– Dokładnie nie pamiętam, chyba stał w drzwiach, ale byłam wtedy trochę roztrzęsiona.

– I co zrobił?

– Demonstracyjnie rozejrzał się na wszystkie strony, wypatrując noża, ale wiedziałam, że robi to tylko po to, żeby mnie uspokoić. Nie znalazł go i stwierdził, że musiałam się pomylić.

– A pani też uznała, że się pomyliła?

Energicznie kręcę głową.

– Nie.

– W takim razie co, według pani, się stało?

– Uważałam, że duży nóż naprawdę tam był, a potem, gdy mówiłam mężowi, co zobaczyłam, ktoś wszedł tylnymi drzwiami i zamienił noże. Wiem, że to brzmi głupio, ale tak sądziłam wtedy i tak sądzę teraz.

Posterunkowa Lawson kiwa głową.

– Proszę powiedzieć, gdzie państwo byli wieczorem siedemnastego lipca?

– To był ostatni dzień semestru. Jestem nauczycielką w szkole średniej w Castle Wells. Poszłam z grupą nauczycieli do winiarni. Wieczorem zerwała się burza.

– A pani mąż?

– Był tutaj, w domu.

– Sam?

– Tak.

– O której pani wróciła?

– Musiało być chyba kwadrans przed północą.

– I pani mąż był tutaj?

– Spał w pokoju gościnnym. Zadzwonił do mnie, gdy wyjeżdżałam z Castle Wells, powiedział, że ma migrenę i położy się w pokoju gościnnym, żebym go nie obudziła, jak wrócę.

– Powiedział coś jeszcze?

– Żebym nie jechała Blackwater Lane, bo nadciąga burza i lepiej zostać na głównej drodze.

Spojrzenia policjantów się krzyżują.

– A więc kiedy przyjechała pani do domu, mąż spał w pokoju gościnnym.

– Tak. Nie poszłam do niego, bo drzwi były zamknięte i nie chciałam mu przeszkadzać, ale na pewno tam był. – Patrzę na nich pytającym wzrokiem. – No bo gdzie indziej mógłby być?

– Jak się zachowywał pani mąż następnego dnia? – Posterunkowy Thomas przejmuje rozmowę.

– Normalnie. Pojechałam na zakupy i gdy wróciłam, był w ogrodzie. Rozpalił ognisko.

– Ognisko?

– Tak, coś palił. Powiedział, że gałęzie, co było trochę dziwne, bo w czasie burzy wszystko namokło. Wyjaśnił, że leżały pod brezentem. Zwykle nie pali gałęzi w ognisku, ponieważ używamy ich do kominka. Ale te, jak stwierdził, się nie nadawały.

– To znaczy?

– Za bardzo dymiły czy coś. – Milknę na chwilę. – Przyszło mi na myśl, że może dlatego unosił się dziwny zapach.

– W jakim sensie?

– Trudno określić. W każdym razie nie był to normalny zapach ogniska, rozumieją państwo, nie zapach palonego drewna. Może na skutek deszczu.

– Czy on coś wspomniał o zabójstwie Jane Walters?

– Mówił o tym nieustannie. – Mocniej obejmuję się ramionami. – Naprawdę mnie to przygnębiało, zwłaszcza że uważałam się za znajomą Jane. – Posterunkowy Thomas marszczy brwi, na co posterunkowa Lawson dyskretnie kręci głową na znak, żeby mi nie przerywał. – Miałam wrażenie, że ogarnęła go obsesja. Ciągle musiałam go prosić, żeby wyłączył telewizor.

– Czy pani mąż znał Jane Walters? – Policjantka bacznie mi się przygląda, po czym przenosi wzrok na swojego kolegę i wyjaśnia mu: – Pani Anderson umówiła się na lunch z Jane Walters dwa tygodnie przed jej śmiercią.

– Nie, znał ją tylko z moich opowiadań. W dniu, gdy jadłyśmy razem lunch, mąż przyszedł po mnie pod restaurację, ale się nie poznali. Jane widziała go tylko przez okno. Pamiętam, jak się zdziwiła. – Uśmiecham się na to wspomnienie.

– Co chce pani przez to powiedzieć?

– Po prostu była jakby zszokowana. Ludzie często tak reagują, ponieważ on jest… dość przystojny.

– Czyli pani mąż nie znał Jane Walters, tak? – Policjant ma zawiedzioną minę.

– Nie, ale znała ją moja przyjaciółka, Rachel Baretto. Zabrała mnie na pożegnalne przyjęcie dla jakiegoś pracownika Finchlakers i tam poznałam Jane. – Po chwili dodaję: – Rachel była naprawdę przygnębiona, gdy usłyszała o śmierci Jane, bo akurat w tym samym dniu pokłóciła się z nią.

– Pokłóciła się? – powtarza z ożywieniem posterunkowa Lawson. – Mówiła, o co poszło?

– Powiedziała, że o miejsce parkingowe.

– Że co?

– Tak, o miejsce parkingowe.

– Skoro pracowały w tej samej firmie, musiała być przesłuchiwana – zauważa policjantka.

– I była. – Kiwam głową. – Zapamiętałam, ponieważ mówiła mi o tym. Dręczyło ją, że nie wspomniała policjantom o kłótni na parkingu. Martwiła się, że uznają, iż jest winna.

– Winna?

– Tak.

– Czego?

– Myślę, że chodziło jej o to morderstwo. Więc powiedziałam, że ludzie nie popełniają zbrodni z powodu kłótni o miejsce parkingowe. – Patrzę na nią niepewnie. – Chyba że nie o to się pokłóciły.

Posterunkowa Lawson wyjmuje komórkę i coś w nią wstukuje.

– Dlaczego pani tak sądzi?

Spoglądam przez okno w kuchni na ogród skąpany w słońcu późnego lata.

– Hm, jeśli chodziło tylko o miejsce parkingowe, to dlaczego nie powiedziała? – Kręcę głową. – Przepraszam, nie powinnam była o tym wspominać… wszystko przez to, że teraz nie najlepiej układa mi się z Rachel.

– Z jakiego powodu?

– Ponieważ ma romans. – Patrzę na swoje dłonie. – Z moim mężem.

Zapada krótka cisza.

– Od jak dawna to trwa? – pyta posterunkowa Lawson.

– Nie wiem. Dowiedziałam się niedawno. Rachel przyszła tu nieoczekiwanie i zobaczyłam, jak Matthew całuje ją w przedpokoju. – Cieszę się, że mogę wykorzystać przeciwko nim wiadomość z SMS-ów, nawet jeśli w ten sposób okłamuję policję.

Spojrzenia policjantów znowu się krzyżują.

– Czy powiedziała pani o tym mężowi? – odzywa się posterunkowy Thomas. – Doprowadziła pani do konfrontacji?

– Nie, zbagatelizowałby sprawę i stwierdził, że umysł płata mi figle, jak wtedy z nożem. – Po chwili dodaję niepewnym tonem: – Myślę sobie czasem… – Milknę, zastanawiając się, jak daleko posunąć się w rewanżu za to, co mi zrobił.

– Tak? – ponagla mnie policjantka.

Wyobraźnia maluje mi uroczy obraz kajdanek zatrzaskujących się na rękach Matthew.

– Myślę sobie czasem, czy Jane nie wiedziała o tym romansie – mówię dalej. – Może patrząc przez okno restauracji, rozpoznała Matthew i dlatego była zszokowana. Bo ja wiem? Może widziała go razem z Rachel. – Żeby ich naprowadzić na odpowiedni tor myślenia, wykładam kawę na ławę. – Kiedy znalazłam teraz ten nóż w szopie, nie wiedziałam, co myśleć. Najpierw przyszło mi do głowy, że schował go tam morderca, i chciałam zadzwonić do Matthew, spytać, co mam zrobić. Potem przypomniało mi się, że nie uwierzył mi, że widziałam nóż na blacie, wobec tego zadzwoniłam na policję. – Przywołuję do oczu łzy. – Ale teraz nie jestem pewna, czy dobrze postąpiłam, bo wiem, co pomyśleliście: że Matthew jest mordercą i że zabił Jane, bo wiedziała o nim i Rachel i bał się, że mi o wszystkim powie, ale on nie mógł zabić, nie mógł!

W samą porę przyjeżdża Matthew.

– Co się dzieje? – pyta, wchodząc do kuchni. Patrzy w moją stronę. – Znowu uruchomiłaś alarm? – Zwraca się do posterunkowej Lawson: – Przepraszam, że znów zostali państwo wezwani. Istnieje duże prawdopodobieństwo, że moja żona ma początki demencji.

Otwieram usta i już mam powiedzieć, że zdiagnozowano u mnie napięcie nerwowe wywołane stresem, ale zaraz je zamykam, bo w tej chwili to nie jest tak naprawdę ważne.

– Nie przyjechaliśmy z powodu alarmu – odzywa się posterunkowa Lawson.

Matthew stawia teczkę na podłodze i ze zdziwieniem marszczy czoło.

– A więc w jakiej sprawie, jeśli wolno zapytać?

– Widział pan to kiedyś? – Posterunkowy Thomas pokazuje mu ściereczkę, na której leży nóż.

Wszyscy zauważamy wahanie Matthew.

– Nie, a czemu? Co to jest?

– Nóż, proszę pana.

– Dobry Boże! – Matthew sprawia wrażenie zszokowanego. – Gdzie go znaleźliście?

– W pana szopie ogrodowej.

– W szopie? – Na jego twarzy maluje się niedowierzanie. – Skąd on się tam wziął?

– Tego właśnie chcemy się dowiedzieć. Może gdzieś usiądziemy?

– Oczywiście, proszę tędy.

Idę za nimi do salonu. Matthew i ja siadamy na kanapie, policjanci przysuwają sobie krzesła. Nie wiem, czy robią to celowo, ale ustawiają je dokładnie naprzeciwko Matthew, blokując go, a mnie zostawiając poza tym klaustrofobicznym trójkątem.

– Mogę zapytać, kto znalazł ten nóż? – odzywa się Matthew.

– Pana żona – odpowiada policjantka.

– Potrzebne mi były donice do zasadzenia cebulek – wyjaśniam. – Był w jednej z tych dużych, owinięty ściereczką.

– Rozpoznaje pan tę ściereczkę? – pyta policjant.

– Nie, nigdy jej nie widziałem.

Śmieję się nerwowo.

– Widać, jak często wycierasz naczynia. – Staram się rozładować napięcie. – Mamy identyczną. Rachel przywiozła ją nam z Nowego Jorku.

– A ten nóż, proszę pana? – ciągnie policjant. – Widział go pan kiedyś?

– Nie. – Zdecydowanie kręci głową.

– Właśnie mówiłam, że wygląda zupełnie jak ten, który widziałam na blacie tamtej niedzieli wieczorem – wtrącam z powagą.

– Już to omawialiśmy – rzuca znużonym tonem Matthew. – Widziałaś nasz nóż kuchenny, pamiętasz?

– Wcale nie. Tamten był dużo większy.

– Czy mogę zapytać, gdzie pan był w piątek wieczorem siedemnastego lipca? – odzywa się posterunkowy Thomas.

– Nie wiem, czy sięgnę tak daleko pamięcią. – Matthew śmieje się lekko, ale nikt mu nie wtóruje.

– Poszłam wtedy na spotkanie z kilkoma osobami ze szkoły – podpowiadam mu. – Wieczorem zerwała się burza.

– A tak. – Kiwa głową. – Byłem w domu.

– Wychodził pan, choćby na krótko?

– Nie. Miałem migrenę i położyłem się do łóżka.

– Gdzie pan spał?

– W pokoju gościnnym.

– Dlaczego tam, a nie we własnym łóżku?

– Bo nie chciałem, żeby żona mnie obudziła, jak wróci do domu. Zaraz, zaraz, co tu się dzieje? Dlaczego zadajecie mi te pytania?

Posterunkowa Lawson mierzy go wzrokiem.

– Staramy się ustalić pewne fakty, to wszystko – odpowiada.

– Jakie fakty?

– W pana szopie zostało znalezione możliwe narzędzie zbrodni.

Matthew opada szczęka.

– Chyba nie sugerujecie na serio, że miałem coś wspólnego z zabójstwem tej młodej kobiety?

Posterunkowy Thomas przygląda mu się z namysłem.

– Jakiej młodej kobiety, proszę pana?

– Doskonale pan wie, o kogo mi chodzi! – wybucha.

Maska układności zaczyna opadać. Patrzę na niego beznamiętnie i dziwię się, jak mogłam go kochać.

– Powtarzam: staramy się ustalić fakty. Jak dobrze zna pan Rachel Baretto?

Matthew jest zaskoczony tym pytaniem.

– Niezbyt dobrze. To przyjaciółka mojej żony.

– A zatem nie jest pan w związku z tą kobietą.

– Co takiego?! Ależ skąd! Nie cierpię jej!

– Widziałam, jak ją całowałeś – wtrącam cicho.

– Nie bądź śmieszna!

– Tego dnia, gdy niespodziewanie do nas przyszła, gdy nie mogłam sobie przypomnieć, jak uruchomić ekspres do kawy, widziałam, jak ją całowałeś w przedpokoju – mówię z uporem.

– Znów to samo. – Wzdycha rozpaczliwie. – Przestań ciągle zmyślać, Cass. – Ale cień niepokoju pojawia się w jego oczach.

– Chyba powinniśmy kontynuować tę rozmowę w komisariacie – oznajmia posterunkowy Thomas. – Zgadza się pan?

– W żadnym wypadku!

– A zatem będę musiał udzielić panu pouczenia o pana prawach i obowiązkach.

– Pouczenia?

Odwracam się do nich i mówię zbolałym głosem:

– Chyba nie sądzicie, że to on zabił Jane Walters?

– Co takiego?! – Matthew wygląda tak, jakby miał za chwilę zemdleć.

– To moja wina – wyrzucam z siebie, załamując ręce. – Oni zadawali mi mnóstwo pytań i teraz wykorzystają każdy szczegół przeciwko tobie!

Matthew wpatruje się we mnie z przerażeniem, a tymczasem posterunkowy Thomas odczytuje mu jego prawa. Gdy kończy, zaczynam szlochać, jakby pękało mi serce, i nagle uprzytamniam sobie, że wcale nie udaję, że naprawdę pęka mi serce – nie tylko z powodu Matthew, lecz również z powodu Rachel, którą kochałam jak siostrę.

Policjanci wyprowadzają Matthew. Zamykam za nimi drzwi i ocieram łzy z oczu, bo jeszcze nie zrobiłam wszystkiego. Teraz kolej na Rachel.

Wystukuję jej numer telefonu. Zamierzałam jedynie porozmawiać, ale gdy czekam, aż odbierze, postanawiam zaprosić ją do siebie, ponieważ będę miała lepszą zabawę, mówiąc jej prosto w twarz to, co mam do powiedzenia, i sprawi mi więcej satysfakcji, jeśli zobaczę, a nie tylko usłyszę jej reakcję.

– Rachel, mogłabyś tu przyjechać? – proszę płaczliwym tonem. – Muszę z kimś pogadać.

– Właśnie wychodzę z pracy, więc mogę być u ciebie za jakieś czterdzieści minut, zależy od sytuacji na drodze.

Po raz pierwszy wyczuwam w jej głosie lekkie znużenie i wiem, że spodziewa się, iż znowu będę ględzić o prześladującym mnie mordercy.

– Dziękuję – odpowiadam z ulgą. – Ale szybko, proszę.

– Dobrze.

Rozłącza się. Wyobrażam sobie, jak wystukuje teraz SMS-a do Matthew, bo na pewno kupiła nową komórkę. Tyle że on jest w areszcie, więc jej nie odpisze.

Przyjeżdża po godzinie, może z powodu natężenia ruchu, a może chce, żebym się jeszcze dłużej gryzła.

– Co się stało, Cass? – pyta już w drzwiach. – Coś z Matthew?

Jest zmartwiona, co oznacza, że słusznie przypuszczałam, iż po moim telefonie będzie próbowała porozumieć się z Matthew.

– Skąd wiesz? – pytam, udając zaskoczenie.

– Powiedziałaś, że chcesz pogadać, więc sądziłam, że coś się stało – mówi zdenerwowana. – Pomyślałam, że być może chodzi o Matthew.

– Tak, chodzi o niego.

– Miał wypadek czy co? – Nie kryje strachu.

– Nie, nic takiego. Chodź, usiądziemy.

Idzie za mną do kuchni i siada naprzeciwko mnie przy stole.

– No mów, co się stało, Cass.

– Aresztowano Matthew. Przyszła tu policja i zabrała go na przesłuchanie. – Spoglądam na nią bezradnie. – Co mam zrobić, Rachel?

Wbija we mnie wzrok.

– Matthew aresztowany?

– Tak.

– Ale dlaczego?

Załamuję ręce.

– To moja wina. Zanotowali wszystko, co powiedziałam, w najdrobniejszych szczegółach, i teraz wykorzystają to przeciwko niemu.

Obrzuca mnie ostrym spojrzeniem.

– O czym ty mówisz?

Biorę głęboki wdech.

– Dziś po południu, kiedy pracowałam w ogrodzie, znalazłam w szopie nóż.

– Nóż?

– Tak. – Z zadowoleniem obserwuję, jak zbladła. – Tak się wystraszyłam, Rachel, to było okropne. Wyglądał dokładnie jak na zdjęciu, rozumiesz, jak ten, którym zamordowano Jane. Nie pamiętam, czy ci mówiłam, sama wiesz, jak jest z moją pamięcią, ale któregoś wieczoru, gdy byłaś w Sienie, zobaczyłam na blacie w kuchni wielki nóż. Zawołałam Matthew, żeby go obejrzał, ale jak przyszedł do kuchni, noża już nie było. Więc kiedy znalazłam ten nóż w szopie, pomyślałam, że morderca schował go tam, i zadzwoniłam na policję...

– Dlaczego nie zadzwoniłaś do Matthew? – przerywa mi w pół zdania.

– Bo nie uwierzył mi poprzednim razem i bałam się, że teraz też nie uwierzy. Poza tym był już w drodze do domu.

– I co dalej? Dlaczego go aresztowali?

– No więc przyjechało dwoje policjantów i zaczęli zadawać mi najróżniejsze pytania, gdzie on był wieczorem w dniu morderstwa...

Na jej twarzy maluje się przerażenie.

– Chyba nie chcesz powiedzieć, że oskarżają go o zabicie Jane?

– Wiem, że to obłęd, prawda? Ale on nie ma tak naprawdę alibi na ten wieczór. Ja byłam w Castle Wells, na kolacji na zakończenie roku szkolnego, a on był tutaj, sam. Więc mógł wyjść z domu. Przynajmniej tak to widzi policja.

– Ale przecież był w domu, gdy wróciłaś?

– No tak, ale go nie widziałam. Miał migrenę i położył się spać w pokoju gościnnym, a ja tam nie wchodziłam, bo nie chciałam go budzić. Ale posłuchaj, Rachel, muszę cię o coś zapytać. Pamiętasz tę ściereczkę, którą mi przywiozłaś z Nowego Jorku, tę ze Statuą Wolności? Powiedziałaś, że taką samą kupiłaś również sobie. – Kiwa głową. – Komu jeszcze taką podarowałaś?

– Nikomu.

– Musiałaś dać jeszcze komuś – naciskam na nią. – Koniecznie sobie przypomnij, bo to będzie świadczyło o niewinności Matthew.

– Nie rozumiem.

Nabieram głęboko powietrza.

– Ten nóż, który znalazłam dziś po południu, był zawinięty w ściereczkę ze Statuą Wolności. Policja zapytała mnie, czy rozpoznaję tę ściereczkę, więc musiałam potwierdzić i powiedzieć, że jest nasza. Czułam się koszmarnie, bo przez to Matthew wydawał się jeszcze bardziej podejrzany. Ale po wyjeździe policji znalazłam naszą ściereczkę w szafce, a z tego wynika, że Jane zabił ktoś, kto też ma taką ściereczkę. Więc zastanów się, Rachel, bo to dowiedzie niewinności Matthew.

Mogę sobie wyobrazić tę gonitwę myśli w jej głowie, szukanie wyjścia z sytuacji.

– Nie pamiętam – mamrocze.

– Kupiłaś taką samą dla siebie, tak? Jesteś pewna, że nikomu jej nie podarowałaś?

– Nie pamiętam – powtarza.

Wzdycham.

– Ułatwiłoby to pracę policji, gdybyś sobie przypomniała, ale nie martw się, w końcu do tego dojdą. Zbadają ten nóż, odciski palców i DNA, mówili, że na pewno są na nim jakieś ślady. Oczywiście nie będą należały do Matthew i zostanie oczyszczony z zarzutów. Tylko że to może potrwać parę dni. Na dwadzieścia cztery godziny zawsze chyba mogą go zatrzymać, a jeśli naprawdę będą podejrzewać, że jest zamieszany w zabójstwo Jane, to zatrzymają go na dłużej. – Przywołuję do oczu łzy. – Zadręczam się myślą, że on tam siedzi w celi i traktują go jak przestępcę.

Rachel wyjmuje z kieszeni kluczyki do samochodu.

– Pójdę już – mówi.

Nie odrywam wzroku od jej twarzy.

– Nawet nie zostaniesz na herbatę?

– Nie, nie mogę.

Odprowadzam ją do drzwi.

– Tak przy okazji, znalazłaś telefon tej znajomej osoby? No wiesz, ten, który ci zginął w Spotted Cow.

– Nie znalazłam – mówi zdenerwowana.

– Może się znajdzie, nigdy nie wiadomo. Może ktoś już go oddał na policję.

– Naprawdę muszę lecieć. Cześć, Cass.

Szybkim krokiem idzie do samochodu. Czekam, aż uruchomi silnik, dopiero wtedy podchodzę i stukam w okno. Opuszcza szybę.

– Zapomniałam... Policjanci pytali, czy znałam Jane. Powiedziałam im, że poznałam ją na tym pożegnalnym przyjęciu, na które mnie zabrałaś. Zapytali, czy ty ją znałaś, więc powiedziałam, że nie, ale że posprzeczałaś się z nią o miejsce parkingowe, akurat w dniu jej śmierci, i tyle. Oni jednak uważali, że nie mogło pójść o miejsce parkingowe. Spróbuj przypomnieć sobie, jak to było z tą ściereczkę, dobrze? Gdy zadzwoniłam do nich, że znalazłam swoją ściereczkę w szafce, czyli to nie w nią był zawinięty nóż, dodałam, że druga taka, jak mi wiadomo, jest u ciebie. – Dla lepszego efektu zawieszam głos. – Wiesz, jacy oni są... jeśli tylko mogą, wykorzystają przeciwko człowiekowi każdy drobiazg.

Aż miło patrzeć, jak rzuca okiem wokoło, szukając drogi ucieczki. Włącza bieg i wypada za bramę.

– Pa, Rachel – mówię cicho, gdy jej samochód znika na drodze.

Idę do domu i dzwonię na policję z wiadomością, że ściereczka, w którą był owinięty nóż, nie należy do mnie, bo swoją właśnie znalazłam w szafce. Przypominam im, że dostałam ją w prezencie od Rachel, która taką samą kupiła również sobie. Pytam o Matthew i udaję zrozpaczoną, słysząc, że zatrzymują go na noc w areszcie. Odkładam słuchawkę, po czym podchodzę do lodówki, wyjmuję butelkę szampana, którą zawsze trzymamy dla niespodziewanych gości, i nalewam sobie kieliszek.

A potem jeszcze jeden.

CZWARTEK, 1 PAŹDZIERNIKA

Następnego ranka, gdy widzę, że jest pierwszy października, stwierdzam, że to dobry znak, odpowiedni dzień na nowy początek. Najpierw słucham wiadomości. Kiedy się dowiaduję, że mężczyzna i kobieta pomagają policji w śledztwie dotyczącym śmierci Jane Walters, odczuwam ponurą satysfakcję na myśl, że Rachel również została zatrzymana.

Nigdy nie uważałam się za osobę mściwą, mam jednak nadzieję, że Rachel przeżyła kilka koszmarnych godzin, maglowana przez policję na temat swoich relacji z Matthew, kłótni z Jane Walters i ściereczki, w którą był owinięty nóż. Z pewnością dręczy się myślą, że na nożu są jej odciski palców. Oczywiście gdy przekażę policji tę tajną komórkę, oboje zostaną zwolnieni, ponieważ wyjaśni się, że żadne z nich nie zabiło Jane i że nóż nie jest narzędziem zbrodni, tylko Rachel kupiła go w Londynie, żeby mnie nastraszyć. A co potem? Będą żyli długo i szczęśliwie? To nie wydaje się ani słuszne, ani sprawiedliwe.

Mam dziś wiele do zrobienia, ale najpierw bez pośpiechu jem śniadanie, rozkoszując się tym, że więcej nie muszę się bać głuchych telefonów. Przychodzi mi do głowy pomysł, żeby uzyskać postanowienie sądowe, zakazujące Matthew, Rachel również, zbliżania się do mnie, gdy już zwolnią ich z aresztu. Szukam informacji w internecie i okazuje się, że mogę złożyć wniosek o wydanie postanowienia ograniczającego. Wiem, że prędzej czy później będę musiała skorzystać z porady prawnej, więc dzwonię do swojego prawnika i umawiam się z nim koło południa. Potem wzywam ślusarza, żeby zmienił zamki.

W czasie gdy są wymieniane zamki, wkładam rzeczy Matthew do plastikowych worków, starając się nie myśleć zbyt intensywnie o tym, co robię i co to oznacza. Ale to zajęcie i tak wyczerpuje mnie psychicznie. O dwunastej jadę do Castle Wells, zabierając ze sobą czarny telefon Rachel, i przez półtorej godziny rozmawiam z prawnikiem, który informuje mnie o czymś, z czego nie zdawałam sobie sprawy: na podstawie tych SMS-ów można postawić Matthew zarzuty w związku z moim „przedawkowaniem". Po wyjściu od prawnika jadę do mieszkania Rachel i zostawiam pod jej drzwiami worki z ubraniami Matthew. Potem jadę do komisariatu i proszę o rozmowę z posterunkową Lawson. Jest zajęta, ale może mnie przyjąć posterunkowy Thomas, więc jemu oddaję komórkę Rachel, mówiąc to samo, co powiedziałam prawnikowi: że dziś rano znalazłam ten telefon w swoim samochodzie.

Wyczerpana fizycznie i psychicznie, wracam do domu. Ku swojemu zdziwieniu czuję taki głód, że natychmiast podgrzewam zupę pomidorową z puszki i zjadam z grzanką. Potem chodzę po domu i nie wiem, co począć: jak sobie poradzę teraz, kiedy straciłam zarówno męża, jak i najlepszą przyjaciółkę? Jestem tak przygnębiona, tak przybita, że mam ochotę opaść na kolana i zalać się łzami. Ale pokonuję tę słabość.

Włączam telewizor, żeby posłuchać wiadomości o osiemnastej. Nic nie mówią o zwolnieniu Matthew i Rachel, ale gdy niedługo potem rozlega się dzwonek telefonu, uświadamiam sobie, że nic się nie zmieniło, że wciąż ogarnia mnie ten sam obezwładniający strach. Idąc do przedpokoju, powtarzam sobie, że to nie może być głuchy telefon, lecz kiedy podnoszę słuchawkę i widzę na wyświetlaczu: „numer zastrzeżony", jestem kompletnie sparaliżowana.

Ledwie udaje mi się wcisnąć klawisz i odebrać połączenie.

– Cass? Tu Alex.

– Alex? – Zalewa mnie fala ulgi. – Tak się wystraszyłam! Wiesz, że twój numer wyświetla się jako zastrzeżony?

– Naprawdę? Przepraszam, nie wiedziałem. Mam nadzieję, że nie przeszkadzam. Telefon do ciebie był na kartce, którą mi przysłałaś po śmierci Jane. Przed chwilą dzwoniła do mnie policja. Aresztowali mordercę Jane. Przyznał się do winy. Już po wszystkim, Cass, nareszcie! – mówi, ogromnie przejęty.

Szukam właściwych słów, ale jestem tak zszokowana, że aż kręci mi się w głowie.

– Wspaniale. Bardzo się cieszę.

– Nie mogę w to uwierzyć. Wczoraj, gdy usłyszałem, że dwie osoby pomagają policji w śledztwie, nie śmiałem robić sobie wielkich nadziei.

Czy to któraś z nich? – pytam, choć jestem pewna, że nie.

– Nie wiem. Policja nie ujawniła. Przysyłają do mnie funkcjonariusza. Chyba nie powinienem nic nikomu mówić, ale uznałem, że ciebie muszę poinformować. Dla twojego własnego spokoju, biorąc pod uwagę to, co mi opowiedziałaś w poniedziałek.

– Dziękuję, Alex, to świetna wiadomość, świetna. Dasz mi znać, jak to się potoczy?

– Oczywiście. Do widzenia, Cass. Mam nadzieję, że dziś będziesz spała spokojnie.

– I ty też.

Rozłączam się, wciąż oszołomiona tym, co od niego usłyszałam. Skoro aresztowali mordercę, to musieli wypuścić Matthew i Rachel. Więc kto się przyznał? Czyżby morderca poczuł wyrzuty sumienia, gdy dowiedział się, że aresztowano dwie osoby? A może ktoś go ukrywał – jego matka albo dziewczyna – i w końcu postanowił wydać go policji? To chyba najlogiczniejsze wyjaśnienie.

Jestem taka spięta, że nie mogę usiedzieć w miejscu. Gdzie są Matthew i Rachel? Czy pojechali do mieszkania Rachel i znaleźli tam worki z ubraniami? A może jadą tutaj, by wziąć resztę jego dobytku? Laptopa, teczkę ze służbowymi dokumentami, szczoteczkę do zębów, maszynkę do golenia – to wszystko nadal jest w domu. Zadowolona, że mam jakieś zajęcie, chodzę po pokojach, zbieram te rzeczy i wkładam do pudła, żeby się przygotować na wypadek ich przyjazdu, bo nie chcę wpuszczać ich do środka.

Zapada wieczór, ale nie kładę się do łóżka. Chciałabym, żeby zadzwonił Alex i powiedział mi, kto zabił Jane. Zapewne już wie. Skoro morderca został ujęty, powinnam czuć się bezpiecznie, lecz mąci mi się w głowie od zbyt wielu wątpliwości. Wokoło niesie się odór niepokoju. Wsiąka w ściany, które napierają na mnie, tak że z trudem łapię oddech.

PIĄTEK, 2 PAŹDZIERNIKA

Budzę się na kanapie, przy wciąż zapalonym świetle, bo wczoraj nie chciałam zasypiać w ciemnościach. Biorę szybki prysznic, nerwowo zastanawiając się, co przyniesie ten dzień. Gdy rozlega się dzwonek do drzwi, aż się wzdrygam. Pierwsza moja myśl – że to Matthew. Otwieram drzwi, nie zdejmując nowego łańcucha. Gdy widzę na progu posterunkową Lawson, mam wrażenie, że witam starą znajomą.

– Mogę wejść? – pyta.

Idziemy do kuchni i proponuję herbatę. Przypuszczam, że policjantka chce mnie uprzedzić, iż Matthew i Rachel zostali zwolnieni, albo wypytać, jak trafiła w moje ręce komórka Rachel. Albo potwierdzić to, co wczoraj powiedział mi Alex: że schwytano mordercę Jane.

– Przyszłam przekazać pani najnowsze informacje – odzywa się, gdy wyjmuję z szafki dwa kubki. – I podziękować. Bez pani pomocy nie wyjaśnilibyśmy tak szybko sprawy morderstwa Jane Walters.

Tak bardzo staram się udać zdziwienie, że nie dociera do mnie sens jej słów.

– Wiedzą państwo, kto zabił Jane? – pytam, stając do niej przodem.

– Tak, mamy przyznanie się do winy.

– Wspaniale!

– To pani naprowadziła nas na trop. Jesteśmy bardzo wdzięczni.

Zdezorientowana, wbijam w nią wzrok.

– Jak to?

– Było dokładnie tak, jak pani mówiła.

Jak ja mówiłam? Oszołomiona, siadam przy stole. Matthew zabił Jane?! Ogarnia mnie strach. Po chwili odzyskuję głos.

– Nie, to niemożliwe. Wczoraj zawiozłam komórkę na komisariat. Znalazłam ją w swoim samochodzie, gdy jechałam na spotkanie z prawnikiem, i kiedy ją otworzyłam, okazało się, że korzystała z niej Rachel, żeby kontaktować się z Matthew. Jeśli pani przeczytała ich SMS-y…

– Przeczytałam – przerywa mi policjantka. – Wszystkie, co do jednego.

Patrzę, jak wyręcza mnie i wkłada herbatę ekspresową do kubków. Skoro je przeczytała, to musi wiedzieć, że Matthew jest niewinny. Ale przed chwilą powiedziała, że „było dokładnie tak, jak mówiłam". Żołądek podchodzi mi do gardła na myśl, że mam wyznać jej prawdę: wplątałam Matthew w sprawę śmierci Jane w odwecie za to, co mi zrobił. Będę musiała odwołać wszystkie swoje wypowiedzi i prawdopodobnie zostanę oskarżona o utrudnianie pracy organom ścigania. Ale niby z czego miałabym się wycofać? Przecież nie skłamałam. Nie widziałam Matthew po powrocie do domu tamtego wieczoru, więc możliwe, że nie było go w pokoju gościnnym. Ale żeby wyszedł z domu i zamordował Jane? Nawet jej nie znał. Dlaczego przyznał się do zabójstwa, jeśli jest niewinny? I w tym momencie przypomina mi się wyraz twarzy Jane, gdy spojrzała przez okno restauracji. Miałam rację: zobaczyła znajomego. Matthew jednak znał Jane.

– Nie wierzę – mówię słabym głosem – nie wierzę, że Matthew zabił Jane.

Posterunkowa Lawson marszczy brwi.

– Matthew? Nie, on nie jest mordercą.

Kotłuje mi się w głowie.

– Nie Matthew? Więc kto?

– Pani Baretto. Rachel do wszystkiego się przyznała.

Brak mi tchu, kuchnia wiruje, krew odpływa z mózgu. Czuję, jak policjantka kładzie mi rękę na karku i delikatnie przyciska moją głowę do blatu stołu.

– Wszystko w porządku – mówi spokojnie. – Proszę kilka razy głęboko odetchnąć. Nic złego się nie dzieje.

Wstrząs mija.

– Rachel? – powtarzam chrapliwie. – Rachel zabiła Jane?

– Tak.

Wpadam w popłoch. Wiem, że Rachel jest zdolna do różnych rzeczy, jednak w to nie wierzę. Chciałam ją wplątać w morderstwo, tak samo jak Matthew, ale tylko po to, żeby napędzić jej strachu.

– Nie, nie Rachel, to niemożliwe. Ona by nie mogła, nie jest taka, nie zabiłaby człowieka! Państwo popełnili błąd, z całą pewnością...

Choć nienawidzę Rachel za to, co mi zrobiła, boję się o nią tak bardzo, że słowa więzną mi w gardle.

– Przyznała się do winy. – Policjantka podsuwa mi kubek. Posłusznie upijam łyk gorącej, słodkiej herbaty, ale tak się trzęsę, że trochę rozlewam i parzę sobie dłoń. – Gdy ją przesłuchiwaliśmy w tej sprawie wczoraj wieczorem, zwyczajnie się załamała. To było wprost niewiarygodne: z jakiegoś powodu sądziła, że mamy ją w garści. Słusznie przypuszczała pani, że nie pokłóciła się z Jane o miejsce na parkingu. Na nożu znaleźliśmy ślady DNA ich obu, Rachel i Jane…

Czuję się jak w jakimś koszmarze.

– Więc… nóż, który znalazłam w szopie… jest rzeczywiście narzędziem zbrodni?

– Naturalnie go wytarła, mimo to w rowkach na rączce zostały resztki krwi. Wysłaliśmy go do laboratorium kryminalistycznego, z pewnością okaże się, że to krew Jane.

– Ale… – Ta rozmowa jest coraz trudniejsza. – Ona powiedziała, że kupiła go w Londynie.

– Możliwe, ale przed popełnieniem morderstwa, a nie po, jak twierdziła. Nie mogła przyznać się Matthew, że już wcześniej miała ten nóż, więc skłamała, że kupiła go po to, by nastraszyć panią. A potem spokojnie ukryła go w pani szopie ogrodowej.

– Nie pojmuję… – Dzwonię zębami, wstrząśnięta, i żeby się ogrzać, obejmuję dłońmi kubek. – To znaczy dlaczego? Dlaczego to zrobiła? Przecież prawie nie znała Jane.

– Znała ją lepiej, niż pani sądzi. – Policjantka siada przy mnie. – Czy Rachel w ogóle rozmawiała z panią o swoim życiu prywatnym, czy kiedykolwiek przedstawiła pani swojego partnera?

– Właściwie nie. Poznałam może dwóch przez te wszystkie lata, ale z nikim nie wiązała się na dłużej. Zawsze twierdziła, że małżeństwo nie jest dla niej.

– Poskładanie wszystkiego w całość było zadaniem dla maratończyka – mówi policjantka, tak jakby rozpoczynała długą opowieść. – Pewnych rzeczy dowiedzieliśmy się z przesłuchania współpracowników Jane w Finchlakers, a reszty od samej Rachel, gdy przyznała się do winy. Niestety, jest to paskudna historia. – Spogląda na mnie, chcąc się upewnić, czy ma mówić dalej. Kiwam głową, no bo jak zdołam się z tym wszystkim pogodzić, jeżeli nie będę wiedziała, dlaczego tak się stało? – Okay, było tak. Jakieś dwa lata temu Rachel miała romans z pracownikiem Finchlakers. Mężczyzna był żonaty, miał troje małych dzieci. Gdy w końcu zostawił żonę dla Rachel, przestała się nim interesować. Wrócił do żony, a wtedy Rachel znów podjęła romans. Mężczyzna po raz drugi zostawił żonę, co miało tragiczne skutki dla rodziny. – Na chwilę milknie. – Romans znów się skończył, ale tym razem żona nie przyjęła męża z powrotem. Była w tym trudniejszym położeniu, że również pracowała w Finchlakers i musiała codziennie go widywać. W rezultacie wpadła w depresję.

– Co to ma wspólnego z Jane? – pytam, usiłując połączyć elementy tej łamigłówki.

– Janc przyjaźniła się z tą kobietą, więc o wszystkim wiedziała. To jasne, że całym sercem nienawidziła Rachel, która rozbiła rodzinę jej najlepszej przyjaciółki, i to dwukrotnie.

– Zrozumiałe.

– Pewnic. Jane i Rachel pracowały w różnych działach, więc ich ścieżki rzadko się krzyżowały. Nastawienie Jane do Rachel pogorszyło się jeszcze bardziej, gdy pewnego razu, późnym wieczorem, przyłapała Rachel na uprawianiu seksu w biurze. Następnego dnia podeszła do niej i ostrzegła ją, by na przyszłość korzystała z hotelu, bo inaczej złoży na nią skargę.

– Proszę mi nie mówić, że Rachel zabiła ją ze strachu przed pogróżką. – Ogarnia mnie pusty śmiech.

– Nie to było powodem. Rachel wpadła w kłopoty, dopiero gdy Jane uprzytomniła sobie, że mężczyzna, z którym widziała ją w biurze, to Matthew. Przepraszam. – Przerywa, widząc moją minę. – Proszę powiedzieć, jeśli ma pani dość.

Kręcę głową.

– Wszystko w porządku. Muszę wiedzieć.

– Skoro tak pani uważa. Mówiła nam pani, że miała wrażenie, iż Jane rozpoznała Matthew, gdy zobaczyła go przez okno restauracji, pamięta pani? Rzeczywiście tak było.

Nie mieści mi się w głowie, że to, co zmyśliłam, okazuje się prawdą. Śmiech mnie bierze, jakie to absurdalne.

– Łatwo sobie wyobrazić, co poczuła Jane, gdy uświadomiła sobie, że mężczyzna, z którym przyłapała Rachel na seksie, jest mężem jej nowej przyjaciółki – mówi dalej policjantka. – Oburzona tym, co panią spotyka, wysłała e-maila do Rachel, która przebywała wówczas w Nowym Jorku. Zważywszy na to, że Rachel już rozbiła jedno małżeństwo, napisała Jane, ona nie zamierza dopuścić, by tak samo skrzywdziła panią, tym bardziej że jakoby jest pani jej najlepszą przyjaciółką. Rachel kazała jej pilnować własnych spraw, ale gdy wróciła z Nowego Jorku, Jane stawiła jej czoła na parkingu. Zagroziła, że powie pani o ich romansie, jeśli Rachel natychmiast nie zerwie z Matthew. Rachel obiecała to zrobić jeszcze tego samego wieczoru. Ale Jane jej nie ufała. Gdy zakończył się babski wieczór i wróciła do restauracji, żeby skorzystać z telefonu, zadzwoniła nie tylko do swojego męża, ale również do Rachel. Podczas rozmowy na parkingu Jane zażądała od Rachel służbowej wizytówki i na odwrocie zapisała numer jej telefonu komórkowego. W torebce Jane znaleźliśmy wiele służbowych wizytówek, głównie pracowników Finchlakers, więc wizytówka Rachel nie wzbudziła żadnych podejrzeń. Jane zapytała Rachel, czy zerwała z Matthew, a gdy ta zaprzeczyła, mówiąc, że musi mieć więcej czasu, Jane powiedziała jej, że w drodze powrotnej do domu będzie przejeżdżać nieopodal Nook's Corner, więc wstąpi do pani i poinformuje panią o ich romansie.

– O jedenastej wieczorem? Nie sądzę, żeby to zrobiła – wtrącam z powątpiewaniem.

– Też tak uważam. Pewnie chciała nastraszyć Rachel. Tak czy owak, Rachel spanikowała. Powiedziała Jane, że zanim to zrobi, musi zdać sobie sprawę z tego, że jest pani osobą chwiejną psychicznie i trzeba postępować z panią delikatnie. Zaproponowała, żeby spotkały się w zatoczce przy drodze, gdzie wszystko jej wyjaśni. Jeśli potem nadal będzie chciała z panią porozmawiać, to pojadą razem. Jane zgodziła się. Rachel zaparkowała na bocznej drodze od Blackwater Lane i pobiegła do zatoczki. Co było potem, wiemy. Jane nie uwierzyła w historyjkę o pani kłopotach psychicznych i doszło do kłótni. Rachel twierdzi, że nie zamierzała Jane zabić, wyjęła nóż, żeby ją nastraszyć.

Wszystko układa się w logiczną całość. Gdy tamtej ulewnej nocy zatrzymałam się w zatoczce, Jane nie potrzebowała mojej pomocy, ponieważ czekała na Rachel. Nie wiedziała, że to ja, bo inaczej przybiegłaby do mnie, mimo deszczu, wsiadłaby do mojego samochodu, mówiąc, że dziwnym trafem właśnie się do mnie wybierała. I powiedziałaby mi, że Matthew i Rachel mają romans. Czy wtedy ruszyłabym prosto do domu, żeby rozprawić się z Matthew, i po drodze minęłabym się z Rachel? A może Rachel nadjechałaby w czasie, gdy usiłowałabym się pogodzić z tą koszmarną wiadomością, i zabiłaby nas obie? Tego nigdy się nie dowiem.

– Nie mieści mi się to w głowie – bełkoczę odrętwiała. – Nie mogę uwierzyć, że Rachel zrobiłaby coś takiego. Nawet gdyby Jane mi powiedziała, co z tego? Romans wyszedłby na jaw i Rachel dostałaby to, na czym jej zależało, czyli Matthew.

Posterunkowa Lawson kręci głową.

– Jak pani wie z tych SMS-ów, chodziło nie tylko o Matthew, lecz i o pieniądze. O pani majątek. Rachel uważała, że pani ojciec powinien był uwzględnić ją w swoim testamencie. Wciąż mówiła, że pani rodzice nazywali ją drugą córką. Dlatego czuła się oszukana, gdy zostawili wszystko pani.

– Dowiedziałam się o tym majątku dopiero po śmierci mamy.

– Tak, wiemy to od Rachel. Dopóki nie była pani mężatką, wiedziała, że tak czy owak będzie w jakiejś mierze korzystać z tych pieniędzy. Ale po pani ślubie zorientowała się, że już nie jest najważniejszą dla pani osobą. Jej rozżalenie narastało i w końcu doszła do wniosku, że tylko przez Matthew zdoła uzyskać to, co jej się należy. Obawiam się, że z premedytacją nawiązała z nim romans i gdy się w niej zakochał, uknuli plan: pani zostanie uznana za niezrównoważoną psychicznie, a wtedy Matthew przejmie kontrolę nad pani majątkiem. W dniu, kiedy Jane postawiła jej ultimatum, zamierzali rozpocząć swoją akcję. Można rzec, niefortunny zbieg okoliczności. Gdyby Jane powiedziała pani o ich romansie, cały plan ległby w gruzach.

Łzy leją mi się z oczu.

– Kupiłam jej dom we Francji. Zachwyciła się nim, więc go dla niej kupiłam. To miała być niespodzianka na czterdzieste urodziny. Nie powiedziałam nic Matthew, bo byłby niezadowolony. Właściwie nie lubił Rachel, a przynajmniej tak mi się wydawało. Gdyby tylko poczekała… jej urodziny przypadają pod koniec miesiąca.

Czuję się okropnie. Powinnam była się domyślić, jak bardzo Rachel będzie urażona, że tato nie zapisał jej nic w testamencie. Dlaczego byłam taka gruboskórna? Owszem, kupiłam jej dom, ale tylko dlatego, że akurat byłam z nią, gdy tak ją zauroczył.

Gdyby go nie zobaczyła, czy przyszłoby mi do głowy, żeby ofiarować jej część pieniędzy? Może tak. Mam nadzieję.

Dlaczego nie podarowałam jej tego domu od razu, jak tylko go kupiłam, i chciałam czekać do dnia jej urodzin, żeby zrobić wokół tego dużo szumu? Przez półtora roku dom stał pusty, niewykorzystany. Rachel byłaby szczęśliwa, ja być może nadal miałabym Matthew, a Jane wciąż by żyła. Przynajmniej powinnam była powiedzieć o tym zakupie Matthew. Gdyby już romansował z Rachel, na pewno by jej to przekazał. Ona poczekałaby cierpliwie do swoich czterdziestych urodzin, dostałaby dom, a wtedy Matthew rozwiódłby się ze mną i najprawdopodobniej próbował wyciągnąć ode mnie jakieś pieniądze na podstawie ugody małżeńskiej. Straciłabym Matthew, ale Jane nadal by żyła.

Nie wiem, co sprawiło, że bezwiednie dotarłam do prawdy o zabójstwie Jane. Może kierowała mną podświadomość – może zaskoczona mina Jane, kiedy zobaczyła Matthew za oknem restauracji, utkwiła mi w pamięci i spowodowała, że mnie olśniło. Może zaproszenie na kawę do niej do domu zapisało się w moim umyśle jako coś więcej niż zwykła propozycja kolejnego spotkania. Może gdzieś w głębi duszy wiedziałam, że Matthew i Rachel mają romans, i wyczuwałam, że Jane zamierza mi to wyjawić. Albo to wszystko było po prostu i zwyczajnie dziełem przypadku. Albo też, gdy wczoraj zatrzymałam się w tej zatoczce i poczułam obecność Jane, to ona sama doprowadziła mnie do prawdy.

*

Mija jeszcze prawie cała godzina, nim posterunkowa Lawson zbiera się do wyjścia.

– Czy Matthew wie? – pytam, gdy idziemy w stronę drzwi frontowych. – O Rachel.

– Jeszcze nie, ale wkrótce się dowie. – Staje na progu i odwraca się ku mnie. – Da sobie pani radę?

– Tak, dziękuję. Będzie dobrze.

Zamykam za nią drzwi i wiem, że nie będzie dobrze, nie tak szybko. Ale w końcu uporam się z tym. W przeciwieństwie do Jane mam przed sobą całe życie.

Podziękowania

Dozgonną wdzięczność chcę wyrazić Camilli Wray, dzięki której tak wiele stało się możliwe, oraz pozostałym pracownikom agencji Darleya Andersona, z którymi praca była czystą przyjemnością. Gdyby nie ich kompetencje, nie byłabym w tym miejscu, gdzie jestem.

Wielkie podziękowania kieruję do mojej wspaniałej redaktorki, Sally Williamson, za jej bezcenne rady i wsparcie oraz za to, że zawsze była na drugim końcu linii telefonicznej. Dziękuję również pozostałym pracownikom HQ za ich zapał i profesjonalizm – jesteście najlepsi! Po stronie amerykańskiej wyrazy wdzięczności niech zechcą przyjąć: Jennifer Weis, Lisa Senz, Jessica Preeg i cały skład St Martin's Press – za to, że wierzyli we mnie niezachwianie.

Na koniec pragnę, jak zawsze, podziękować mojej rodzinie – córkom, mężowi, rodzicom, braciom i siostrze, którzy zawsze interesowali się moim pisaniem. Oraz moim wspaniałym przyjaciołom, zarówno w Anglii, jak i we Francji, którzy spoglądają na moją nową drogę zawodową z entuzjazmem równym mojemu!